説話の形成と周縁
中近世篇

倉本一宏
小峯和明
古橋信孝 編

臨川書店

目次

序章……小峯和明 7
第一章 歌を詠む名所——巡見使の旅日記を検証する……錦仁 19
一 歌枕から名所へ 19
二 名所を見て歌を詠む 22
三 巡見使の旅日記 28
四 西行の詠んだ「玉椿」 30
五 半世紀後の歌 34
六 名所の文献批評学 38
おわりに——「偽名所」の必要性 43
第二章 『弘安源氏論義』をめぐる史料と説話……前田雅之 59
一 問題の所在 59
二 「なにがしの院といへる、いづれの所になずらへたるぞや」(三・夕顔)をめぐって 62

三　「朱雀院の御賀は准拠の例いづれぞや」（十二・紅葉賀）をめぐって　79
四　「六条院にをきて准拠の人おほし、致仕のおとゞだれの人になずらへたるや」（十六）をめぐって　83
おわりにかえて　87
第三章　西国順礼縁起攷……………………………………大橋直義　91
——附 道成寺蔵『古伝口訣　西国卅三所順礼縁起』翻刻
はじめに　91
一　花山院と熊野・那智　94
二　西国順礼縁起の展開　99
三　室町時代の西国順礼縁起　106
四　那智阿弥以前　118
小括　124
翻刻　130
第四章　梶原景時の頼朝救済の説話をめぐって……………尾崎勇　137
——『愚管抄』と『平家物語』とのあいだ
まえおき　137
一　源頼朝と梶原景時　138

二　歌人としての慈円から　145
三　物語創出の西山の空間　153
おわりに　157

第五章　甲斐武田氏の対足利氏観……谷口雄太　163
はじめに　163
一　武田氏研究の現状から　165
二　武田氏の自他認識　167
三　武田氏の対足利氏観　168
おわりに――織田信長と穴山梅雪　174

第六章　転生する『太平記』……樋口大祐　181
――吉村明道編『近世太平記』を中心に
はじめに――『近世太平記』以前　181
一　『近世太平記』の構成と『太平記』との比較　185
二　文久三年大和行幸勅旨と『太平記』、そして「始原幻想」　194
三　死者の記憶を背負う長州戦争　199
まとめ　201

第七章　説話の第三極・話芸論へ
――〈説話本〉の提唱……………………………………小峯和明　207
一　問題の前提、問題の所在　207
二　東アジアの共通語としての「説話」　208
三　説話の三極論　212
四　話芸としての説話　214
五　中世の動向――講釈、評話、演義　219
六　日本近世・明治近代の用例から――〈説話本〉の提唱　221
七　〈説話本〉の提唱　227
八　東アジアの歴史叙述と説話　229
第八章　ベトナムの漢文説話の形成
――歴史性と語り…………………………グエン・ティ・オワイン　235
はじめに　235
一　伝説の中の歴史と歴史の中の伝説　237
二　歴史興趣や霊験信念から構成された人物――『嶺南摭怪』を中心に　244
おわりに　254

第九章　「説話」という概念
――文化史の再建から文芸史研究へ……鈴木貞美 261
一　「物語」「説話」「説話文学」 261
二　「説話」概念の成立 266
三　古代神話研究の進展と陥穽 273
四　『今昔物語集』の性格 276
五　『今昔』と『宇治拾遺』の文体 281
六　結びに 286
おわりに……倉本一宏 289
執筆者略歴・編者略歴

序章

小峯和明

本書は、倉本一宏氏を中心とする国際日本文化研究センターの共同研究「説話と歴史史料の間」をもとに刊行された『説話の形成と周縁・古代篇』の続編で、中近世を主とする九編の論文を集成してなる。これより先に公刊された『説話研究を拓く――説話文学と歴史史料の間に』(思文閣)とも合わせて、四年間に及ぶ共同研究の成果が三冊の論集に集約されることにもなる。

説話研究と歴史史料研究とを相互に輻輳させようとした本共同研究が、単なる説話の考証や史料批判にとどまらない多角的な視点や多重的な視座を結果として獲得しえていることが本論集から読み取れる。説話研究が歴史史料研究をどう意識するか、逆に歴史学が説話研究をどう意識するか、史資料学的な観点を前提に双方向からの方法論への問いかけがなされ、あらたな研究の地平の開拓をうながした、と言えるであろう。

以下に個々の論考を掲載順に簡約に紹介し、ついで相互に連関する問題群を適宜、抽出してみたい(私的な解読によるもので誤読や曲解があればご寛恕頂きたいと思う)。

巻頭の錦仁論文は、東北地域における近世の巡見使の旅日記を中心に歌枕から名所への展開相をめぐる詳細な考証で、幻想の風景である歌の名所が実体として必要とされる、その心性を浮き彫りにし、さらには名所をめぐる当時の文献批評学の水準にも及び、「偽名所」の意義をとらえる。西行ら著名人が詠んだとされる場所はおのずと名所化し、記憶され、その真偽をめぐる論議が活発になり、名所が実見され、可視化される時代が近世期といえる。説話を銘打たず、歌枕と名所に特化された立論であっても、史実と伝承・虚構との課題にひろがってゆく深い射程がうかがえて印象深い。菅江真澄らの地域研究に寄り添い、地に根ざしたゆるぎない視座で一貫し、本居宣長ら中央的な権威を相対化し得ている。また、巡見使の旅日記というあらたな対象も浮き彫りにされ、今後の動向が着目されよう。

前田雅之論文は、中世源氏学を代表する『弘安源氏論義』における、『源氏物語』本文の準拠をめぐる考証で、夕顔巻の「なにがしの院」に関して、とりわけ著名な河原院の源融の霊に関する説話を主対象とする。この説話の先行研究の相対化がやや不十分であるが、錦仁論の歌枕・名所考証と相似する場所の当否をめぐる論義にもなっている。『源氏物語』の故実書としての準拠論の如何を問う注釈学の一環で、カノン形成過程の研究の意義を持つ。河原院問題以外にも「朱雀院御賀」や「致仕の大臣」などをめぐる史的考証の論義も検討されるが、『源氏物語』が純然たる作り物語の域から脱し、歴史叙述にも匹敵する対象とされた具体相から、『源氏物語』の古典(聖典)への階梯を解明しようとしている。同時に、ここから中世に盛行する論義問答そのものへの視野も拓かれてくるだろう。

大橋直義論文は、日本の札所巡礼の嚆矢とされる西国順礼の縁起の形成をめぐる詳細な資料学的考察で、新見に富んでいる。まず西国順礼前史として花山院の那智参詣伝承があり、これを受けて、中世縁起類を主に、性空や徳道らが冥土で閻魔から西国霊場を教示され、蘇生して巡礼が始まり、それを花山院が仏眼から知らされて再興したという（二人の仲介役に威光上人も介在）、複合化した伝承の形成を解析する。主に五山世界や那智滝の千日行の滝衆などが関与し、花山院家が覚心に帰依し、臨済法燈派が那智山に教線拡張する過程に縁起の生成もとらえようとする。後半やや煩瑣な考証が展開されるが、花山院の始祖伝承と西国順礼縁起の形成の核が熊野信仰にあったことが基調になっており、冥土蘇生譚が縁起に組み込まれるなど説話のありようからも興味深い。あわせて新出の道成寺本の翻刻も掲載する。

尾崎勇論文は、『平家物語』長門本や『源平盛衰記』にみえる、源頼朝の挙兵時に梶原景時が危機を救う二人の出会いをめぐる有名な段の考証である。頼朝が権力を握る発端の挙兵神話ともいえる話で、主に『愚管抄』と『平家物語』との相関を中心に検討する。概括すれば、頼朝神話をめぐる『愚管抄』と『平家物語』との対比論になり、二人の挙兵時の出会いは虚構であるとし、頼朝が樹のうつほに隠れる場の問題を慈円文学圏とされる西山の円仁ゆかりのうつほに結びつけている。物語内容の舞台と物語形成の現場との混合（混同）がみられ、論点にいささか飛躍が多いが、歌人慈円と『愚管抄』の文体表現を結びつける一環での「きらり」という擬態語表現の指摘は興味深く、同じ表現を持つ長門本ともあわせ、なお考証展開の余地があると思われる。

谷口雄太論文は、戦国期に足利将軍が何故求心力を維持できたかという将軍と大名の関係史の課題から、諸大名の一例として甲斐武田氏を取り上げ、その自他認識と始祖伝承及び足利氏・室町将軍との関係をめぐって周到に考証する。前九年の乱における源義家・義光兄弟の協力関係がそのまま足利尊氏と武田信武、足利義昭と武田信玄のごとく、武田氏と足利将軍との関係に置き換えられることを指摘する。源氏を引き継ぐ将軍の貴種性とその照り返しとしての武田氏の権威化という始祖伝承の問題である。他の大名と比べて、武田氏と足利将軍は兄弟が始祖の関係になるから、特例のケースとみなされる可能性はないかという疑問を抱かせる。また、基本史料として扱われる『天正玄公仏事法語』について、関連部分のみの引用に止まるので、文学研究の側からすると、もう少しテクストの読み解きが欲しいところである。

樋口大祐論文は、『太平記』をめぐる近世の膨大な〈太平記物〉の再生産現象（たんなる享受史では収まりきれず、「太平記文化症候群」というべきか）を前提に、黒船来航から函館戦争、さらには明治維新以降の佐賀の乱、台湾出兵から西南戦争に至る幕末維新期を描いた物語的歴史叙述の『近世太平記』を俎上にすえる。倒幕や勤皇など『太平記』との構成上の関連をはじめ、『太平記』の叙述が強力な故事先例として機能し、死者の鎮魂と政治目標が一つなぎとなる認識の枠組みに作用することを明らかにする。同時に『太平記』と異なり、『近世太平記』が明治政権を正当化し言祝ぐ方位にあることにも言及する。まだ大局的な提言に止まる面もあるが、今日につらなる天皇制の問題にも波及し、今後の『太平記』と〈太平記物〉との総合的、体系的な研究への方位を提起する、指標的かつ刺激的な研究として着目される。

小峯論文は、「説話」が東アジアの共通語であることを前提に、中国の唐宋代を起点とする「説話」の用例と概念をめぐって、それが話芸の意義を持つことをふまえ、近代の説話論が民俗学系の口承文芸路線と、説話集を主体とする国文学路線とに二極化し、双方が交差しないままそれぞれ別途に進展してきた動向に対して、二極を統括すべき話芸の路線への回転を第三極論として主張し、中国で発展した語りや講釈の話本、平話（評話）、演義等々が中世の語り物にも及ぼしたであろう影響に言及し、日本の明治期に活発になる広義の語り芸（講談、落語、講演、教育も含む）と筆録の交差に「説話」が浮上する様態をとらえ、その時期の「説話本」への喚起を提唱する。あわせて東アジアの説話研究の動向についても簡略にふれている。

グエン・ティ・オワイン論文は、ベトナムにおける研究史をふまえ、漢文説話と歴史書との関係を論ずる。十三、四世紀に形成された神話伝説集『粤甸幽霊集録《えつでんゆうれいしゅうろく》』や『嶺南摭怪《れいなんせっかい》』を中心に、十三世紀の歴史書『大越史記』及び十五世紀の『大越史記全書』との関連を究明する。特に後者の『大越史記全書』では、「外紀」の部立のもとに『嶺南摭怪』などから古代の涇陽王や雄王ら建国神話系の話題を加えていることに着目し、歴史叙述のあり方として問題提起している。さらに、『嶺南摭怪』の「傘円山伝」、「蛮娘伝」、「金亀伝」等々を例に、その神話伝説の実相を解析、洪水の治水をめぐる問題、南伝仏教伝来と雨乞い、寺院縁起譚、仲水と媚珠の純愛譚等々、錯綜する説話の構成要素、モチーフなどの多面的な様相を解析する。

ベトナムは漢字漢文文化圏の南限であり、北伝仏教と南伝仏教の交差地帯でもあるが、フランスの植民地政策によってアルファベット文字に転換され、今日に及び、一般の人々は漢字とは縁がなくなっている。東アジアの協同研究の体制作りと広領域からの比較研究が要請されよう。先の共同研究論集『説話研究を拓く』の拙稿で、琉球の「遺老伝」と説話集の『遺老説伝』、歴史叙述の『球陽』などとの連関を例に述べたが、歴史叙述と説話の関係性において、ベトナムと琉球はまさに共通する問題位相にあるといえる。

鈴木貞美論文は、「説話」の概念史の論で、内外の研究との関係をはじめ、文化史や文芸史的視点からの検証がなされる。古典文学全集本の『今昔物語集』にみる国東文麿の解説（鈴木論は一九九九年の新編を用いるが、初出は一九七一年）を起点とするが、すでにこの解説自体が半世紀近くをへだてた研究史的部類に入るから、説話専論の立場からすると、それをもって今日にも及ぶ平均値的な基準論とする見解にはいささか違和感を覚える。説話の概念規定にはそれなりの研究史があるわけで、それをあまりに無視ないし排除している印象を受けざるを得ない（特に仏法の譬喩・因縁の説や今成元昭の説示論など）。国東論は今日からすれば近代的な作者論的観点からの立論であり、説話研究が文学研究としての市民権を得るため、説話がいかに文学であるかを物語文学や口承文芸と差異化させて立証しようとする立場で一貫する。六〇年代から七〇年代の時代の所産にほかならない。

しかし、鈴木論はこの問題をさらに明治近代以降の文学研究の学の起源から説き起こし、西洋の研究や神話学、歴史学をはじめ人文学の総体から掌握しようとしており、時代やジャンルに閉塞しがちな路線を踏み越えようとする研究姿勢は首肯できる（明治近代の神話学から説話学が始動することも、すでに西尾光一が七〇年代に指摘している）。また、『今昔物語集』の仏法部・世俗部を二元論的にとらえがちな視点を、『法苑珠林』を例に仏法が世俗系を取り込み、包摂することを指摘するのも、『法苑珠林』と『今昔物語集』との直接関係の議論はさておき（双方が直接の関係にないことは今日の常識ではあるが、双方を比較検証する必要は大いにあり）、まさにその提起の通りであろう。さらに、『今昔物語集』と『宇治拾遺物語』との文体の差異に言及するのも、論の当否はさておいて文芸史的観点からの提言として留意したい。最後にいう「概念史研究」が閉じられたものではなく、「近現代の諸概念を国際的・歴史的に相対化」することで、自らを既成概念から解き放ち、「文化史の再建」を主張するのも同感である。「物語」や「神話伝説」などの概念編制の再検証を迫るのは、今日の説話研究が自明のものとなり、「説話」そのものの根源の探索を怠りがちな情勢への警鐘として読めるであろう。

以上ごくおおまかに各論についてたどってみたが、期せずして九編の論文が三編づつある程度のまとまりを持って展開することが知られる。

まず時間と空間からみれば、東北の歌枕から名所の錦論、京の河原院という一種の名所にかかわる前田論、西国の聖地巡礼の大橋論がそれぞれ名所・聖地という空間・場所に関する論のグループとみなせる。ついで、頼朝神話ともいえる尾崎論、源氏系の武田・足利の始祖伝承にかかわる谷口論、『太平記』から『近世太平記』への転移を解く樋口論で、武家の始祖伝承言説、軍記も含む歴史叙述という歴史・時間系の論のまとまりになる。そして、東アジアの視点から説話話芸の小峯論、ベトナムの漢文説話と歴史叙述のオワイン論、近代の説話概念史の鈴木論とで東アジアの観点、国際視野からの説話概念というグループになり、時空間、歴史叙述、国際性といった展開相の構成となっている。

さらにいえば、共通する問題群としては、かつての研究を領導していた、一つのテクストや一つのジャンル、一つの時代あるいは一つの地域の枠内に視野を限定する（それが研究主体のアイデンティティでもあった）次元を越えた、ひろがりを有していることだろう。特定の時代や地域を越えた展開が基調となっており、通時代、通ジャンル、超域にまたがる研究の地平が拓かれているとみなせる。和歌が何をどう詠むか、その本源を探る試みの一環に歌枕・名所の研究があり、平安や中世に特化されがちだった分野を近世にずらし、都中心の文学史観を東北地域から相対化する視点（錦）、『源氏物語』の読みをめぐる中世の論義問答への着眼（前田）、寺社縁起・順礼記の位置づけで中世を焦点としつつ古代から近世にいたるまでの射程からその形成史を見通す論点（大橋）、戦国期の武田氏の足利将軍との関わりから平安期の始祖に遡行する論点（谷口）、『太平記』を中世からではなく、近世にずらしてその照り返しで位置づけ直す視座の確立（樋口）、説話の意義を説話集や口承文芸だけではなく、唐宋代の話芸から明治近代の講談、講演、教育法の筆記本に接続する論点（小峯）、『嶺南摭怪』を神話伝説集の形成としてだけではなく、後代の歴史叙述への位置づけからとらえ返す視点（オワイン）、説話概念を文化史や文芸史の視点から再措定する試み（鈴木）等々、研究視点の輻輳や変転をまざまざと感じ取れるであろう。

そうした視点の変位がおのずと、巡見使の旅日記（錦）、源氏注釈としての論義問答（前田）、縁起・順礼記（大橋）、法語資料（谷口）、近世期の太平記物（樋口）、明治期の〈説話本〉（小峯）、ベトナムの漢文神話伝説集（オワイン）といった、あらたな資料の発掘紹介や従来認知されず研究対象となっていなかった分野の開拓をおのずともたらし、既知の資料やテクストの読み替えにもつながっている。

また、各論文を通じて浮かび上がる説話の本性の一つに起源説があげられる。広義の神話論と言い換えてもよいが、人間が常に今、ここに生きていることの意義を追い求める限り、必ず必要となる概念操作であり、想像力（創造力）の源泉でもある。物事の起こり、起源、由来、縁起、いわれを説く言説がまさに説話であり、説話によって今、ここに、在ることの意味づけがなされる。歌枕・名所の起源（錦）、西国順礼の花山院他の始祖伝承（大橋）、頼朝挙兵の起源（尾崎）、武田氏の始祖伝承（谷口）、『太平記』に淵源する歴史故事（樋口）、『嶺南摭怪』による起源伝承（オワイン）等々、説話論がおのずと起源論に向かう指向性がよくあらわれている。

また、説話論は右の始源指向と対応して、カノン（古典、聖典）論の相対化ないしは解体にも向かうことがうかがえる。歌枕はまさに和歌に詠まれるべき名所であり、カノンの象徴ともいえるもので、それ故実体化され、考証の対象にもなる。『源氏物語』を研究し、その解釈をめぐって種々論議するのも、そのカノン化にほかならない。『源氏物語』はたんなる気楽な読み物ではありえない、知識人が寄り集まってその当否を議論するような権威ある古典になったことを象徴する。寺社縁起類もまた聖地をめぐるカノン形成の一環としてあり、人々が聖地を必要とし、参詣や巡礼のよりどころを求めていたことに応える試みともいえる。巡礼の旅ごとに想起され、蘇生する始源の説話が現在化（顕在化）される必要性があったことをよく示していよう。

また、近世期における太平記文化もしくは太平記現象は、シンドローム（症候群）ともいえるほど広範に波及していたわけだが、歴史を解釈し、創出する枠組みとして、いかに『太平記』が必要とされていたかをよくあらわしており、それらを総合的体系的にとらえる試みにはまだ多くの課題が残されている。足利や武田など武家の源氏始祖観に象徴される始祖伝承もまた起源の聖化の営みといえる。頼朝挙兵神話を作ったのは『平家物語』であり、『愚管抄』はそれを相対化しつつ、またあらたなカノン言説を作り出している経緯がうかがえるだろう。

カノン論にあわせて、ここで読者にはなじみの薄いと思われるベトナムの『嶺南摭怪』に言及しておきたい。このテクストは十四、五世紀の陳朝において形成され、王が神である古代神話についで秦漢代以降の中国の支配を受けた、いわゆる北属期の時代から説き起こす神話伝説集で、長い時代を経て語り継がれた口頭伝承をふまえる。当初は二巻で次第に増広していったらしい。オワイン論に関連していえば、漢の支配に抵抗した二徴夫人（ハイバー・チュン）姉妹の英雄譚などはその代表であり、『嶺南摭怪』などとは無縁に、あるいはそれに触発されて各地に関連した話譚が派生する。たとえばハノイ近郊東部の港町ハイフォンではこの姉妹に従って奮戦した女性の黎真の活躍譚が伝わり、その銅像が街の中心部に立っている。漢字漢文から離れた現在のベトナムの人々にとって、『嶺南摭怪』は忘れ去られても、個々の神話伝説は今もなじみのあるものが少なくない。『嶺南摭怪』の代表的な話譚をもとにする絵本なども今日に流通する。『嶺南摭怪』はまぎれもなくベトナムのカノンといえるだろう。写本で広まった結果、異本や増補本も多く、本文関係も錯綜し、校合作業も煩瑣になっており、オワイン氏の苦心の校訂本文が作成されつつある。

以上、きわめて恣意的な概括になったが、説話と歴史（史料）との連関を考究する研究は今後もさらに絶え間なく続くことになろう。ことは歴史叙述の胚胎する説話という次元のみにとどまらない。今日の研究の進展はテクストの洪水と言いうるほどあまたの史資料をもたらした。それだけ説話の対象が増えたわけで、譬喩的に言えば説話は〈世界の喩〉であるから、いつの時代にも必要とされ、あらゆる領域にひろがる。説話は説話集テクストに代表されるが、それだけではない。あらゆる文学ジャンルや歴史史料にも見出せるし、文字資料や口頭伝承の多くに遍在する。同時に説話を生み出す場もまた説話学の対象になる。貴族社会の言談、学問注釈、法会の説教、談義、問答をはじめ、民間の噂、巷説、風聞等々、これも挙げていくと際限がない。つまりはメディア（表現媒体）それ自体も説話なのである。説話を説話集だけで考えるべきではなく、説話集もまた一つのメディアとしてある。語りと書く行為の交差にかかわる言説の総体が説話だといえるだろう。その対象は無尽蔵である。研究の視点や方法が多極化し、多様化するのも必然の理である。個々のテクストを丹念に地道に読み解くことで、それがあらたな研究のステージを拓きうる方位を指向（試行）するほかない。微細な視点がひいては大きいひろがりのある地平を開拓することにつながるのである。

ことは史学も文学も同じであろう。史実か虚構かという二元論から一方を排除するのではなく、虚構もまた歴史事象として双方を一元的によじり合わせてその表現の位相差を探究する姿勢が肝要である。歴史史料も説話もどちらかを縦の上下に見るのではなく、ともに同じ地平から水平的に重ね併せてとらえていく方策が必要であろう。その意味では、歴史学と説話学はきわめて近い相補的な関係にあり、今後もあらたな研究の起点を担うべき絶好の領域といえるのである。

実学偏重の二十一世紀における人文学のはたすべき役割は重い。とりわけ史学と文学の協同は今後益々重視されるに相違なく、さらに宗教、美術、民俗等々、多領域にわたる学と知の結集がもとめられるだろう。本論集がそうした課題を共有し、更新し続けうる媒体となれば望外の喜びである。

第一章　歌を詠む名所
——巡見使の旅日記を検証する

錦　仁

一　歌枕から名所へ

歌枕は、なにゆえに必要であったのだろうか。同じ意味をもつ名所とくらべて何が違うのか。そして、それらはどのように受け止められていたのか。主に中世から近世の実態を観察して考えようと思う。

筆者はすでにこのテーマでいくつか論文を発表した。本稿は視点を変え、新しい資料と知見を加え、書き足りなかったことを補い、より総合的に考察する。(1)

歌枕は、藤原公任の著という『歌論議』もそうだが、もともと歌を詠むための作例集・参考書の類をさした。今日の理解のように、歌に詠まれた、あるいは詠まれるべき地名だけをいったわけではない。『能因歌枕』の成立にはまだ不明なところがあるが、(2)巻頭は「天地《テムチ》　あめつちといふ　道　たまほこと《(ママ)》いふ」（川村晃生ほか編「校本『能因歌枕』」『三田國文』第五号、一九八六年六月）から始まる。歌を詠むならば「天地《テムチ》」ではなく「あめつち」と言い換え、「道」を詠むならば「たまぼこ」をかぶせて枕詞にし「たまぼこの道」とすればいい。このようにすると、次にくる詞が自然と引き出されて、さほど苦労なく一首がまとめられる。歌枕は、歌を詠みやすくする参考事例のことでもあった。能因はこの書をそのつもりで編んだはずである。

『能因歌枕』はやや乱雑な構成になっており、こうした便利な知識を次々と並べていく。だが後半に入ると、歌に詠むべき地名を多数あげている。それは「山城国《やましろのくに》　おとは山　ふしみ山　深草山《フカクサヤマ》」云々とあるのが始まりで、山・河・宮・森・滝の名前を八六ヶ所あげる。以後、全国六二ヶ国の「国々の所々名《ところ〱のな》」を次々と書き記す。『能因歌枕』は歌枕と名所の二つについて模範となる作例をあげて説明したのである。歌の頭（枕）に事物・地名を置くとすんなり詠める。というわけだから、歌枕と「所々の名」はやがて同種のものとして理解されるようになる。

歌枕は次のように説明される。

> 歌枕とは、歌人たちが憧れ、ことばによって作り出した幻想の空間である。むろん、地上にある現実の場所なのだが、古歌に心をよせる者にとっては、幻想の空間が重なり合って存在しているのである。歌枕を旅するとは、いわば、現実の風土と、幻想の風土の狭間に、我が身を置くことである。(3)

簡にして要を得た説明であり、付け足すことはない。しかし、「幻想の空間」である歌枕と「現実の風土」である地方の名所が重なるのは、そこへ行って、見て、歌を詠んだ実方・能因・西行のような旅人の内面においてではなかろうか。中世から近世の宗久・宗祇・三千風・芭蕉などもそういえるだろう。

かれらは現実の、生《なま》の名所を発見し、作品に表現して都の人々にもたらした。京都定住者の定家・家隆・為家のような歌人の心中に浮かぶのは、昔のままの「幻想の空間」であったろう。(4)

院政期に入ると、歌枕という用語はあまり使われなくなり、それに替わって名所が画然と増えてくる。歌合の歌題・判詞にも名所という用語があふれる。歌枕から名所へ切り替わる途上に『能因歌枕』が位置している。

中古から鎌倉期にかけて藤原清輔の『奥義抄』『和歌初学抄』などのような歌学書が流布した。それらに『万葉集』や『古今集』以下の勅撰集の歌々が注釈され、歌に詠み込まれた地方の名所が数多くとりあげられ、詳しい説明が施されている。「最上川」「武隈の松」などは、現地の人が語ったという情報のほかに、東国に赴任して実際に見てきた人の話が載せられている。そういう現実感のある情報が都人の興味をかきたてる。古歌の地名の歌論書的な知識や説話作品などに記された地方に関する情報よりも、はるかに興味をそそったであろう。京都定住者もより確かな情報・知識をふまえて歌を詠むようになるから、都人が心に描く「幻想の風景」は、地方のどこそこに存在する「実際の風景」らしさを加え、しだいに変容することになる。

『能因歌枕』は当時の社会状況の変化を反映しているだろう。院政期に入り東国支配の政治状況、交通や産業の流通・経済状況が変わり、それゆえ歌枕のあとに大量に地名を列挙する『能因歌枕』が編まれた。地方の名所の詠み方が、歌を詠むための必要な知識になってきた。能因は『万葉集』や『古今集』から『後拾遺集』頃まで詠まれた地名を〈それはここにある〉と認定している。多くは〈〜という国にある〉という程度の大まかな情報であるが、東国を旅した体験からピンポイントで特定したような地名が見られ、都人にはリアルに感じられたであろう。

能因は、都人の心中に浮かび上がる「幻想の空間」に、地方のここ・そこに実在するという「現実の風土」をもたらした。いわば、歌枕という幻想・観念に、名所という肉体・実体を与えた。古歌の知識をもとにした〈名所イメージ〉を目に見える風景へ置き換えた。歌枕という用語に替わって名所が使われるようになるのは、そのためだろう。その役割を能因が何ほどか果たしたらしい。遠い国々の地名は、中央と地方、観念と実在、都の人と地方の人、すなわち都を中心とする距離と空間の広がりをはらんで歌に詠まれるようになった。

二　名所を見て歌を詠む

「白河の関」を越えて東国に分け入り、歌を詠みながら綴る旅行記を書いた人に宗久（?～一三八〇）がいる。『都のつと』はそうした中世の作品の最も古いものに属する。二条良基が寄せた跋文に「貞治六年（一三六七）春」とある。帰洛後、思い出を綴ったものなので順路通りではないが、所々に次のような感慨が吐露されている。

・秋の末にこの関をこえ侍りしかば、こそべの沙弥能因が「都をば霞とともに立ちしかば秋かぜぞふく白川の関」と詠じけるは、まことなりけりとおもひあはせられ侍り。
・これなむあぶくま川なりけり。都にてとほくき、わたりし所の名なれば、かぎりなくとほくきにけるほどおもひしらる。
・みちの国たが（多賀）のこふ（国府）にもなりぬ。それよりおくのほそ道といふ方を南ざまに、すゑのまつ山へたづねゆきて、松原ごしにはるぐ〳〵とみわたせば、げになみこすやうなり。
（『新校群書類従』による）


宗久が旅に行く前から知っていたのは次の歌である。能因が「白河（川）の関」を越えたときに詠んだ「都をば」の歌（『後拾遺集』羈旅）、『古今集』東歌の「あぶくまに霧たちくもり明けぬとも君をばやらじ待てばすべなし」、同じく「君をおきてあだし心をわがもたば末のまつ山浪もこえなん」（ともに「陸奥歌」）。そういう歌によって現地の風景を想像してやってきて、「白河の関」では〈まことにその通りだ〉と確認し、「都にも今や吹くらむ秋風の身にしみわたる白川の関」と詠んだ。「阿武隈川」を見たときは「かぎりなくとほくきにける」と遙かな道のりを思いやった。「末の松山」では松原越しに海を眺め、古歌にいうごとく「げになみこすやうなり」と確認した。

私たちが今その場に立ってながめると、やはり同じように見える。都と地方、幻想と現実を意識しつつ現地の風景をしみじみと見つめて、歌を詠むのが宗久の旅であった。

阿武隈川は長く流れている。ながめるのに格好の場所へ案内する者がいたのであろう。場所が定まっていたらしい。「末の松山」も同じである。宗久はそのあと「白河の関」を見てから「出羽国へこえて、あこやの松などみめぐりつつ、みちの国浅香の沼をすぐ」と記す。「あこやの松」「浅香の沼」も、旅人を引き寄せる名所になっていたのだろう。「（能因が）八十島の記などいふものかきおきて」とあるから、宗久は能因の紀行文か家集を持ち歩いたのかもしれない。地元ではすでにそれをもとに遺跡を造って名所にしていたらしい。事実、現在の「末の松山」の近くの八幡宮に永仁二年（一二九四）の古鏡が伝わっており、「奥州末松山八幡宮」と刻されている。宗久が訪れた八十年以上も前のことだ。芭蕉が麓の「末松山宝国寺」に立ち寄ったことは記すまでもない。

宗久は「末の松山」（宮城県多賀城市）→「白河の関」（福島県白河市）→「あこやの松」（山形県山形市）→「浅香の沼」（福島県郡山市）へと南下し、また引き返して奥羽山脈を越えて山形県へ行った。そこからまた山を越えて福島県へ南下した。道順は不合理きわまりない。この通りに歩いたのか訝しいが、〈ここがあの有名な古歌に詠まれた風景・場所である〉という各地の名所がすでに中世に存在したことは間違いない。

東国では今を遡る七百年以上も前から名所を定めて風流人・旅人を待ち受けていたのである。おそらく、それより遥か前からであろう。誰しも知るように、次のような事例があるからだ。『古今集』雑上の「わが心なぐさめかねつ更級や姨捨山にてる月を見て」は詞書のない「よみ人しらず」の歌であるが、『大和物語』百五十六段には、信濃国更級の里に住む男が育ての親の「をば」を山に捨ててきて、悲しみをうたった歌だと記されている。『古今集』の〈古歌〉を在地の〈物語〉でもって解説・鑑賞するような関係になっている。

藤原清輔の『奥義抄』に、「出萬葉集所名《万葉集ニ出ヅル所ノ名》。普通、名所不注。さぎさか山《山城》　白鳥ノ鷺坂山、同所。又ホソヒレとも」とある。「普通、名所ヲ注セズ」は、「名所がどこにあるか説明しないのが普通だが、ここでは説明を少し加えてみた」ということかと思われる。同じく清輔の『和歌初学抄』には、「花さかぬのべに花をさかせ、紅葉なき山に紅葉をせさするは歌のならひなれど、ものにしたがひてよみならはしたる所のあるなり」という。そして、「霞ニハ　ミヨシノ　アシタノハラ」「萩　ミヤギノ」等々の多数の作例をあげて、「つねにはかやうの所をよむべき也」（『日本歌学大系』による）と教えている。「所ノ名」は、そういう特定の意味をあらわす符牒・記号として詠まれる時代に入っていた。Aという地名はBという意味や心中を表現する歌語になっている。地名は半ば現実に存在する場所ではなくなった。そういう和歌の表現法を身につけよ、と教えているわけだ。

歌枕が「空想の風土」であるのは、こういう理由による。しかし、歌に地名が出てくる以上、それはどこか、どういう事情で詠まれたかを知りたくなるのは当然だ。和歌はわずか三十一文字だから、場所・内容がはっきりしない表現になる。だから『大和物語』のように、事件の顛末を詳しく述べた在地の〈物語〉が興味をそそる。〈古歌〉を解釈・鑑賞するのにそれは必要だと思われる。名所がどこにあるか、どのよう風景で、どのような〈物語〉がその土地に伝えられているか、に関心・興味がつのる。『大和物語』などの地方を舞台にした〈物語〉は、その地方の人々に名所づくりの根拠を与えてくれたであろう。平安時代から名所づくりが始まっていたのではないか。〈物語〉が都に運ばれて人々を楽しませ、それゆえに地方で名所が作られる。そういう循環構造があったのではないか。歌枕すなわち歌に詠む名所は、中央と地方をいわば股に掛けて成立・現象すると考えてよいだろう。

地方の名所とそれにまつわる〈物語〉は、民衆の間に語られてきた伝説のごとく解されることが多い。しかし、すべてがそういうものではあるまい。古歌の注釈という知識人の営みからも考えるべきである。元亨二年（一三二二）に為藤から、正中元年（一三二四）に為世から浄弁に伝授された『古今集』の説があり、それを弟子たちに相伝したのが『浄弁注』である（『和歌文学大辞典』、解説・小林大輔）。「立わかれいなばの山の嶺におふる松としきかばいまかへりこむ」（離別・行平）を見ると、「いなばの山、因幡国にあり。美濃国にもあり。其は稲葉の山なり。いづれにてかあらむ」と注釈されている。「いなばの山」が二ヶ国にあるという。また「秋はぎの花さきにけり高砂のおのへの鹿はいまやなく覧」（秋上・敏行）には「高砂、播磨国名所也。又、惣じて山の名とも云へり」と播磨国以外にもあるという[5]。こういう注釈が『浄弁注』に数多く見られる。

これらの歌を詠んだ行平と敏行は、どの国にある山かを気に留めず、知らずに詠んだのだろうか。歌はそれでも詠めるけれども、〈それはどの国にある〉という為世・浄弁の注釈は、歌を詠む人に〈知っておくべき知識〉を提供している。一方、地方の人々は、この知識を根拠に自分たちの土地にその歌の名所を作ってみよう、と思うかもしれない。

もう一首あげてみる。「みよしの、吉野、瀧にうかび出るあはを《ママ》かたまのきゆとみつらん」（物名・友則）の「おがたま」について、浄弁は為世の教えてくれた説を、此事、説々多といへどもさしたる証拠もなし。分明の相伝もなし。大方如此事、国々所々の風俗としていひならはしたる事か。今の世にいひならはしたることか。今の世にわづらはしくならひ事など、てもちいあつかうことになれり。然ば国々の民などに尋きくべきにや。京極入道中納言は、狭衣に、おく山にたつをだまきと云へり、古語のならひ、文字を略していへるかと仰せらるゝばかりなり。

と解説している。証拠も相伝もなく解釈しにくい場合は、「国々の民など」にその土地でどのような意味で使われているかを尋ねて聞くべきではないか、というのである。本居宣長は方言や村々の言い伝えの類を古歌の注釈に役立てるべきことを持論とし、弟子にも説いたが[6]、それはすでに数百年も前から為世や浄弁によって推奨されていたのだった。

為世・浄弁は「国々所々の風俗」に注目すべきことを説いた。『古今集』の歌の解釈に、「国々の民など」の語り伝えていることが有効な手がかりを与えてくれると考えていた。だから、それについて何も書いていない藤原定家の注釈に批判的な目を向けたのである。こうした古歌の注釈がふんだんに見られることは、すでに地方に、古歌にもとづく名所・遺跡が定着していて、土地の人々の語り草になっていたことを物語るだろう。

先に指摘したように、「末の松山」は宗久がきた頃すでに現在の位置に存在していた。「あこやの松」も、宗久は陸奥国から出羽国にきて見たというから、現在と同じ山形市にあった可能性が高い。笹谷峠を越えてくると、そこに見えるからだ。能因・宗久の尋ねた「白河の関」は現在の場所でないが、その周辺であったことは間違いない。「象潟」はもちろん秋田県にかほ市のそれだったことはいうまでもない。

地方はそれぞれ、平安・鎌倉時代の昔から、歌の名所を用意して風流人・旅人を待ち受けていた。各地にそういう旅の装置ができていた。名所は、近世の観光産業によって作られた怪しげなものが多いといわれるが、そういうものがあると同時に、もっと古くから存在し、多くの旅人を引きつけ、数多くの歌を生み出した場所があった。日本の紀行文学を豊かなものにしてきたのである。

名所に行って風景をながめると、ここを訪れて歌を詠んだ、あるいは、ここにきて歌を詠んだという伝説の歌人の立ち姿が目に浮かんでくる。それゆえ、かれらの歌に我が心を重ね、本歌取りよろしく歌を詠む。昔の人と今の人とが歌を通して出会う場所なのである。〈古人の心をふまえて歌を詠む〉のは、平安期から続く詠歌の精神であるが、それをまさしく実践し、現代へ、未来へと和歌が続いていくことを確かなものにする場所をいう。

三　巡見使の旅日記

名所を尋ねて、遠い昔の歌人を偲んだのは、歌人や俳人ばかりではなかった。江戸幕府が全国に派遣した巡見使たちも強い関心をもって見てまわった。たとえば、天和二年（一六八二）秋、庄内藩への私領巡見に際し、国目付の保科主税・阿部八之丞が前もって庄内藩の役人を呼び出して申し渡した二通の「覚」（酒田市立光丘文庫蔵『承露盤』一七）がある。そこに記された調査項目には、隣国との境目・寺社数・古戦場・宿場・古城屋敷・町割などとともに、「山々之名、原、がけ（崖）、渡り、所々之事」「里々（の）名之事」「名所并古跡之事」を前もって報告せよ、などと記されている。もう一通には、領内城内の地図・知行高・分限帳・酒田港入船数などを提出・報告せよ、などと記されている[7]。

天保十年（一八三九）夏、越後国（新潟県）を巡見使が通ったとき、荻堀村（新潟県三条市）の農夫「今井屋福三郎盛益」が幕府の「下知」を書き留めた古文書が残っている（福島県立図書館蔵『御巡見一件聞合書　三』）。それを見ると、代々将軍の位牌を安置する寺院はあるか、制札・高札は何ヶ所に設置されているか、名のある山・川・林・竹・木、薬草の採れる場所、漁撈・狩猟をする「稼所」はあるか、といった三〇をこえる調査項目のほかに、巡見使がくる二〜三日前から「にんにく」など匂いのするものは食べてはならぬ、ということまで細かく農民に命じている。福三郎は「孝人有無之事」という問いに「此義、別紙書附書上申候」、「名所有之哉事」という問いに「此義、領分ニ名所無御座候」と答えている。その他の問いにも、ごく簡略に、当たり障りのないことを書いて提出している。

巡見は、幕府の権威を楯に、国々における藩政の実態と民情を調べ上げることに目的があった。ならば、それとは一見関係がなさそうな、国々の名所をなぜ調べさせるのか。重要な調査項目ではないとしても、調査すべきものと認識していたことは間違いない。名所は風景の美しいところ、景勝地のことで、昔から和歌に詠まれる。「松島」や「象潟」のように全国に知れ渡っているところもあれば、伝説や由来譚を伴い、地元の人だけが知っている名所も数多い。それらが巡見の対象にされたのは西国でも同じであった。たとえば、寛文七年（一六六七）秋、中国・四国・九州の巡見を記録した『西国巡見記不審聞書』（宮城県図書館・伊達文庫蔵）にも、有名な「蟻通ノ明神」（和泉国）から「不見女《ミヌメノ》浦と申（す）名所」（摂津国）のようなところまで、さまざまな名所を丹念に見て歩いて記録している。

四　西行の詠んだ「玉椿」

巡見使および随行した祐筆の旅日記を五つとりあげて、西行が福島県南会津町にきて歌を詠んだという「玉椿」の一節をくらべてみよう。史実ではない西行伝説を伴う名所が、どのように伝えられ、どのように変化したか、あきらかになる。

享保二年（一七一七）三～九月、奥羽・松前の私領巡見使は、有馬内膳純珍・小笠原三右衛門重信・高城孫四郎清胤の三人であった。旗本クラスの上級武士である。表紙に『奥羽道ノ記』（北海道大学附属図書館蔵。A本）と記す一本は、高城孫四郎に随行した岩倉佐仲太の作。跋文は高城が書いたのであろうか、岩倉佐仲太は「常ニ和哥ヲ好ミテ古歌ヲ吟ンズ。旅行之勤トシテ寸暇無シト雖モ、名所・旧跡且ツ寺院之古跡、或ヒハ難所・舟渡シ・渡海等之折ニ当リテ心ニ浮ブ卅一字ヲ口ニ任セ、反古之裏ニ書キ留《トヾ》ム也」（原文漢文）とある。和歌に詳しい佐仲太を祐筆に任じたのは、名所が記録すべき対象であったからだろう。

佐仲太自身は序文にこう述べている。〈昔から陸奥国の「哥枕」を旅して歌を詠んだ人は数知れない。そういう人の家集などを読んで歌枕の風景を想像するだけでは物足りない。どんなに困難な旅になろうとも、現場に行ってこの目で確かめたいものだ。和歌は「敷嶋の道」であるからだ。私はそのチャンスを与えられて帰ってきた。書き記さないでおこうと思ったが、世にある旅行記は詳しく書いたものが少ない。自分だけが知っているのは空しいことだから、恥を顧みず書き残すことにした〉云々。

「玉椿」を次のように記している（以下、すべて原文は平仮名と片仮名が混じっている。原文どおりに翻字した）。

糸沢を過（ぎ）て道のほとりに「はねしほの瀧」といへるあり。名に似たるふぜひ《風情》もあらねど、いかなる事の品ありて名付（け）侍（る）にや。是も又、みすてがたきけしきなり。塩沢、ふくめ沢、針生など云（ふ）里の源に入小屋といふ里あり。道より左の山際に椿沢といふ所あり。幾重もうちをゝひたる山の木だちしげりて、見渡したる程ハミねたかくそびへ《ママ》て、所まだらに賤が家も立（ち）たれど、いとものさびしき谷の下道なれバ、いづこに心をとめて見るべきほどの事もあらねど、いにしへ此所、椿の花面白く咲けるよし。

古哥　　西行法印

陸奥《みちのく》の南のはての玉椿所をとはゞいなとこたへよ

此あたりを伊南の郷といへり。今も椿の咲くやととへバ、なしといふに、玉椿さくやととへバいなといふさとの名のミハいまも残りて途中、「はねしおの滝」という優美な名の滝を見て、福米沢《ふくめざわ》、針生《はりう》を通り、駒止《こまど》峠を越えて入小屋《いりごや》に下りると、向かいの山際に「椿沢」というところがあった。昔、西行がきて歌を詠んだ「玉椿」があったが、今はないという。西行の歌をあげ、自分も一首を詠んでいる。

正確にいえば、巡見使たちは「椿沢」まで行っていない。そこは樹木に覆われ、見えなかったとあるからだ。「所まだらに賤の家」があるというのは、手前の狭い谷間であろう。現場に行ってみると、細い谷川が流れ、山の斜面に背の低いヤブツバキが群生している。

案内人に今は「玉椿」はないと聞かされ、そこまで行かなかった。ほかの旅日記ではどうだろうか。『享保二丁酉年（一七一七）三月ヨリ／奥州・出羽／松前巡見覚』（北海道大学附属図書館蔵。B本）は、表紙に「高城孫四郎」と記す。見返しに「奥州／出羽／松前　名所古城覚」、内題に「陸奥・出羽／松前名所」とある。高城はA本の筆者・岩倉左仲太の主人であるが、やはり名所と古城は調査対象なのだった。

> 四月八日。晴。入小屋村之内、玉椿名所アリ。此道ヲヘツリ道ト云。山際ニ椿有之候由、今ハ椿無之候。西行哥ニ、
>
> 　みちのくの南のはての玉つばきところをとはゞ伊南《いな》とこたへよ
>
> 右之所を伊南郷と申よし。

巡見使は毎回ほぼ同じコースを通った。駒止峠を下りると「ヘツリ」へ行く道に出た。「へつり」は

崖道をいう。昨日通った下郷町の阿賀野川沿いに奇巌の立ち並ぶ景勝地である。案内人が、「玉椿」は駒止峠を下りた道の向こう側にあるというが今はない、と語った。そしてA本と同じ歌をあげる。

もう一本あげよう。『享保二酉年（一七一七）奥州巡見日記』（酒田市立光丘文庫藏。C本）は有馬内膳の祐筆が書いた。A・B本と少し違うところがある。

（四月）九日。田嶋村。懐山《ナツカシ》ト云（ふ）名（の）山在。新知山ト云。左手、しほ瀧高壹丈斗巾五間斗流川の滝也。糸沢村、七ツが嶺、山王峠、下野国・奥州境なり。山王祠有。今生村、ふさり川、虫食塩沢村、上塩沢村。左ノ山上ニ岩神ト云岩有。中ニ穴有と云。ふくめ沢、今井沢村、あこう、原川、豆渡村、針生田嶋ゟ貳里虫食。左山上ニ木根岩キネノナリ也。駒戸峠大峠也。前が沢、清水、大峠虫食境也。小峠、ガツカ清水ト云（ふ）清水有。入小屋村、道左、椿沢ト云（ふ）所有。其渕ニ椿の花アリ。昔ハ五色ト云。西行法師、此所を通りて、

陸奥《みちのく》の南の果の玉つばき所をとハゞいなとこたへよ

通りゟ右、大瀧、流《ナガレ》川ノ滝也。中小屋村。左、なミ瀧ト云（ふ）瀧有。

駒止峠を下りて「入小屋村、道左、椿沢ト云（ふ）所有」までは同じである。しかし「玉椿」が今もあるかのように「其渕ニ椿の花アリ。昔ハ五色ト云」と記す。歌は同じである。〈昔は五色の花をつけた〉は案内人の独自見解だろう。ここだけA・B本と違うわけがない。

要するに、三人の巡見使の一行は少し離れて歩いたのである。A本は日付を記さないが、同じときのB本は四月八日、C本は四月九日である。長い行列を組んで歩いたのではなく、三組が別々に歩いた。小笠原重信一行の旅日記は残されていないが、そういってよいだろう。ゆえに案内人がそれぞれ違う。説明内容は前もって決められていたが、おのずと違ってくる。しかし〈今は玉椿はない〉はA・B・C本とも同じである。

五　半世紀後の歌

享保二年（一七一七）には「玉椿」は存在していなかった。同じ巡見の三本の旅日記からそういえる。だが、それから四十五年後の宝暦十二年（一七六二）、巡見使・榊原左兵衛職尹に随行した宮川直之の『奥羽松前日記』（東北大学附属図書館・狩野文庫蔵。D本）には、同じく四月初旬、「玉椿」は存在するかのごとく書かれている。そして歌の語句に大きな違いが見られる。

一、入小屋村ニ玉椿ノ大木有（リ）。
陸奥《みちのく》の南の山の玉椿問ふ人あらばわぶと答へよ　　讀人不知

「玉椿ノ大木有（リ）」は本当だろうか。目の前にあるかのごとくだ。案内人がそう語ったとは思えない。植え替えたなら別だが、半世紀前になかったものが今あるわけがない。寒冷高地にツバキの大木は珍しい。むしろあり得ない。宮川直之たちも、今はないと聞いて見に行かなかった。短い記述はそのためだろう。

結論をいえば、「玉椿」は案内人の説明を聞いて通り過ぎる程度の名所だったと思われる。歌は「南の果て」が「南の山」に、「いなと答へよ」が「わぶと答へよ」に変わり、まるで違う歌になっている。注意すべきは「讀人不知」とあることだ。ということは、西行が「椿沢」にきて椿の大木を見て歌を詠んだという伝説は根拠がなく、証拠の資料がなく、実体がなかった。地元の案内人はそれらを示さなかったのである。直之は西行作と信じていないのである。

C本には、昔は五色の花を咲かせたとあった。時が経てば話も歌も変わる。案内人が創作したのだろうか。その程度なら許されるのが伝説というものだろう。

ちなみに、歌の構文が似ているものをこの地域に探してみる。享保二年の巡見から九十二年後、宝暦十二年の巡見から百三十七年後の『新編会津風土記』（文化六年〈一八〇九〉序）には、「椿沢」という地名も「玉椿」の大木も出てこない。ただし、そこから五十キロ余り離れた「耶麻郡」の土田《ハニタ》新田《シンデン》村に、「会津山麓ノ野辺ノ傍《かたわら》ニヒトトリ石ノアルトコソキケ」という歌が伝わっている。毒気を吐いて人を殺す「人取石」という巨岩があり、「何人ノ詠カ一首アリ」と記す。上句に珍しい事物を出し、下句にその場所を示す構文が、先にあげた「玉椿」の歌とやや似ている。[8]

以上の四本のほかにも巡見使の旅日記が残っている。享保二年の『陸羽出羽并松前蝦夷地巡見記　並

名所舊跡　陸海道　法《みちの》り細見』（北海道大学附属図書館蔵。E本。これも高城孫四郎に随行した祐筆の旅日記。筆者不明）もその一つで、表紙に「名所舊跡」を見てまわったと記すが、やはり「玉椿」には一言もふれていない。有名な「遊行柳」にもふれていない。宮川直之の『奥羽松前日記』（D本）も、「遊行柳」の西行伝説を「妄説也」と否定している（後述）。

まとめておこう。天下に知られた由緒正しい名所もあれば、怪しげな名所も多かったのである。それが名所の実情なのだった。岩倉佐仲太は序文に、歌の名所を見てまわることは「敷嶋の道」の風習であり、歌を詠む者にとって大切なことだと書いている。宮川直之も「その所へ行き至りてみれば、思ひにもまさりていとめづらかに、おもしろき事どもおほかりき」という。名所をめぐる旅は和歌に興味をもつ人の共通の願いであった。実際に行って見ると、思っていた以上に素晴らしくて新鮮な感動を覚えることが多かった。しかし、そうでない場合も多々あって、とりわけ直之は、怪しげな名所・伝説を厳しい態度で批判したのである。

続けて直之は、「道すがら其所しらせ給ふぬしく\より道しるべの人出（で）きて、名所旧跡のいはれなど物語する、いと興あり。その事かの事わすれぬ為にと日毎に書きにかきつくれバ、あまたの紙数かさなりぬ」という。行く先々で藩主・領主の命じた案内人が「名所旧跡のいはれなど（を）物語」ってくれた。それを毎日書き留めた。しかし直之は序文の最後に、「かねてふみどもに見置し事ども考へ合せ」たという。帰府後、信頼の置ける書籍に書いてあることと見くらべて旅日記を書き上げたというのである。つまり、「玉椿」の歌は西行の家集や勅撰集にないから「讀人不知」と判断したのであった。

臨川書店の　2019/6～7

新刊図書

古勝隆一 著　京大人文研東方学叢書6

目録学の誕生

劉向が生んだ書物文化

■四六判上製・268頁　三、〇〇〇円＋税

永田知之 著　京大人文研東方学叢書7

理論と批評

古典中国の文学思潮

■四六判上製・290頁　三、〇〇〇円＋税

船山 徹 著　京大人文研東方学叢書8

仏教の聖者

史実と願望の記録

■四六判上製・242頁　三、〇〇〇円＋税

佐藤洋一郎 編

日本のイネ品種考

木簡からDNAまで

■A5判上製・266頁　四、五〇〇円＋税

倉本一宏・小峯和明・古橋信孝 編

説話の形成と周縁

古代篇・中近世篇

■四六判上製・296頁～304頁　各三、二〇〇円＋税

京都大学文学部国語学国文学研究室 編

國語國文88巻6号・7号

■88巻6号・7号 A5判並製 48頁～64頁 九〇〇円＋税

藪内清著作集　全7巻

京都大学蔵 **潁原文庫選集**　全10巻

戦後日本を読みかえる　全6巻

真福寺善本叢刊〈第三期〉神道篇　全4巻

内容見本ご請求下さい

臨川書店　〈価格は税別〉

本社／〒606-8204 京都市左京区田中下柳町 8 番地　☎(075)721-7111 FAX(075)781-6168
東京／〒101-0062 千代田区神田駿河台 2-11-16 さいかち坂ビル　☎(03)3293-5021 FAX(03)3293-5023

E-mail（本社）kyoto@rinsen.com（東京）tokyo@rinsen.com　http://www.rinsen.com

佐藤洋一郎 編（京都府立大学文学部特別専任教授）

日本のイネ品種考
木簡からDNAまで

イネの化石分析から、「ブランド米」の出現まで。イネの品種の栄枯盛衰はどのように繰り返されてきたのか。そのことは私たちの文化・社会にいかなる影響を及ぼしたのか――考古学、自然科学、料理人それぞれの視点から、イネと米の来し方、行く末を展望する。

■Ａ５判上製・266頁　四、五〇〇円＋税

ISBN978-4-653-04414-7

同編集委員会 編

新井晋司・川原秀城・武田時昌・橋本敬造
宮島一彦・矢野道雄・山田慶兒

藪内清著作集 全7巻

6回配本

第6巻「自然科学史 数学史／医学史」

叡智を極めた科学史の碩学、その全容が明らかになる――科学史の諸領域にわたり独自の史観を打ち立て、独創的な研究を生み出すと共に科学史を一つの学問分野として確立した藪内清（一九〇六―二〇〇〇）。単行本未収録の論文、入手困難な著作を中心に多岐にわたる氏の業績を編む。各巻解題・月報付。

■第6巻　菊判上製・約528頁　予価一四、〇〇〇円＋税

6巻：ISBN978-4-653-04446-8
ISBN978-4-653-04440-6（セット）

名古屋大学人類文化遺産テクスト学研究センター 監修
岡田荘司・伊藤 聡・阿部泰郎・大東敬明 編

真福寺善本叢刊〈第三期〉神道篇

既刊

第2巻「麗 気 記」

真福寺（大須観音）は、仏教典籍と共に、鎌倉・南北朝時代に書写された数多くの中世神道資料が所蔵されており、研究上比類ない価値を持つ。先の『真福寺善本叢刊』以降に発見された写本をはじめとして構成される本叢刊は、中世神道研究のみならず、日本中世の宗教思想・信仰文化の解明にとって多大な貢献をなすものと期待される。

：ISBN978-4-653-04472-7
978-4-653-04470-3（セット）

説話の形成と周縁

古代篇・中近世篇

風土記・万葉集から日本霊異記、今昔物語集、さらには軍記・古註釈、説話の言説・メディア論まで。物語・和歌・美術・宗教との関わりのなかで、説話はいかに生み出され定着したのか。また、時空間やジャンル、虚実の壁を越えて、説話はいかに発展してきたのか。

■四六判上製・296頁〜304頁　各三、二〇〇円＋税

古代篇：ISBN978-4-653-04
中近世篇：ISBN978-4-653-04

戦後日本を読みかえる　全6巻

全巻完結

坪井秀人 編（国際日本文化研究センター教授）

1 敗戦と占領
2 運動の時代
3 高度経済成長の時代
4 ジェンダーと生政治
5 東アジアの中の戦後日本
6 バブルと失われた20年

——編者のことば——　〈戦後〉は日本の内から外から、しかもそれぞれまったく違う力学のもとでその終末を迎えようとしているのかもしれない。しかし、このような現在だからこそ、人文学の知をここに集めて、臆することなく真っ向から〈戦後〉を読みかえることに挑んでみたい。

■四六判上製・平均270頁　全6冊揃二〇、六〇〇円＋税

ISBN978-4-653-04390-4（セット）

京都大学文学部国語学国文学研究室 編

全巻完結

京都大学蔵 潁原文庫選集

近世語研究を畢生の研究とした潁原退蔵博士が生涯にわたって収集し学んだ一大史料群、京都大学蔵潁原文庫から、従来未翻刻のもので学術的意義の高い稀覯書を厳選して翻刻（一部影印、索引付）、巻末に詳細な解題を付して刊行する。

■Ａ５判上製・平均500頁　全10冊揃一六二、〇〇〇円＋税

ISBN978-4-653-04320-1（セット）

國語國文

京都大学文学部国語学国文学研究室 編

大正十五年（一九二六）の創刊以来、実証的な研究を重んじる立場から画期的な論文を掲載しつづけ、国語国文学の分野に貢献してきた本書は、国語学国文学の最新の研究状況をリアルタイムで発信する好資料である。86巻12号で通巻1000号を迎えた。

■88巻6号・7号　Ａ５判並製　48頁〜64頁　九〇〇円＋税

88巻6号：ISBN978-4-653-04428-4
88巻7号：ISBN978-4-653-04449-9

京大人文研東方学叢書

第一期 全10巻

京都大学人文科学研究所東方部は、東方学、とりわけ中国学研究に長い歴史と伝統を有し、世界に冠たる研究所として国内外に知られている。約三十名にのぼる所員は、東アジアの歴史、文学、思想に関して多くの業績を出している。その研究成果を一般にわかりやすく還元することを目して、このたび「京大人文研東方学叢書」をここに刊行する。

■四六判上製・平均250頁

好評既刊

1 **韓国の世界遺産 宗廟** 王位の正統性をめぐる歴史　矢木 毅　3000円+税

2 **赤い星は如何にして昇ったか** 知られざる毛沢東の初期イメージ　石川禎浩　3000円+税

3 **雲岡石窟の考古学** 遊牧国家の巨石仏をさぐる　岡村秀典　3200円+税

4 **漢倭奴国王から日本国天皇へ** 国号「日本」と称号「天皇」の誕生　冨谷 至　3000円+税

5 **術数学の思考** 交叉する科学と占術　武田時昌　3000円+税

6 **目録学の誕生** 劉向が生んだ書物文化　古勝隆一　3000円+税

7 **理論と批評** 古典中国の文学思潮　永田知之　3000円+税

8 **仏教の聖者** 史実と願望の記録　船山 徹　3000円+税

ISBN978-4-653-04370-6（セット）

人文研アカデミー2019

本づくりの舞台裏

「京大人文研東方学叢書」を語る in 東京

【日時】 2019年6月30日(日) 13時～17時
◆聴講無料、事前申し込み不要

【会場】 明治大学リバティタワー3階1032

【講師】 古勝隆一・永田知之・船山 徹

主催 京都大学人文科学研究所　共催 株式会社 臨川書店

しかも村々を厳しく調べ歩いた巡見使ですら「玉椿の大木」の側まで行って見た者はいなかった。おそらくこの名所は、近くの久川城に集った武士たちの文芸意識の産物であったろう。後述する大鐘義鳴の地誌『相生集』（二本松藩）、池田玄斎の随筆集『弘采録』（庄内藩）に記された事例と同様に、地元の武士たちが西行にまつわる名所を作って歌を詠み、風流心を満たしたのではないか。会津の民衆生活の中におのずと発生し語り伝えられてきた伝説であったとはとても考えにくい。

　さらに補足しておこう。「陸奥の南の果ての玉椿問ふ人あらばいなと答へよ」は、『古今集』東歌の「最上川のぼればくだる稲舟のいなにはあらずこの月ばかり」をヒントにしたと思われる。「稲舟」と「いな（＝否）にはあらず」の掛詞を、「此あたりを伊南《いな》の郷といへり」（C本）というわけで拝借・応用したのだろう。「椿沢」を流れる細い谷川は山口村に落ちて「伊南川《いながわ》」に注ぐ。よって「伊南の郷」ではあるけれど、伊南川から少し遠い。そのためか「いなと答へよ」は「わぶと答へよ」に変わり、地名の「いな」（伊南）が消える。その結果、上句の「玉椿」が下句の「伊南」にあるという構文が崩れて、歌の意味がわかりにくくなった。下野国（栃木県）との国境だから「陸奥の南の果て」なのだが、「陸奥の南の山」という平凡な言い方に変わり、旅のわびしさを吐露する歌になってしまった。土地に根ざした伝説の歌とはとてもいえない。

　もとの歌は、〈私は今、みちのくの南の果てを旅し、山奥に咲く「玉椿」を見ている。そこはどこかと問う人がいるなら、私にもよくわからぬ。伊南の郷だと答えてくれ〉という意味だろうか。半世紀後、上句と下句の結び付きが薄れて、〈私は今、わびしくつらい旅をしていると伝えてくれ〉に変わったのである。

さらにいえば、下句の「問はば〜と答へむ」は昔から歌によく使われる語法であった。より直接には『後拾遺集』雑三の橘季通（?〜一〇六〇）の歌、「たけくまのまつはふたきをみやこ人いかがととはばみきとこたへむ」を真似たのであろう。詞書に「則光朝臣の供《とも》に陸奥国《みちのくに》に下《くだ》りて武隈《たけくま》の松をよみはべりける」とある。国司の父の供をして陸奥国に下り、「武隈の松」（宮城県）を見て詠んだのであった。〈「有名な武隈の松は二木です。三木ではありません。私はたしかに見ました（「見き」）」〉としゃれている。伝説の作者は、季通と西行に陸奥国を旅した共通点を見いだし、「松」を「椿」に変え、『古今集』の東歌も加えて「偽歌」を作ったのである。手が込んでいるようで実は作為が単純で露わである。

実体性の乏しかった西行伝説がさらに乏しくなっていく。直之は、さまざまな文献を調べ直して、そうした怪しげな名所と歌に批判を加えた。「讀人不知」と書き換えたのは、西行の歌ではない、偽歌だということだ。

なお、北海道の「蝦夷」を巡見したところに歌の名所は記されていない。蝦夷は『古今集』以降の優美な和歌のある地域ではないから記されない。

六　名所の文献批評学

直之は、歌の名所を種々の文献をもとに批評したのである。栃木県から福島県へ入る「芦野道辺ノ清水遊行柳古跡」にも、それを実践している。『新古今集』夏に、「道の辺に清水流るる柳かげしばしとてこそ立ちとまりつれ」という西行の歌がある。「題しらず」なので、歌を詠んだ事情はわからない。

直之は『安齋随筆』（「新訂増補故実叢書」〈第一七〉所収）をもちだして、西行がここにきて詠んだとする説を厳しい態度で否定する。

> ▲直之追考。安齋先生随筆ニ伊勢貞丈先生也。
> 西行「清水流るゝ」の哥、此哥の意ヲ画クニ、清水流るゝ所ノ柳陰ニ西行立留リタル所ヲ画クハ非也。此哥ハ大治二年ノ比、鳥羽殿エ御幸ノ時、御障子ノ繪ノ面白カリケルヲ御覧ジ、其時、則清ヲメシ歌十首詠ジテ参ラセケル其十首ノ内ニ「道辺ニ清水流るゝ」の哥ハ柳陰ニ女房ノ水結ブ躰ヲ画ク。西行記ニ見エタリ。則清イマダ出家セザル先キノ事也。車・牛飼ヒ・従者ヲ画テ柳ノ陰ニ女房ノ水結ブ躰を画クベシト云云。／下野国芦野辺ノ遊行柳ト云ハ妄説也。

『安齋随筆』の著者・伊勢貞丈（一七一七〜一七八四）は『西行物語』（「西行記」）のほかに『西行物語絵巻』（渡辺家本など）を参照したのだろうか。大治二年（一一二七）春、出家前の西行（則清）が鳥羽院に招かれて障子絵を見て詠んだとある。これが史実なのか、『西行物語』はフィクション性が強いので、ためらわざるを得ない。しかし貞丈の時代は、事実を正確にいおうとすれば、右のように記すほかなかったであろう。

西行伝説の出所は、謡曲『遊行柳』である。観世小次郎信光の晩年の作で、初演は永正十一年（一五一四）（新潮日本古典集成『謡曲集』、伊藤正義の解説）である。「諸国遊行の聖」が旅の途中、「白河の関をもすぎぬ」る八街《やちまた》で土地の者に呼び止められ、道幅の狭い「古道」へ導かれ、「朽木の柳とて名木」に案内される。西行がきて例の歌を詠んだところだと語る。都から陸奥国へ旅をしたという設定ならば、白河の関の手前であるはずだが、この謡曲をもとに今の場所に遺跡が造られていたらしい。とすれば、中世からすでに存在していた遺跡であり、伝説であったということになる。

芭蕉の『おくのほそ道』は、もちろん西行がここにきて詠んだとは書いていない。「清水ながるゝの柳は蘆野の里にありて、田の畔《くろ》に残る」とあり、不要な憶測を与えない。だが、芭蕉の書き方は、西行がここにきて詠んだと地元で信じられていたことを思わせる。直之は、そういう伝説を否定したのである。

直之は、ほかにどのような書籍を調べたのだろうか。引用しているものをざっとあげてみる。『万葉集』、『古今集』、『千載集』、『続日本紀』、『伊勢物語』、『大和物語』、『綺語抄』、『無名抄』、『平家物語』、『吾妻鏡』、『元亨釈書』、『職源抄』、『紹運録』、『会津風土記』、『塩尻』、『蝦夷志』、『採薬記』、『三山雅集』その他である。『会津風土記』『三山雅集』は旅先で入手したのだろうか。名所・旧跡について書くときは、とりわけ『和漢三才図会』を参照し、現場の風景と見くらべている。旅先では、案内人や神官・僧侶の語る話、紙に書いてくれた由来・考証・伝説。そのほか、神社仏閣が発行している旅人がおみやげに買って行くような旅案内の刷り物などを参照している。

直之は、そうしたものを大量に持ち帰り、各種の文献と突き合せて調べ直した。「象潟」「岩手山」「松島」のような著名な名所を記すときも、地元に伝わる古歌とともに、信頼すべき文献からも確かな古歌を選び出して載せている。

以上、直之は、不確かな伝説を伴う名所をそのまま信用せず、かれなりに科学的・学問的な態度・方法で批判を加え、ときに否定した。宝暦十二年（一七六二）の旅日記の特色はそこにある。四十五年前の三本の旅日記とくらべ、その点で格段と進んでいる。

こうした態度・方法は、天明八年（一七八八）の巡見使に随行した古川古松軒の『東遊雑記』（擱筆は翌年）に際立っていると評価されてきた。近代的科学精神の始まりと高く評価されることもある。(9) しかし、それより二十六年前の直之に見いだされることに留意すべきだろう。古松軒だけに特有のものではありえず、評価しすぎである。伝説に関していえば、同時代の菅江真澄も伝説を疑い、その扱いに細心の注意と工夫をしている。真澄は、村々の古老の語る伝説を誰よりも尊重し、それを記録することに精魂を込めて生涯を送ったと見なされ、高く評価されてきたが、必ずしもそうとはいえない。古老の語る伝説の限界を認識し、それを新たな観点から検討し、さまざまな工夫を加えて史実に準ずるモノガタリへと作り替え、そのことを断った上で秋田藩の公的地誌というべき『雪の出羽路』に記録している。(10) 同書に記載された平鹿地方の調査は、文政九年（一八二六）をもって終了している。

日本をとりまく政治情勢は、すでに帝国主義の傾向を強めつつあった。欧米列強の動きもそうだが、とりわけロシアの南下を幕府は無視できなくなり、北方地域の監視に目を光らせるようになった。石川忠房、古川古松軒、最上徳内、菅江真澄らの蝦夷・陸奥国の観察・記録というべき巡見・視察は、国防対策に苦慮していた幕府老中・松平定信の意向を反映しているだろう(11)。直之の旅日記は、かれらの旅日記より二十年以上前のものであるが、それらに連なる初期のものと位置づけてよいだろうと思われる。

幕府派遣の巡見使は、役目を終えて江戸に帰ってくると、江戸城の将軍のもとに報告に行っている。享保二年の巡見使は約半年にわたる旅を終えて九月十五日に帰府し、その後、将軍・徳川吉宗に謁見し、巡見の報告を果たした。ほかの場合も同様であったろう。また、長岡藩主の命令によって行われた長岡藩士の蝦夷視察は『罕有日記《かんゆう》』(函館市立図書館蔵。デジタル資料)が残されている。安政四年(一八五四)四月一日、従者を含む三人が長岡を出発し新潟を経てから郡山に行き、陸奥国を北上して蝦夷へ渡った。帰りは陸奥国を経て下野国を通り、江戸藩邸で「大君」その他に会って長岡に戻った。

そのとき、どのような資料を持参し、どのような報告をしたのだろうか。紹介したような「名所・旧跡」について口頭で説明し旅のメモを持参して任務終了、と相成ったとは思えない。政治・産業・交易・支配に関する複雑な内容を記した資料を持参したのではなかろうか。報告資料に記せぬ事柄はその後、時間をかけて詳細に説明したのではないか。それらは一般人の目にふれることはなかった。そういう秘匿すべき報告書があったと考えられるが、旅日記はそれらと本質的に性格が異なる。誰の目にふれても問題はない。書いてあるのは主に旅程と各地の地勢・地誌であり、和歌という趣味の世界である。事実、古松軒は幕府老中・松平定信から要請があり旅日記の『東遊雑記』その他を献上して高覧の誉れを得たが、みずから多くの人々に読んでもらうために幾たびか書写している。

おわりに――「偽名所」の必要性

信用のおけない怪しげな伝説・名所を批判したから近代的科学精神の始まりだと評価できるのだろうか。単純にいえるものではありえない。時代の傾向であることを知るべきだ。古松軒や真澄よりも前に、本居宣長（一七三〇～一八〇一）が痛烈に批判しているからだ。『玉勝間』（六の巻）の「古き名どころを尋ぬる事」から一部分を引用してみる。

又世に名高き所などをば、外なるをも、しひておのが國おのが里のにせましほしがるならひにて、たゞいさゝかのよりどころめきたることをも、かたくとらへて、しひてこゝぞといひなして、しるしを作るたぐひなどはた、よに多きを、さる心して、まどふべからず。（「岩波文庫」による）

世にいう名所というものは、自分の国・自分の里にあると思いたいのが人の常である。証拠にならないことを証拠だと言い張って名所にしてしまったものが多い。注意しなければならない、という。大方こういうのが当時の名所というものであったろう。だまされてはならぬ、そういう名所づくりに加担したり関係してはならぬ、と注意を喚起しているのである。その一方で、次のようにいうことを忘れていない。

ふみなどは、むげに見たることなき、ひたぶるのしづのをの、おぼえゐてかたることは、しり口あはず、しどけなく、ひがごとのみおほかれど、其中には、かへりておかしき事もまじるわざなれば、さるたぐひをも、心にとゞめてきくべきわざ也。

本など読んだことのない、字など書けない庶民の覚えていて語ることには、つじつまの合わぬことが多いものだが、耳を傾けるべきものが混じっている。注意深く聞くべきだ。宣長は作為的・人工的な名所づくりの反対側に、こうした庶民の語り伝える話を見ている。(12)

宣長はさらに持論を展開する。その昔、生半可な物知りがやってきて、ここがその跡だなどといったのを里人が末代まで信じて語り伝えている場合がある。いかにも古く、由緒ありげに見えるものであっても信じてはならぬ。二三百年もの樹木が茂る森など、どこにあるもので、名所らしく見えてしまうものだ。

宣長はさらに批判を展開するが、これで十分だろう。真澄は若いときから宣長に傾倒し『玉勝間』を愛読していた。古松軒はそれほどではないかもしれないが、旅先で怪しげな名所やそれにまつわる伝説をとりあげて批判し否定する。古松軒の個性ではあるが、宣長の批判と変わらない。古松軒だけを科学の人・客観の人とはいえないだろう。時代はすでにその種の批判が浸透し、新たな見方から名所を捉え直す気運が生じていた。巡見使の旅日記はその種の再調査・再認識の一端を示すといえよう。

だがしかし、宣長に倣って名所の虚偽性・反史実性をあげつらって考察を終えるわけにはいかない。

名所が生み出される理由がほかにもあるからだ。最後に、二本松藩士・大鐘義鳴《おおがねよしなり》（一八〇六～一八六二）の『相生集』（天保十二年〈一八四一〉自序。『岩磐史料叢書（中）』所収）をとりあげよう。義鳴は幕府の勘定奉行を務めた儒学者で、帰郷後、藩内をくまなく歩き、文献を渉猟して全二十巻の地誌を書き上げた。その第六巻は藩内の名所とそれを詠んだ歌を集めて、次のように述べている。

大凡、名所といふもの初めより其の名あるにはあらず。たま〳〵高貴の人や風流男の見、愛で、歌や詩に作り出で、より、やう〳〵其の名の広まりて、はては名所といふものになりたるは誰しも知ることならずや。（翻刻の誤り等を修正した）

最初から名所があったのではない。身分の高い人や風流人が訪れて歌や詩を詠んだ。それが世間に知れ渡り、いつしか名所といわれるようになった。そういうものが名所だというのは宣長と同じであるが、義鳴は続けて次のようにいう。

されば、こゝのも、此君たちの御歌あらんには名所としたりとて何の妨げかあるべき。且つは、新名所（を）作り出でんは罪あるわざなりといへれど、此書、もとより公にすべきにもあらねば、心あひの人々がたま〳〵見る事のあれば、とて臂《ひぢ》おしはりて咎めの、しるべきにはあらじ、といひしに、或人、や、心とけてけり。

名所はそういう曖昧なものなのだから、地元の人々が歌を詠んだ場所を地元の人間が名所と認定して何で悪かろう。新しい名所を作るのは「罪あるわざ」だと人はいうが、私の編んだ『相生集』は仲間がたまに見る程度のものだ。そうムキになって咎めなくてもいいだろう、と言ったら、その人は許してくれたようであった。

「偽名所」も我が故郷の名所であり、それを詠んだ地元の人々の歌を集めて『相生集』に載せたというのである。義鳴は「名勝類」「俗名所」「偽名所」の三つに分類する。「名勝類」は「石井」「安達牧」「峯越山」「信夫岡」「信夫原」「阿武隈川」。「俗名所」は「浄土松山」「香觸森山」「多景山」「三雄山」「岩角山」「製圖山」など。そして「偽名所」は「野田（の玉川）」「笹原」「玉井」「野中清水」「霞関」である。「名勝類」と「偽名所」は、勅撰集などの著名な古歌に詠まれた地名が付いているところ、および、ここがその名所だと地元の人が決めたところ、「俗名所」は地元で知られている景勝地をいう。

義鳴は、宣長とまるで違う考え方をもっていた。だから宣長の名所観は厳密すぎると思ったのだろう。地元の人々が、自分たちの楽しみのために、自分たちの住む土地に、自分たちの名所を作って歌を詠む、あるいは誇りに思うことは、そんなに悪いことなのか、と考えている。こう言われれば一概に否定できないだろう。一理あるように思われる。地元の人々は近くに名所がほしかったということだ。根拠がなくとも、能因がここにきて「夕されば潮風こしてみちのくの野田の玉川ちどり鳴くなり」と詠んだ。そう思って自分たちが歌を詠める名所を求めていた。西行の「玉椿」も同じだろう。やがて旅人が尋ねてきて、広く知られて名所になるだろうと考えたかもしれない。

こうした名所に強い関心を示したのは、義鳴のような武士階級が多かった。もう一人あげよう。庄内藩士の池田玄斎（一七七五〜一八五二）は、その著『弘采録』（一八二七年自序。酒田市立光丘文庫蔵。原文と翻刻文がデジタル資料で見られる）の巻頭に、「阿古屋の松」は最上の「千歳山」（山形市）のそれが正しいというが、我が藩の「狩川」（庄内町）のそれが真蹟であると、さまざまな資料をあげて述べている。しかし晩年になると自説を「幼稚之臆説也」と翻し、「名所ハ同名異処枚挙遑アラヌ物ナガラ、阿古耶（屋）ノ枩ニ於テハ最上ヲ真蹟トスベシ」「公平ノ論ヲ以テ学問ノ要トス。六十六歳コレヲ追記ス」と訂正した。そのためにあげた文献には、山形藩初代藩主・最上義光（一五四六〜一六一四）、その後の同三代藩主・堀田正亮（一七一二〜一七六一）などが「阿古屋の松」の場所を考証し遺跡の保護に当たってきたことが記されている。「象潟」や「松島」のような昔から確固として存在する名所なら別であるが、「阿古屋の松」のようなものは、古い家集や説話集に登場するだけであって、どこにあるのか、どれが本物なのか明確にはできない。その難問題にとりくみ、考証し、遺跡の保護に努めたのは、文雅の道をたしなむ地元の武士階級であった。和歌・漢詩・俳諧などを詠むために、古典作品に記された名所が自分の領地に存在することは、かれらにとって非常に必要なことであった。自分たちが治める国・藩の、歴史的・文化的アイデンティティを保証してくれるからである。(13)

もちろん、かれらは常に確かな史実にもとづいて名所を特定したわけではない。本居宣長がいうように、ほんの少し関係がありそうなことがあれば、無理やりここだと特定することが珍しくなかった。岩倉佐仲太は享保二年（一七一七）の旅日記（A本）に、旅先で出合った次の事例を書き留めている。『山家集』に西行が「瀧《たき》の山《やま》」にきて歌を詠んだとあるが、地元の山形では長年その場所がわからなかった。そこで「国の守につかへ侍るもの、「りうざん」といへるを尋ね出（だ）し侍る。是則（ち）「瀧山」なりといふ。いまも所の人「りう山」といへり」。地元民が「竜山」を「瀧の山」だと見なしたというのである。だが名称にズレがある。「瀧《ろう》」と「竜《りう》」の類似が証拠だというのだが、「たきのやま」を「りうざん」と記した、あるいはそう呼んだ古い証拠がない限り断定はできないだろう。佐仲太も疑問を感じて書き留めたと思われる。[14] この種の名所がいかに多いことか。

名所とは何か、あらためて問い直すべきだろう。遥か昔、能因（九八八〜?）が白河の関に着いたとき、

都をば霞とともに立ちしかど秋風ぞふく白河の関（『後拾遺集』羈旅）

と詠んだ。その心には、かつて平兼盛（?〜九九〇）がここにきて詠んだ「たよりあらばいかで宮こに告げやらむけふ白河の関は越えぬと」（『拾遺集』別）が思い出されたであろう。『拾遺集』の詞書に「みちのくにの白河関こえ侍りけるに」とあるから、兼盛は実際にここにきて詠んだと見てよい。能因はその兼盛の心を思いながら白河の関に立ち、自分も遠い旅をしてきたことだと感慨を込めて歌を詠んだ。能因の心と兼盛の心が重なり合う。ともに都から歩いてきた距離と時間を思いやって歌を詠んでいる。

名所を詠むということは、こういうことであった。地元の風流人が、能因がきたという「偽名所」の

「野田の玉川」に立って歌を詠むとき、やはりそれと似た感慨を味わうであろう。会津の山奥で西行がきて歌を詠んだという「偽歌」を思うときも同じであろう。遥か昔、遥か彼方からやってきた都人を思い浮かべ、その人の心に我が心を重ねて感慨にふける。「偽名所」「偽歌」であれ、中央と地方、昔の人と今の人とが歌を通して出会う名所が必要なのだった。

宣長の名所観は正しい。だが、それと対極の名所観もまた理解できるであろう。かくして同じ名所が各地に作られたのである。管見をいえば、「末の松山」は東北地方に五ヶ所、「阿古屋の松」は三ヶ所、「有耶無耶の関」は二ヶ所、「袖の浦」は二ヶ所、「笠取山」は佐渡島を含め二ヶ所を見いだす。「野田の玉川」も五、六ヶ所あるという。西行が来て歌を詠んだという名所は数え切れない。その多くは地元の藩主や文人藩士、また有力な歌人・俳人が関与して作られている。

巡見使たちはそうした名所や源義家・義経の伝説がある場所に特別の関心を払って見て歩いた。それらを偽物と笑い、史実ではないと否定することは簡単だが、だれが、なにゆえに必要としたのかを考えてみなければならない。そうでないと古来、日本全土に和歌が息づいて続いてきた実態と理由がわからない。

（1）歌枕・名所に関する既発表の論文をあげる。本稿と一部重複・関連する内容を含む。
　A「名所・歌枕とは何か」（『和歌の思想・言説と東北地方における芸能文書との影響・交流についての研究―

和歌における〈外部〉とは何か—』平成一七～一九年度科学研究費補助金（萌芽研究）研究成果報告書、二〇〇八年三月）

B「和歌の思想—俳句を考えるために」（『俳句の詩学・美学』角川書店、二〇〇九年十一月）

C『なぜ和歌《うた》を詠むのか—菅江真澄の旅と地誌』（笠間書院、二〇一一年三月）

D「和歌に詠まれた庭園—庭園と和歌の関係をめぐって—」（『平安時代庭園の研究—古代庭園研究Ⅱ—』奈良文化財研究所学報　第八六冊、二〇一一年三月）

E「藩主の巡覧記—仙台藩主と秋田藩主」（『都市歴史博覧—都市文化のなりたち・しくみ・たのしみ』笠間書院、二〇一一年十二月）

F「古今集と平安和歌」（『日本文学史—古代・中世編』ミネルヴァ書房、二〇一三年五月）

G「仮名序を継承した東北の藩主たち—和歌と漢詩による国づくり」

H「歌枕とは何か—『白河古事考』から考える（付・序文）」

I「仮名序と歌枕—和歌は旅する」（別冊付録論文）

J「松井壽鶴齋『東北旅行談』（付・翻刻）—執筆の動機・目的と「不思議」をめぐって」

K「酒田市立光丘文庫蔵『所々名所旧跡并物神御利生記』（奥書「享保二年十一月吉日述記」）」

L「酒田市立光丘文庫蔵『出羽・庄内名所旧跡伝来記　全』」（享保二年以降）

※F～Lは、『東北地方の和歌活動と歌枕・地誌との関係を解明する新研究』（平成二三～二五年度科学研究費補助金（基盤C）研究成果報告書』（二〇一四年三月）に掲載。なお、G～Jは論文、K・Lは翻刻・解説。

M「名所を詠む庭園は存在したか—河原院と前栽歌合を中心に—」（『作庭記』と日本の庭園』思文閣出版、二〇一四年三月）

N「巡見使の書き留めた西行伝説——『享保二酉奥羽二州巡見日記』（酒田市立光丘文庫蔵）」（『西行学』第六号、二〇一五年八月）

O「菅江真澄における和歌と民俗―旅日記『伊那の中路』の方法―」（『19世紀学研究』第一〇号、二〇一六年三月）
P「歌枕と名所―和歌に包まれた国」（『日本人はなぜ、五七五七七の歌を愛してきたのか』笠間書院、二〇一六年十二月）
Q「真澄における和歌――本居宣長・林子平・古川古松軒と比較して」（『19世紀学研究』第一一号、二〇一七年三月）
R「歌枕は実在するか――「末の松山」ほか――」（『日本文学』五月号、二〇一七年五月）
S「近世における西行享受の断面」（『國語と國文学』二月号、二〇一八年十一月）
T「藤原俊成の歌論―日野資枝から庄内藩主・酒井忠徳へ」（『武蔵野文学』六六号、二〇一八年十二月）
U「和歌の帝国―菅江真澄・林子平・古川古松軒」（『文学研究の窓をあける』笠間書院、二〇一八年八月）
V「歌枕――湯殿山から象潟へ、を例に」（『東アジア文化講座』第四巻、文学通信、〈近刊〉）
なお、短歌結社誌『炸』（年六回）に連載中のエッセイ「歌合の判詞を読む」にも、東北地方の歌枕・名所をとりあげたものがある。
（2）浅田徹「『能因歌枕』原撰本と現存本」（『国文学研究』九二号、一九八七年六月）。
（3）水垣久「歌枕紀行―うたまくらのたび―」http://www.asahi-net.or.jp/~sg2h-ymst/yamatouta/utakikou.html 最終更新日：二〇〇四年五月一日。閲覧：二〇一九年一月二八日。
（4）中小路駿逸『日本文学の構図―和歌と海と宮殿と―』（桜楓社、一九八三年六月）。寝殿造りの建物の内部から庭園を見、そのかなたに遠い国々の風景・自然を幻視して歌を詠む平安貴族の心的構造についての卓抜な指摘がある。なお、藤原公任の『新撰髄脳』に、「心姿相具する」歌が詠めないとき「いにしへの人おほく本に哥まくらを置きて、末におもふ心をあらは」したが、紀貫之や凡河内躬恒の「中比」からそれほどでもなくなった。しかし、「始めにおもふ事をいひあらはしたる」を「わろき」とすることは変わらなかったとある。公任は古来、「〈景〉＋〈心〉」の構造が基本的な歌の詠み方であり、その逆の構造はよろしくないとする。上句に置いた歌枕・名所を通しておのずと心情が引き出され、それを下句にあらわすのがよいという。そこに歌枕・名所の表現効果を見たのである。室町時代の『正徹物語』は、「我らも歌の詠まれぬ時は、名所を詠むなり。名所（を）詠めば二句も三句も詞がふさがる物なれば、さのみ力が入らぬなり」という。公任と同じことを述べている。歌を詠みやすくする便法である。歌枕・名所の発生に関しては、西村亨『歌と民俗学』（岩崎美術社、一九六八年四月）、八木意知男『歌枕の探求Ⅰ・Ⅱ』（和泉書院、一九八五年五月・一九八六年九月）が民間習俗や宮廷儀式を検証して解明しており、必読すべき文献である。

（5）深津睦夫編『古今集古注釈書集成　浄弁注／内閣文庫本古今和歌集注（伝冬良作）』（笠間書院、一九八八年三月）による。以下の本文引用もこれによる。

（6）拙論「真澄における和歌―本居宣長・林子平・古川古松軒と比較して―」（『19世紀学研究』第一一号、二〇一七年三月）。

（7）小野寺雅昭「幕府巡見使と庄内藩の対応」（『地域史研究』二九号、二〇〇四年二月）。なお、巡見使に関する〈歴史学〉の研究論文は数多く、研究成果は大きなものがある。それらは幕府の国土支配、諸藩に対する管理・統治に関するものがほとんどで、和歌・漢詩・俳諧の名所に関心の目を向けた〈文学〉からの研究は皆無である。巡見使はなぜ「名所・旧跡」を調査・記録したのだろうか。前者を〈武〉というなら、後者は〈文〉、文化的観点からの国土認識であろう。また、前者は現実の世界であり、後者は遠い昔の人の歌が息づいている場所であり、その国・その藩の由緒・歴史をおのずと具現し物語る。巡見使の役目は諸藩の〈現実〉の観察・調査であるが、同時に、諸藩の〈歴史的アイデンティティ〉をも視野に入れて行われたといえよう。〈文〉と〈武〉の両面から巡見使の派遣・活動を考察すべきである。

なお、仙台藩士の佐久間洞巌が編纂した『奥羽観蹟聞老志』は四代藩主・伊達綱村に命じられ、享保四年（一七一九）に五代藩主・吉村に献上された。洞巌の独撰とはいえ藩撰地誌というべきものである。その中に歌枕・名所を地域ごとに多数あげて解説しているが、神社や地域の神々と同等に扱われている。和歌は天地開闢のときにあらわれ、神世の昔から続いていると『古今集』仮名序に記されており、それ以来、和歌史の通念となった。歌枕・名所は、そこに神世からの歴史が息づいていることをそれとなく示す文化的な仕掛けである。各藩が領内にいくつも名所（大鐘義鳴ふうにいえば「偽名所」も多くなる）を作り、みずからも詠作に興じたのはそのためであった（拙著C、拙論Hなどを参照）。

（8）『新編会津風土記』（文化六年〈一八〇九〉三月序）。監修・丸井加寿子らの翻刻・解説（全五巻）がある。歴史春秋社、一九九九年一月～二〇〇三年三月。

（9）H、Eプルチョア『旅する日本人―日本の中世紀行文学を探る』（武蔵野書院、一九八三年五月）。同「私的旅行と公的旅行―古川古松軒『東遊雑記』」（『解釈と鑑賞』第七一巻八号、二〇〇六年八月）。後者では、古松軒は自分の目で見た「事実」を書いた。それは「真実および現実に対するあくなき執着と信奉」であり、「現代の科学者が対象に対して常に保持しておかねばならない姿勢である」という。しかし、荒唐無稽の伝説も村人の信仰心を伴った事実であった。否定だけでは科学にならない。

なお、庄内藩士の門弟も多かった杉山廉（一七三九～一八〇八）は、古川古松軒と同時代の女性歌人であるが、門弟の池田玄斎がその講説を書き留めた『築山抄』（酒田市立光丘文庫）を見ると、古松軒と同様に、庄内の名所には著名な古歌を無理に当てはめたものが多く、信ずべきでないと述べている。古松軒は、巡見使に随行して『東遊雑記』を書き、その後、その中の各地の名所を抜き出して風景を描き、余白に解説を加えた『奥羽名勝記』（岡山県立博物館蔵。東北大学附属図書館・狩野文庫蔵）を制作した。これにも信ずべきにあらずと注意した名所や古歌がある。やはり廉女と同じ考えである。こうした傾向は、すでに当時の一般的な傾向であって、古松軒だけの特別なものではない。名所には伝説を伴うもの、史実を超えたものが多く、それらを科学的・学問的に調べ直して正しく認識すべきことが求められていた。巡見使の旅はその役割を果たすものでもあったというべきだろう。

（10）注（1）の拙著A。

（11）注（1）の拙論。なお、岩倉佐仲太の『奥羽道ノ記』（A本）の巻末に、屋代弘資の貼紙がある。弘資は松平定信の信任を得て幕府祐筆となり、諸藩に「風俗問状」を発して地誌の作成を促した人物。『奥羽道ノ記』はその参考資料であろうか。貼紙に記された「御殿」は定信と思われ、献上した可能性が考えられる。

(12)宣長は『玉くしげ』の中で、村人の語る言い伝えの類を『古事記』『日本書紀』に記載された「古傳説」に類似するものと捉えている。「古傳説とは、誰言出たることともなく、たゞいと上代より、語り傳へたる物にして、即古事記日本書紀に記されたる所を申すなり」。それと比較して、「唐戎はなまさかしく、私智をふるふ國俗にて、其古書も、おの〳〵作者の己が心より書出せる故に、その時代に應じて、古き近きの勝劣あることとなるが、皇國の古は、重厚なる風儀にて、すべての事に、己がさかしらを用ひず、かろ〴〵しく舊きを改むることはせざりしかば、古傳の説も、たゞ神代より語り傳へのまゝにて、傳はり來りし」云々という。宣長を心から尊敬する真澄でさえも、宣長のようには捉えていない。村の古老の伝える話をただそのままに尊重したわけではない。

(13)注(1)の拙著A・B。玄斎が自説を翻した経緯をあきらかにしておく。諸藩が〈歌を詠む名所〉を設置する理由がわかる。晩年の備忘録『病間雑抄　七拾三』(酒田市立光丘文庫蔵)に、「阿古屋の松」が枯れたので新しい松に植え替え、二首の歌を詠んだとある。現・庄内町狩川の八幡神社の前にある松を「阿古屋の松」と主張したのは玄斎であったが、その後、現・山形市の千歳山のそれを真蹟と見なすべきことに気づき、自説を改めざるを得なくなった。

　引用しよう。「あこやの古まつのかれたる所へ一樹をうゑかへけるとき、我君のミさかえをも祝いたい《ママ》まつりてよミ侍る　玄斎／根こじうゑし松も木高き後の世はいまをむかしと忍《ママ》ばれやせむ／うゑ継(ぎ)しあこやの枩もときはなる君が千とせの御代にともなへ」。こう述べて前の歌は「王右軍(王羲之)の蘭亭の序」と「紀氏の古今集の叙《ママ》」をふまえて詠み、後の歌は「御永城の意を含ミ常盤に、ときハに栄え給ふべきの義を詠じたり。この二首にて事足りなん歟」と述べている。「阿古屋の松」を植え替えたのは、この歌枕の名所が古い歴史を証明し、未来へ語り継がれていくものだからである。松の木に、藩主の繁栄ともに長く生き続けよ、と呼びかけている。

玄斎は、王羲之の「蘭亭序」と紀貫之の「仮名序」が〈未来の人がこれを読めば、今の世をなつかしく思い起こすだろう〉という一文で終っていることを知っていたのである。

『荘内江戸道中記』（嘉永７年〈1854〉７月。鶴岡市郷土資料館蔵）。狩川の宿場に「あこやの松アリ。あこやの清水の旧跡也」とあり、「ミちのくのあこやの松に木がくれていづべき月も出でやらぬかな」（藤原実方）、「おぼつかないざいにしへの事とハんあこやの松にもの語りして」（源顕仲）をあげる。二つの名所は幕末へ伝えられたことがわかるが、位置が記されず描かれてもいない。

このときの庄内藩主は七代・酒井忠徳（一七五五〜一八一二）。宮部義正・冷泉為泰・日野資枝に入門して和歌の道に励んだ文人である（参照・拙論「藤原俊成の歌論―日野資枝から庄内藩主・酒井忠徳へ」〈『武蔵野文学』六六号、二〇一八年十二月〉）。幕府老中の松平定信と姻戚関係にあり、『花月日記』に一度ならず登場する。

右の玄斎の二首は、歌枕の名所が自藩の古い歴史を証明し、その繁栄を祈念して設置されるという近世期の特質をよくあらわしている。「この二首にて事足りなん」は、その意を尽くしているというのである。しかし玄斎は、自説を改めざるを得なくなったわけで、藩主の忠徳に対する申し訳なさもあり『弘采録』の巻頭に訂正記事を書き入れたのであろう。巻頭を選んだのは、庄内藩にとってこの歌枕・名所の有る無しが重要な意味をもっていたからである。おそらく、どの藩にも同じような事情があったろう。

玄斎は、和歌の師匠、杉山廉（一七三九〜一八〇八）の教えにも違反している。玄斎はその教えを『築山抄』（酒田市立光丘文庫蔵）に書き留めた。廉は、名所というものは「歌人も皆遠く情を遣りて自ら其地を踏まず」して詠んだものが多い。「可保の湊」「鶴嶋」「別の嶋」「阿保登の関」「平鹿」「奈曾の白橋」「宿世山」などは『歌枕名寄』に出羽国とあるので庄内の歌枕というが、疑わしい。「能〳〵《よくよく》達人にたづね問（ふ）べし」と語ったという。玄斎はそれを受けて「所詮知れぬ所は知れぬにして置（く）もしかるべし」と書き加えている。その彼が「阿古屋の松」は庄内の狩川であると主張して、枯れた松を植え替え、藩の繁栄を祈念する歌まで詠んだわけだ。藩主にも報告したであろう。もしかしたら藩をあげての事業だったかもしれない。なのに自説を取り下げざるを得なくなった。みずから歌を詠み、博覧強記の国学者であるだけに忸怩たる思いであったろう。

玄斎より遥か以前、安永五年（一七七六）秋、庄内藩の名所・旧跡を尋ね歩いて百句余りを詠んだ『伴枩堂月夕名所の吟』（酒田市立光丘文庫蔵）に、「うれしさよやつとあこやの枩の月」とある。「伴枩堂月夕」は庄内藩士だろう。玄斎が生まれた翌年のことだった。古い時代から庄内藩の名所として伝えられてきたのである。

さらに調べると、『病間雑抄　九』に「阿古屋の松」は庄内町狩川ではないと気づいた理由を記している。「観應年中（一三五〇〜一三五二）釈宗久ノ『都土産』に、出羽國へ越へて阿古屋の松を見めぐりてつ、、とあり、山形の千とせ山の松にて大泉狩川八幡社内の松ナラヌヲ知るべし」。玄斎は宗久の『都土産（みやこのつと）』を読むに至り、ようやく自説の誤りに気づいたのである。それゆえ『弘采録』の巻頭に、おのれの旧説をあげて「右之説ハ玄斎幼稚之臆説也。最上ナル千歳山ノ旧跡ヲ阿古屋ノ真樹トスベシ。公平ノ論ヲ以テ学問ノ要トス。六十六歳、コレヲ追記ス。今日出まかせに書集申候。御笑草と恥入申候」と書いたのだった。自説を訂正する潔癖さに注目したい。

右の一文のあとに、「併（し）、名所・歌枕は同名異所多けれバ、巻を以て物を半截するとハ異也。玄斎、詳に弘采録に論弁せり」と書き加えている。同名の名所・歌枕が各地にあるのは、それなりの理由があるからだというのだろう。玄斎の結論と思われる。

近くの山裾に阿古屋清水稲荷神社が鎮座している。「阿古屋の清水」もこの地域の誇るべき名所なのだった。「阿古屋の松」はまたも枯れ果て、八幡神社と道路を隔てた片隅に細かく切られて積まれている。側にそう高くない松が立っているが、これも植え替えられたものだろう。「阿古屋の松」と書いた立札などはない。

(14) 佐仲太が言及したのは、地元で「小立《おだち》文書」といわれているものだろう。奥平美作守昌明が山形城主であった時代に、小立村の土百姓・組頭・庄屋が入会権の確定を求めて役所に提出した元禄元年（一六八八）の文書である。後藤利雄は、西行没後約五百年後のこの文書をもって、「西行が東国行脚の際に、立ち寄った出羽の「たきの山」は、「瀧山」（俗に竜山）であることを、小立《おだち》の古文書ははっきりと書いている」（『出羽の西行―たきの山と桜と月―』やまがた散歩社、一九九二年八月）とした。しかし、この文書をよく読めば、その決定的な理由・証拠が記されていない。それまで伝えられてきた説にもとづき、あるいは伝説を創り上げ、それを史実化して入会権を求めた、という観点から分析すべきだろう。すでに五百年が過ぎている。史実が正しく記されているか、正確に厳密に検討されなければならない。佐仲太がいうように「瀧の山」を「竜（龍）山」とした矛盾・疑問はやはり消えない。「竜（龍）」は「ろう」と読むこともあるが、それは慣用であって「瀧《りう》」ではない。地元では後藤説を根拠に西行が来訪して歌を詠んだと刻んだ石碑が建立された。宣長が批判した名所づくりさながらである。断定するには慎重であるべきだろう。横尾秀一『滝の山』〈第三版〉（(有）ピーエフケイ・コーポレーション、二〇〇六年四月）がこの問題についいて精細な検討を行っている。

第二章　『弘安源氏論義』をめぐる史料と説話

前田雅之

一　問題の所在

本稿は、「『弘安源氏論義』をめぐる故実と物語」（『説話研究を拓く――説話文学と歴史史料の間に』所収、思文閣出版、二〇一九年）の続編に相当する。前稿では、『弘安源氏論義』（弘安三年〈一二八〇〉）が生まれる時代状況を踏まえつつ、論義の一番である「河原の大臣の例をまなびて、わらは随身を具する事おぼつかなし」（澪標）で展開された論義を他の資料・注釈等を用いて詳細に検討した。

そこから明らかになったのは、『源氏物語』という名の作り物語は、「論義」即ち注釈的行為に基づく議論・問答においては、歴史的考証に足る物語だったということである。これを言い換えれば、『源氏物語』は単なる作り物語（＝フィクション）ではなく、歴史的事実を踏まえた作り物語であると認識されていたということだ。たしかに、『源氏物語』には、宇多院他歴史的に実在した人物や、「冷泉帝」といった歴史的に実在する天皇と見紛う帝が登場することに加えて、登場人物の官職・昇進過程は平安時代当時の貴族社会の現実が踏まえられていた。[1]このことは、『源氏物語』成立期あるいは初期流布時の読者も『源氏物語』を現実から逸脱したファンタジーではなく、現実の歴史を踏まえ、かつ、展開も現実感覚に沿ったリアルな作り物語であると見ていたということを暗示するが、しかし、だからといって、当時の読者は物語に描かれた事象やエピソードについて歴史的事実としてあったかどうかなどと考証しながら物語を読んでいたわけではなかっただろう。そうではなく、物語の展開や細かい事情にそれほど不自然さや無理を感じさせない作り物語（＝フィクション）として読んでいたのではなかろうか。

だが、時代は下り鎌倉期となると、『源氏物語』は学問対象となり、その一方で、『古今集』・『伊勢物語』と並んで、私が主張する「古典的公共圏」（その成立は後嵯峨院時代と思われる）を支えるカノン（＝正典）的書物、すなわち、内容等を身につけ和歌など部分的には記憶しておかないといけない書物となると、事情は俄然変わってくる。単に作り物語を読んで楽しむといった娯楽行為だけでは収まらなくなり、物語について様々な蘊蓄を傾けたり、本文の異同について議論したりする知的行為になり、知っていなければ一人前の人間と見なされない身だしなみ、あるいは、他人が知らない微細な知を知ることを喜び誇りとするといった良識およびオタク的学知に変容してきたからである。この貴重な一例が『弘安源氏論義』となる。それでは、ここではいかなる「論義」が交わされていたのか。前稿と幾分重複するけれども、「論義」の全体像を知るために、まずは全十六番の「論義」を再掲しておきたい（（　）内は、番号と巻である。巻を記していないのは、巻を超えての論義題ということになる）。

「河原の大臣の例をまなびて、わらは随身を具する事おぼつかなし」（一・澪標）、「光源氏元服の所に大蔵卿蔵人理髪仕事おぼつかなし」(二・桐壺)、「なにがしの院といへる、いづれの所になずらへたるぞや」(三・夕顔)、「吉祥天女をおもひかけんとすれば、ほうけづきくすしからんとこそうるさけれといふいかなる事ぞ」(四・帚木)、「大将のかりの随身に殿上のぜうなどぐする事つねのことにあらずといへり。如何」(五・葵)、「月影ばかりぞやへむぐらにもさはらず、いかなるゆへぞや」(六・桐壺)、「女御更衣あまたさぶらひたまふとあり。女御更衣の濫觴なにをもてこれをいへるぞや」(七・桐壺)、「わかんどほりといへる事おぼつかなし」(八・少女)、「はつせなん日の本はあらたなるしるしみせ給ふよし、もろこしにもきこえあん也といへるもろこしのきこえ何事ぞや」(九・玉鬘)、「まき〳〵にならびをたつる事そのゆへおぼつかなし」(十)、「かはぶえふつゝかにといへる、いかなる物ぞや」(十一・紅梅)、「朱雀院の御賀は准拠の例いづれぞや」(十二・紅葉賀)、「忠仁公の例になずらへてあをむまみ給ふことおぼつかなし」(十三・少女)、「物をぢしたるとりのせうやうのものといへる、なにといへる事ぞ」(十四・夕霧)、「えわけたまふまじきよもぎふの露を馬のむちしてとあり、たゞかのよもぎふのけいきか、又由緒有や、如何」(十五・蓬生)、「六条院にをきて准拠の人おほし、致仕のおとゞだれの人になずらへたるや」(十六)

今、これらを内容によって五つに分類し整理してみると、Ⅰ有職故実に関する問答は(一)・(二)・(五)・(七)・(十三)の五件、Ⅱ歴史的な准拠に関する問答は(三)・(十二)・(十六)の三件、Ⅲ難語・表現・和歌の典拠に関する問答は(四)・(六)・(八)・(十五)の四件、Ⅳ有職故実以外の知識に関する問答は（四）・（九）・（十一）・（十四）の四件、Ⅴ源氏物語の巻構成に関する問答は（十）の一件となる。このうち、Ⅰ有職故実やⅡ歴史的な准拠に関するものが計八件あり、全体の半分を占めていることは改めて注目してよいだろう。だが、こうした事象に対して、以下のような疑義が出る可能性もあるのではなかろうか。曰く、有職故実や歴史的准拠は質問しやすい項目だから半数を占めたのであると。この手の疑義については、このように答えておきたい。仮に質問しやすい項目だからといって、こうした疑義に関心がなければ、そもそも質問しようとは思わないのではないのか、と。そして、その関心のありかとその延長線上には、『源氏物語』を史実が記された作り物語、言い換えれば、史実満載の説話集もどきの物語と捉えている認識が確かにあったのではないかと思われるのである。よって、本稿は、『弘安源氏論義』のⅡ歴史的な准拠に関する問答三件を検討することによって、鎌倉中期における史実・説話・作り物語の立ち位置と相互の関係性を前稿に続いて問うものとなる。

二 「なにがしの院といへる、いづれの所になずらへたるぞや」（三・夕顔）をめぐって

最初に取り上げるのは、三番問答「なにがしの院といへる、いづれの所になずらへたるぞや」である。はじめに本文をあげる（以下引用する本文は、『源氏物語大成』本を基本底文とし、群書類従本、松平文庫本〈写本、国文研ネット版〉、早稲田大学図書館本〈旧九曜文庫本・旧久曽神本・写本、古典籍総合データベースネット版〉、歴博本〈旧高松宮家本、『貴重典籍叢書　文学篇　第十九巻　物語四』、臨川書店〉によって異同を検討し、

新たに校訂本文を作成したものである。なお、読みやすくするために、適宜、仮名を漢字に改め、句読点・濁点を加えた。以下も同じ)。

三番問云、右　　　　兼行朝臣
なにがしの院といへるいづれの所になずらへたるぞや
答云、左　　　　範藤朝臣
なにがしの院、もし六条坊門万里小路の河原院をいへるにや
右申
源氏の物語は業平を思ひてかけりといふ説あり。それにつきて是を案ずるに、月やあらぬとよみける五条わたりにや、あれたるさまもおもひよそへられ侍り。
左申
五条わたりの事あれたるばかりにて、准じがたかるべし。夕顔のやどりよりほどちかき事、五条わたり河原院いくほどの事もなし。なにがしの院といへるにて河原院とはきこえたり。こだまにとらるゝ事もおもひよそへらるゝ事侍り。寛平法皇京極の御息所を具したてまつりて、車のたゝみをしきて密通したまひけるに、奥のくるゝ戸より人の音す。たぞとゝはせ給に、融に侍り、御息所たまはらむと申す。法皇仰られて云、汝存命のむかしは臣下としてつかへき。生をへだつといふとも、いかでむかしの礼をうしなふべきとの給はするに、御息所の御こしをいだく。その後、なかばたえ

いり給。浄蔵法師をめして、加持せさせ給ふといへり。霊にをかさるゝ事も思ひよそへられて侍る物をや。

この番、右は一おもてのおもむきを沙汰してさらに勝負を執せず。左はひろくかんがへふかく案じて、勝負を心にかけたり。かれこれ心の筋かはり、思の道へだゝりてきゝ所あり。但し、左の霊物、まことによそふるところ故ありとて、勝とさだめらる。

『弘安源氏論義』は、周知の通り、伏見院の東宮時代に近臣たちによって催されたものである。中心にいたのは跋文等を記した源具顕（一二六〇?〜一二八七）であるが、三番は、伏見院近臣としてその後異例の出世を遂げた右の楊梅兼行（一二五四年〜一三一七年以降）と左の高倉範藤（?〜?）とで行われた「なにがしの院」の准拠をめぐる問答であった。兼行の問いは「なにがしの院」はどこを準拠しているのか、というものである。それに対して範藤は、六条坊門万里小路の河原院を言っているのではないかと答えた。即ち、「なにがしの院」＝「河原院」ということである。だが、兼行はこれに対して、「源氏物語は業平のことを思って書いているという説がある。それにつけて案ずると、業平が「月やあらぬ」という歌を詠んだ五条わたりのことではないのか。荒れている様も「なにがしの院」と縁が深い」と反論した。そこから、範藤の「河原院」説と兼行の「五条わたり」説のどちらが准拠として適切かが問答の焦点となったのである。

兼行説を受けて、範藤は以下のように再反論した。「五条わたりの事」は、『夕顔』巻に絡めると、

「荒れたる」ということが適合するだけであって、それだけでは准拠にはなりがたい。対して「なにがしの院」は、六条に住んでいた夕顔の家から近いこと、さらに、「五条わたり」と「河原院」もそれほどの距離もないという事実を根拠にすると、「なにがしの院」とは言っているものの、その実、「河原院」を指すものと思われる。加えて、夕顔が木霊（＝霊物）に取られることも、「なにがしの院」から「河原院」が連想される、と。

そして、ダメ押しよろしく、傍証として著名な宇多法皇と源融の霊の邂逅説話がやや長めに引用されるのである。これはこんな説話である。

寛平（宇多）法皇が京極御息所を連れて河原の院に入り、車の畳を敷いて密通なさったところ、奥の枢戸から人の声がする。法皇が「誰か」とお尋ねになると、「融でございます、御息所を戴きたい」と答える。それに対して法皇は、「お前は存命の頃臣下として仕えた。生を隔てたといっても、どうして昔の礼を失うことができようか」と仰ったところ、融は御息所の腰に抱きついた。その直後、御息所は気を失ったので、法皇は浄蔵法師を召して加持させなさった。

この説話を受けて、範藤は、「木霊」と重ね合わせて、霊に犯されることも「なにがしの院」と「河原院」とが連想されるものでは、と結論づけたのである。

問答の判定は、左の範藤の勝ちとなった。だが、判詞を読む限り、なぜ勝ちなのかの理由はよく分からないのである。というのも、右の兼行については、一つに拘って勝負に執しなかったとされるのに対して、左の範藤については、問題を広く考えて、勝負を心にかけたと評価されている。そこから、両人は心の筋（心理過程か）が異なり、思いの道（思考過程か）が隔たって聞き所があったと言っているからである。要するに、両人の議論の理非や是非を明確にはしないという立場における評価なのだろう。したがって、決め手となったのは、「但し」以下の左の言う「霊物」によって正しく「なにがしの院」が「河原院」と連想される点であった。つまり、範藤の再反論に乗ったかたちで判定が出たことになる。

それでは、この判定ははたして妥当なのだろうか。まず、『源氏物語』が『伊勢物語』を意識しているという説を根拠にして、そこから「なにがしの院」を「五条わたり」だと結論づける兼行説は推論を超えた暴論でしかないのではあるまいか。そこには「説」を除いては、場所の近接以外の共通項が見出せないからである。それに対して、範藤説はどうだろうか。地理的近さに加えて、霊物という連想契機がもたらす共通性によって「なにがしの院」＝「河原院」という結論にもっていっているので、兼行説に較べると、情況証拠において明確に優っていると言ってよいだろう。だが、それだけのことであり、範藤説にも決定的な准拠であることを証明する証拠はどこにも見出せないのではなかろうか。ここでや奇矯な喩えを用いれば、範藤の証明方法は、中世イスラームを代表する神学者・哲学者ガザーリー（一〇五八〜一一一一年）が最もレベルが低い論証とした「連想」によるものに他ならないからである。[2] よって、両人の説の優劣については五十歩百歩かも知れないが、飛鳥井雅有と目される判者は、[3] より強い情況証拠を有する範藤を勝ちとしたということであろう。とはいえ、ここで一等問題であるのは、問答者兼行・範藤および判者雅有にとって、「なにがしの院」は、空想の所産ではなく、なにかの准拠であったという確信ではないだろうか。故にこの問答も成立するのである。この点は改めてしかと押さえておきたい。それでは、論証として用いられた、河原院における宇多法皇と融霊の邂逅説話はどうであろうか。はたしてこの説話は傍証たりうるのであろうか。

（1）「宇多院為河原左大臣没後修諷誦文」における河原院と融の霊

そこで、この説話の分析に入りたい。現在異伝を含めて相当量の史料や説話が残されている。一等古いのは、『本朝文粋』巻十四　諷誦文に収められた紀在昌作「宇多院為河原左大臣没後修諷誦文」であろう（延長四年〈九二六〉七月七日、同内容が『扶桑略記』、延長四年七月四日条に載るが、諷誦文の作者は三善文江となっている）。これは、宇多院が河原左大臣源融の没後追善のために作らせた諷誦文である。重要な箇所を引用し、内容を把握したい。

> 河原院者、故左大臣源朝臣之旧宅也。〈中略〉而去月廿五日、大臣亡霊、忽託二宮人一申云、我在世之間、殺生為レ事。依二其業報一、堕於悪趣。一日之中、三度受レ苦、剣林置レ身、鉄杵砕レ骨、楚毒至痛、不レ可二具言一。唯其笞掠之余、拷案之隙、因二昔日愛執一、時々来息二此院一。惣為二侍臣一、不レ挙二悪眼一。況於二宝体一、豈有二邪心一乎。然而重罪之身、暴戻在レ性、雖レ無レ意二於害一レ物、猶有レ凶二於向一レ人。冥吏捜求、不レ得二久駐一。我子孫皆亡、汲引誰恃。適所レ遺者、非レ可二相救一。只悲二歎於湯鑊之中一、

憂二悩於枷鎖之下一耳。勅答云、今為レ卿修レ善、令レ脱二其苦一。〈以下略〉（岩波新大系本）

六月二十五日に、源融大臣の亡霊が宮人に託して、このように告げた。在世の間、自分は殺生ばかりしていたので、その報いによって、悪趣（＝地獄）に落ち、日々苦しんでいる。昔日の愛執によって、時々、宇多院に連絡をとっている。侍臣として忠実に仕え、院に邪心などは一切もっていない。只、この苦しみを嘆き憂いていると。それに対して、宇多院はなんとか苦しみから遁れさせたいと願った。

こうして作られたのがこの諷誦文である。ここでポイントとなっているのは、源融が生前の殺生によって死後地獄に落ち、日々苦しみの日々を送っていること、それを宇多院に告げて救われたいと願っていること、宇多院も融の願望に応えたことであろう。とりわけ「亡霊」となって出現することは説話のその後の展開に重要な示唆を与えよう。

他方、この諷誦文を載せる『扶桑略記』では、作者名の他、「殺生為レ事」が「不レ修二諸善一」と作り、堕地獄の根拠がやや曖昧になっている。とはいえ、こうなると、様々な悪行が中に入ってこようから、その後の展開でキーとなる好色もその一つとなる可能性があると言ってよいのではないか。むろん、可能性の問題である。

次に、院政期以降の展開において、重要なものは、『弘安源氏論義』と近い内容の大江匡房の言談をまとめた『江談抄』巻三・三十二話（類聚本）とこれの同文的類話である『古事談』巻一・七、それらとは京極御息所がらみの箇所が抜けているとはいえ、ほぼ同文的類話となっている、『今昔物語集』巻二十七・二話「川原院融左大臣霊、宇陀院見給語」、『古本説話集』上・二十七「河原院事」、『宇治拾遺物語』一五一「河原院ニ融公霊住事」の二つである。

（2）『江談抄』（『古事談』）における河原院・宇多法皇・京極御息所・融の霊

最初に、『江談抄』・『古事談』型を検討したい。成立の古い『江談抄』を例として示し、本文を呈示する（『古事談』との異同は（○○『古』）と太字体で示す）。

資仲卿曰（**四文字なし**『古』）、寛平法皇与二京極御休（**息歟と傍書**『古』）所一同車渡二御川原院一、観（**歴**『古』）二覧山川（**河**『古』）形勢一。入レ夜月明。令レ取二下御車畳一為二（**仮為**『古』）御座一、与二御休所行二房内之事（**々間**『古』）一。殿中塗籠有レ人、開レ戸出来（**開塗籠之戸、有出之声**『古』）。法皇令レ問給。対云、融候。欲賜二御休（**息**『古』）所一。法皇答云、汝在生之時為二臣下一。我為二主上一（**我天子**『古』）。何猥（**漫**『古』）出二此言一哉。可二（**早可**『古』）退帰一者、霊物乍レ恐（**忽**『古』）抱二法皇御腰一。御休所（**三字なし**『古』）半死失二顔色一（**半死御坐**『古』）。御前駆（**前駆**『古』）等皆候二中門外一、御声不レ可（**可及**『古』）レ達。只（**一字なし**『古』）牛童頗近侍（**近侍湌御牛**『古』）。召二件童一召二（**令**『古』）人々一輦（**差寄**『古』）二御車、令二扶乗御休所一（**令乗御、々息所**『古』）。顔色無レ色不レ能二起立一。令二扶乗一（**令扶抱乗**『古』）還御（**還御之後**『古』）、召二浄蔵大法師一令二加持一。纔以蘇生云々。法皇依二先世業行一為二日本国王（**日本之王**『古』）一、雖去二（**避**『古』）宝位一、神祇奉二守護一、追二退融霊一了（**也**『古』）。其（**件**『古』）

戸面有二打物一跡。守護神令二追入一之跡（押覆『古』）也。又或人云、法皇御二簾中一、融霊参二居檻辺一
云々（又或人以下なし『古』）。（岩波新大系、一二レ点を加えた）

『江談抄』は冒頭にこの話の出所を藤原資仲（一〇二一～八七年）としている。資仲が匡房に語ったという結構である。藤原資仲の父資平は小野宮流藤原実資の養子（実資の兄懐平の実子）となり、資仲は正二位大宰権帥に昇った小野宮家を嗣いだ人物である。加えて、勅撰集に六首入集した他、『八雲御抄』によれば、家集『後拾遺集』四巻（散佚）があった。さらに『殿上詩合』（天喜四・一〇五六年）に参加した漢詩人でもあり、なおかつ、『節会抄』十六巻（散佚、『本朝書籍目録』）、『五巻抄』（散佚、『玉葉』）があるから、実資以降の主要な有職故実家であった。『江談抄』では、本話の他、巻一・十四「仏名有出居事」、二十六「安嘉門額霊踏伏事」、巻二・三十六「御剣鞘巻付何物哉事」、巻三・七十一「壺切者為張良剣事」に登場している。いずれも故実に通じた資仲を描いている。特に巻二・三十六話は、三条天皇から「御剣の鞘に纏き付けらるる物」は「何物なりや」（新大系本の訓読、以下同じ）と問われて、「御辛櫃の鎰か」と答えて、父資平が申したことと同じだと御感を得ている。この説は、もともと実資の仰せであり、実資の祖父実頼の口伝にあるとか。つまり、小野宮流に代々伝えられた家説であった。それを資仲が見事に継承していたということである。これを語る匡房が資仲の言にはかなりの信頼感を抱いていたことは確実だろう。

資仲の語った内容は、ほぼ『弘安源氏論義』に近いが、重大な点が異なっている。それは融の霊が抱

きつくのは、御息所ではなく、法皇本人だったということだ。その前に「御休所を賜らんと欲ふ」と言っているから、融の行動は、目標を間違えたか、それとも、法皇に「汝、在生の時、臣下為り。我は主上為り。何ぞ猥りにこの言を出だすや。退《まか》り帰るべし」と指弾されたので、逆ギレしたのか、その点は何も記していないけれども、さらに問題なのは、その後、気を失ったのが御息所だったということである。『江談抄』（『古事談』）では、法皇の腰に抱きついた融（同性愛的行為を見なすことも可能である）を見て、ショックのあまり、側にいた御息所が気を失ったとしか読めない。そして、起立できない御息所を河原院から御車に扶け乗せて還御した後、浄蔵を呼び加持をするまでの過程が詳しく述べられている。そこには、『弘安源氏論義』にはない、御息所の蘇生も記されている。

他方、『江談抄』（『古事談』）には、なぜ法皇が融の霊物を追い払ったかの理由も記されている。「先世の業行に依りて日本国王と為り、宝位を去るといへども、神祇守護し奉り、融の霊を追ひ退け了んぬ」とあるからである。その証拠に「その戸の面に打物の跡有り。守護神追ひ入れしめし跡なり」とまで記している。ここでは、御息所のことは全く無視され、法皇対融に焦点が絞られている。腰を抱きつかれても退散させたのは、神祇の守護によるとなっていればわかりやすい。神祇を含む仏法に守られた王法の勝利であると言い換えることも可能である。ここまでが資仲の語った説話である。

但し、最後に「ある人」の説として、法皇が簾の中にいらして、融の霊が欄干の辺りに参ったという説話を載せている。これは前の説話では登場するのが「塗籠」であったから、それとは違うところから融の霊が現れたという説の紹介であろうか。

抱きつかれたのが御息所ではなく、法皇であったこと、融の霊が現れるのが「くるる戸」ではなく「塗籠」の違いはあるが、ほぼ同一説話と見てよい。匡房は、慎重に「ある人」の説も組み込みながら、故実家資仲が語ったという河原院における法皇・御息所と融の霊邂逅説話を語った。ほぼその内容について信頼していたと思われる。だが、ここで確認しておきたいのは、河原院という具体的な場所における説話であり、ここで気を失った御息所はその後蘇生しているということだ。『夕顔』巻の夕顔は、共に霊にとられながらも、ここが決定的に異なる点であろう。夕顔はそのまま死ぬからに他ならない。

（3）『今昔物語集』・『宇治拾遺物語』・『古本説話集』における河原院・融説話

ここで、平安期のもう一つの異伝である『今昔物語集』巻二十七・二話「川原院融左大臣霊、宇陀院見給語」、『古本説話集』上・二十七「河原院事」、『宇治拾遺物語』一五一「河原院ニ融公霊住事」を見ておきたい。これら三説話は、文体は『今昔物語集』話と『宇治拾遺物語』話・『古本説話集』話とは異なるものの、同文的類話と言えるものである。言い換えれば、共通の原拠から三つに別れたということだ。最も成立が古いとおぼされる『今昔物語集』話によって分析することにしたい。

川原院融左大臣霊宇陀院見給語第二

今昔《いまはむかし》、川原ノ院ハ融ノ左大臣ノ造テ住給ケル家ナリ。陸奥ノ國ノ塩竈ノ形ヲ造テ、潮ノ水ヲ汲入テ池ニ湛ヘタリケリ。様々ニ微妙《めでた》ク可咲《をかし》キ事ノ限ヲ造テ住給ケルヲ、其ノ大臣失テ後ハ、其ノ子孫ニテ有ケル人ノ、宇陀ノ院ニ奉タリケル也。然レバ、宇陀ノ院、其ノ川原ノ院ニ住セ給ケル時ニ、醍醐ノ天皇ハ御子ニ御セバ、度々行幸有テ微妙カリケリ。

　然テ、院ノ住セ給ケル時ニ、夜半許ニ、西ノ台ノ塗籠ヲ開テ、人ノソヨメキテ参ル気色ノ有ケレバ、院見遣《みやら》セ給ケルニ、日《ひ》ノ装束直《うるは》シクシタル人ノ、大刀帯テ笏取畏リテ、二間許《ばかりの》去キテ居タリケルヲ、院、「彼ハ何ニ人ゾ」ト問セ給ケレバ、「此ノ家ノ主ニ候フ翁也」ト申ケレバ、院、「融ノ大臣カ」ト問セ給ケレバ、「然ニ候フ」ト申スニ、院、「其レハ何ゾ」ト問ハセ給マヘバ、「家ニ候ヘバ住候フニ、此ク御マセバ忝ク所セク思給フル也。何ガ可仕キ」ト申セバ、院、「其レハ糸異様ノ事也。我レハ人ノ家ヲヤハ押取テ居タル。大臣ノ子孫ノ得セタレバコソ住メ、者ノ霊也ト云ヘドモ、事ノ理ヲモ不知ズ、何デ此ハ云ゾ」ト高ヤカニ仰セ給ケレバ、霊掻《かきけ》消ツ様ニ失ニケリ。其ノ後亦現ル、事無カリケリ。

　其ノ時ノ人此ノ事ヲ聞テ、院ヲゾ忝ク申ケル。「猶只人《ただびと》ニハ似サセ不給ザリケリ、此ノ大臣ノ霊ニ合テ、此様ニ痓《すく》ヤカニ異人ハ否不荅《えこたへ》ジカシ」トゾ云ケルトナム語リ伝ヘタルトヤ。（岩波新大系による）

『今昔物語集』には川原院は、本話と同巻十七話に登場する。十七話は、東から上京した男が妻を連れて川原院に泊まり、妻戸から手が伸びて妻を鬼に取られて殺されるという話である。話末評語には「案内不知《しら》ザラム旧キ所ニハ不可宿《やどるべから》ズトナム」とあるから、川原院は既に悪所となっていたということだろう。

対する本話には融の霊は登場するが、それは自分の邸である川原院（誤解だが）にやってくる宇多院への不満表明のためであった。宇多院は融の子孫が自分に寄進したものであり、私は住む権利を有している。霊だからといって事の理も分からないのかと理路整然と説き、霊を退散させている。よって、本話の眼目は、霊に対して毅然と道理を説く宇多院の偉大さにある。とはいえ、川原院には融の霊が出る場所であることはこれまで分析したものと共通している。大きな違いは、京極御息所の不在と融が院の腰に抱きつかないことであろう。むろん、霊が出てくる理由が御息所目当てではないので、これらの欠落があるのは、本話の論理ではごく自然の展開となっているのであるが。それどころか、『今昔物語集』話に限られるが、「其ノ後亦現ル、事無カリケリ」とあるように、融の霊はその後一切出なくなるのである（『宇治拾遺物語』話・『古本説話集』話にはこれに相当する言説はない）。

さて、『古本説話集』話には、本説話の後に後日譚を載せている。院が崩御してから、住む人もなくなり、荒れていったが、そこに貫之が土佐から上って参り、「あはれに」（新大系本）思って、宇多院を偲ぶ歌を詠んだこと、その後、川原院を寺にして、安法君が住み、月の歌を詠んだこと、そこへ能因法師・源道済が集まって歌を詠んだこと、その後、さらに荒れていき、歌に詠まれた松の木も風で倒れたことなどを記している。風情ある地の崩壊過程を記したと言えばよいだろうか。但し、後日譚には融の霊は一切見られない。

とまれ、融の霊に絡んでは、平安期には、諷誦文を作る追善供養（『本朝文粋』・『扶桑略記』）、『弘安源氏論義』の異伝（『江談抄』・『古事談』）、宇多院による融の霊の説得退治（『今昔物語集』・『宇治拾遺物語』・『古本説話集』）の三タイプがあったことになる。成立から言って諷誦文型が最も古いが、霊になった理由は諷誦文以外には分からないが、どうやらどれも融は霊となって出てくる存在と見なされていたようだ。

（4）鎌倉期源氏注釈書における「なにがしの院」

それでは、ここで平安期のテクストを離れて、『弘安源氏論義』の前代や同時期の源氏注釈書における「なにがしの院」の注記を見ておきたい。

まず、注釈の始発である世尊寺伊行『源氏釈』には立項がない。藤原定家『奥入』も『源氏釈』同様にない。基本的に和歌・漢詩・難語の出典考証に叙述の大半が割かれているという注釈書の特性も立項がないことの理由に挙げられるかもしれない。

そこで、河内方の注釈を見ると、「なにがしの院」については、鎌倉期を代表する『紫明抄』・『光源氏物語抄（異本紫明抄）』はともにしっかり立項し、上記の説話を引用している。両方の本文はほぼ同文であるから、[4]素寂（俗名源保行あるいは源孝之）が作ったとされる『紫明抄』（成立の下限は永仁元・一二九三年）[5]で代表させたい。引用本文は『源氏物語古注集成』（田坂憲二校訂、底本は東大図書館本、校訂は松平文庫本・内閣文庫本・龍門文庫本・京都大学文学部本でされているが、本話に限っては底本で問題はない）。なお、文永四年（一二六七）からそう遠くない時期に成立したとされ、[6]黒川本冒頭には「紫雲寺素寂法師著」

とあるものの、編者は不詳である『光源氏物語抄』（黒川本本文は『正宗敦夫収集善本叢書第Ⅰ期第一巻 光源氏物語抄』、武蔵野書院、二〇一〇年）の該当箇所末尾には「素寂」とあるので、ここは『紫明抄』と同様に素寂説が取り込まれているとみてよいだろう。

42そのわたりちかきなにがしの院におはしつきてあづかりめしいづ
問云、某院何所哉。
答云、若河原院歟。六条坊門万里小路也。
昔、寛平法皇、本院のおとゞ時平公の御むすめ京極御息所とひとつ御車にて月のおもしろかりけるよ、河原院に御ゆきなりて、かうらんのほこ木に御車のながへをうちかけておりさせ給て、もろともに月をながめておはしましける程に、うちより物のけはひして、御息所をとりてひきいれたてまつるに、法皇をどろきていだきとめ給て、なにものなればかくは、と、ひ給に、融丸が候ぞかし、とてうちすて奉りければ、御命はたえにけり。融の大臣、彼院に執心ふかくして亡魂とゞまりて望郷鬼となりけるにや。これを思に、河原院をそらおぼめきになにがしの院といふにやとそおぼゆる。（句読点・濁点を施した）

まず問答の形が『弘安源氏論義』とほぼ同様である。違いは「なぞらへる（＝準拠）」があるかないかである。また、答として上がる「河原院」と「六条坊門万里小路」は「若し」の位置が「六条」云々についていることを除いてほぼ範藤の答と同様である。そこから、京都・鎌倉共に「なにがしの院」＝「河原院」＝「六条坊門万里小路」という認識があったことが了解される。河内方の源氏学の成果が京都に流出していたか、それとも自ずと共通認識を持っていたかのいずれかであろう。

だが、その後に引かれる寛平（宇多）法皇・京極御息所と融の霊の邂逅説話は、だいたいのストーリーは『弘安源氏論義』とは同様ながら、五点に亙ってかなりの違いも見受けられる。第一に、月を眺めに宇多法皇と京極御息所は河原院に出かけたということである。河原院と月見については、『古本説話集』話が宇多法皇の没後、安法君という法師が住み、冬の月を眺めて和歌を詠んでいることが上げられる。元々風流な邸であったのでそのイメージがこうした動機付けになったか。第二に、京極御息所は、「うちより物のけはひして」、捉えられて引き入れられそうになったことである。法皇に自己の願望を述べて、それから御息所の腰に抱きついたのでなく、いきなり自らがいる「うち」に引き入れようとしたのである。となると、第三に、法皇の対処法が自ずと異なってくる。法皇は、おどろいて御息所を抱き止めて、おまえは何物かと尋ねたことである（法皇が御息所を抱きしめたのだ）。そして、第四に、融の行動と御息所のありようの違いである。融は「融丸でございます」と答えた直後、御息所をうち捨てたのである。御息所はそのまま、気を失ったのではなく、死んでしまうのである。その後、融の行方は記されていない。とはいえ、御息所が死ぬという展開は、想像の域を超えないけれども、『源氏物語』の夕顔の突然死が逆に投影した結果ではないのだろうか。そして、第五に、融と河原院の関係について、融がかの院に執心が深く亡魂が留まって望郷鬼になったと告げるのである。これに一等近いのは、『今昔物語集』話・『宇治拾遺物語』話・『古本説話集』話であろう。但し、後者群には京極御息所が出てこない。河原院に執心する融の霊と融の子孫から譲られた宇多法皇の対決だけである。だから、『紫明抄』話からはどうして融が御息所を引き入れようとしたのかが分からないのである。

最終的に、『源氏物語』は河原院を「そろおぼめき」（すっとぼけて）なにがしの院というのだろうと結論づけるのである。『光源氏物語抄』の方が本は融の旧跡だから、このことを「たとへて云也」としているが、『紫明抄』がわざわざ「そらおぼめき」というのは、融の霊と御息所の死を重視した結果だろう。

（5）小括

やや長きに亙ったが、『弘安源氏論義』三番問答「なにがしの院」の準拠をめぐる周辺説話・註釈を検討してきた。こうしてみると、『弘安源氏論義』の兼行・範藤の勝ち負け判断はともかく、引かれた説話としては、一等筋が通っていたことが了解されただろう。第一に、『本朝文粋』（『扶桑略記』）は、融が悪業により地獄に墜ちて、宇多法皇が救済しようとする話であり、六条御息所はそもそも登場しない。両人の深い関係が明らかにされるだけである。第二に、『江談抄』（『古事談』）には融の霊が御息所ではなく法皇の腰に抱きつくという極めて不自然な行為がある。第三に、『今昔物語集』他には、『本朝文粋』同様に、御息所が登場しないが、融の河原院への執心はそれなりに描かれ、霊を退散させる法皇の力量が強調されるから、『弘安源氏論義』・『江談抄』・『紫明抄』と比較すれば、かなり遠い異伝となる。第四に、『紫明抄』（『光源氏物語抄』）では、河原院に執心した融の霊がどうして御息所を襲ったのかが分からない。但し、御息所が死ぬことは夕顔の死をそのまま連想させる効果があるだろう。してみると、『弘安源氏論義』ならびに『紫明抄』は女が霊にとられるということを重視した叙述になっていることがいよいよはっきりとしてくるが、それは取りも直さず、『源氏物語』を注釈するにふさわしい説話を選んできているからに他ならないだろう。場合と都合によっては、説話自体を改変していくことも考えられるのではないか。むろん、注釈者（範藤・素寂）にとっては、なにがしの院を河原院と同定するための確固たる傍証的事実を記した説話なのだが、これほど異同のある説話の中から、最も傍証に近いものを選ぶ、ないしは、改変するというのは、それなりの作為的行為であり、物語と説話および注釈の三点関係を新たに問うべき根拠となる可能性を秘めている。

三　「朱雀院の御賀は准拠の例いづれぞや」（十二・紅葉賀）をめぐって

これも最初に本文をあげる。

十二番問云、左　　　　範藤朝臣
朱雀院の御賀は准拠の例いづれぞや
答云、右　　　　兼行朝臣

延喜六年十月の朱雀院の行幸御賀の例にてや侍るらん。

左申、

延喜の御賀両度侍るにや。十月おぼつかなし。十一月にて侍るやらん。そのたび御子の舞にたつことなし。延喜十五年三月の御賀に当代の御子重明親王、舞の袖をかへす。源氏中将、又其時当代の御子にて侍るやらん。大納言院の別当にて正三位に叙す。源氏中将おなじく、舞の賀の賞に上階かた〳〵おもひよそへられ侍り、如何。

左右申所用捨ことなり。賀の詞につきては、左の申所いはれあり。紅葉賀の詞によりては、右の十月もたよりある。准拠の例かれこれさだめかたしとて、為レ持。（レ点を施した）

三番問答とは問者と答者が逆になっているが、再び範藤・兼行の問答である。まず、範藤が「紅葉賀における朱雀院の御賀は準拠の例はいずれか」と尋ねると、兼行が「延喜六年（九〇六）十月の朱雀院の行幸御賀の例ではないだろうか」と答える。(7) すると、範藤が「延喜年間の御賀（宇多院の四十歳と五十歳を祝う醍醐天皇による朱雀院行幸）は二度あったのでは？。また十月は不審である。十一月ではないでしょうか。その時は御子が舞に立つことはなかった。延喜十五年（九一五）三月の御賀においては、当代（醍醐天皇）の御子重明親王が舞の袖を返した。源氏中将はまたその時（＝紅葉賀の行幸の試楽の時）、当代（桐壺帝）の御子でしょう。延喜十五年の御賀では大納言（源昇）が法皇御賀院別当として正三位に叙せられた。舞の賀の賞での上階（＝昇進）もあれやこれやと連想されます。いかがでしょうか」と改めて申した。判定は、左右申すところの用捨が異なっている。賀の説明については、左の申すことに謂われがあり、紅葉賀の説明によっては、右が主張した十月も信頼できる。準拠の例はどちらも定めがたいとして持となった。

『源氏物語』「紅葉賀」には、一院五十歳の御賀で十月二十日ほどに朱雀院に桐壺帝の行幸が記されている。源氏は中将であり、御賀の場で源氏は青海波を舞ったのである。[8] この「朱雀院の御賀」の準拠はどれかが十二番問答の主題である。兼行は「延喜六年十月の朱雀院の行幸御賀の例」と答える。史実としては、範藤が主張する十一月が正しい。十一月七日醍醐天皇は朱雀院に行幸し、宇多法皇四十歳を賀したのである（『日本紀略』「十一月七日、行二幸朱雀院一、法皇院司中納言源貞恆以下加レ爵、依二御賀之慶一也」、大日本史料による。一・二点を施した。以下も同じ）。また、延喜六年の御賀では、たしかに親王の舞はない。また、範藤がいう「延喜十五年三月の御賀」は範藤の記憶違いであり、正しくは延喜十六年三月七日であった（『日本紀略』「七日、辛酉、辰時天皇幸二朱雀院一、奉レ賀二太上法皇五十算一、諸司献レ物、童親王、及五位以上子為二舞人一」）。また、「当代の御子重明親王、舞の袖をかへす」とあるけれども、『西宮記』が記載する以下を見れば、

（前略）次有二音楽事一、此間、法皇、天皇共御二平鋪座一、在二南一廂童親王等奏舞、王卿侯二簀子敷一、左衛門督藤原朝臣奉二茶盆一、法皇以レ盆属二克明親王一、々々拝舞、此時、召二敦忠一御覧有レ哀二憐之一、舞訖、天皇奉二茶盆一、銀盃、（中略）八日、賞院司等事、昨依二院固辞一、不レ被レ賞也、正三位源昇大納言（以下略）

とあるように、克明親王は舞っているが、重明親王は登場していない。また、日記・史料を見る限り、御賀などで重明親王が拝舞した記録は見当たらない。その一方で、克明親王は、延喜十年一月四日にも「東宮朝二観内裏一入レ夜還レ宮、今上一親王清涼殿東庭拝舞」（『貞信公記』、大日本古記録、一・二・レ点を施した）とあるように拝舞している。(9) おそらくこれも範藤の記憶違いかと思われる。

だが、それに続く「源氏中将、又其時当代の御子にて侍るやらん」という記述は見逃せない。範藤は重明（克明）親王が舞った延喜十五（十六年）の御賀と「紅葉賀」における桐壺帝の御子源氏中将が舞った青海波を重ねて理解しようとしているからである。それに加えて、「大納言院の別当にて正三位に叙す。源氏中将おなじく、舞の賀の賞に上階かた〱おもひよそへられ侍り」という記述も重いというべきだろう。上記の『西宮記』にあるように、大納言源昇は御賀の賞により正三位に昇格している。「その夜、源氏の中将正三位したまふ」（小学館新編全集本による、以下も同じ）と源氏も正三位になっているのである。範藤にしてみれば、これで準拠はほぼ固まったということだろう。やや興味深いのは、大納言源昇が融の息であるということだ。そこには源融の系列は、源氏と重ね合わせて理解しようという指向性があったのではないかと思いたくなるが、偶然の一致の可能性も否定できず、これは保留のままにしておきたい。

それでは、「持」となった判定についてはどうだろうか。持となった理由は、史実としての御賀については範藤の言うとおりだが、「紅葉賀」では兼行の言うとおり御賀は十月である、よって、定めがたいということであった。これを反転して言えば、「紅葉賀」が十一月だったら、範藤の勝ちが確定したということでもあるだろう。しかし、紅葉賀という巻名と十一月という仲冬の月は永遠に交わらないので、これは無理筋なのだが、ここで強調しておきたいことは、「なにがしの院」の考証とは異なり、公事・儀式となると、準拠は厳密に史実と照らし合わされて用いられるということではないだろうか。とはいえ、範藤の悔しさが今日まで伝わってきそうな「持」の判定ではあった。

四　「六条院にをきて准拠の人おほし、致仕のおとゞだれの人になずらへたるや」（十六）をめぐって

准拠をめぐる最後の検討課題もまずは本文からである。

十六番問云左　　　　　　具顕
六条院にをきて准拠の人おほし。致仕のおとゞたれの人になずらへたるにや。
答云右　　　　　　為方
致仕の事准拠の例ひとへにさだめ申がたし。但光源氏を高明に准ぜば、その時の致仕をや准ずべからん。致仕なくしておもひよそへらるゝ人、さだめて侍らん、とおぼゆれども、問につきて致仕をいだし侍り。醍醐天皇の御時致仕良世なり。かれとやいふべからん。
左申
まことにこの事致仕をむねとすべし。大かたは清慎公あひにたる事多く侍るにや。貞信公の子清

慎公也。致仕のおとゞも太政大臣の子とみえたり。かの花の宴の春とかよ、明王の御代四代といへる、貞信公のおもかげあり。そのうへ、母宮腹の事、清慎公は亭子院の御女なり。蔵人少将ならびに頭中将へたること、女御入内のこと、紅梅の右府廉義公など昇進おなじきこと、弁少将右大弁をへて丞相の位にのぼる。西宮の左大臣とあひならぶことも源氏によそへられ侍り。但致仕の事むねと准ずべきに、清慎公は天禄元年五月に摂政にて薨ずとみえたれば、此義相違す。かれこれなずらへて朱雀院の論義におなじきか。

右申

清慎公を准ずること、まことになずらへらる、ところおほしといへども、致仕又むねとあるべし。このほかたがへる事も重難をくはへはおほかるべしといへども、准拠の例ひとかたにさだめがたければとて、猶為㆑持。（レ点を施した）

十六番は、具顕と為方（中御門為方、一二五五～一三〇六年）の「六条院において准拠の人は多いが、致仕の大臣とは誰を准拠としているか」をめぐる問答である。これについて、為方は、「致仕のことは准拠の例として一方的には定めがたい。但し、光源氏を源高明に准ずるのであるなら、その時の致仕の大臣を准じなければならないだろう。致仕ではなくて思い当たる人は、きっとあるだろうと思われるけれども、問いについての致仕の大臣を出します。醍醐天皇の時、致仕は良世（極官左大臣、八二二～九〇〇年）である。よって、致仕の大臣とは良世を言うのではないだろうか」と答えた。

それに対する反論において、具顕は、「この問題は致仕を中心に据えねばなりません。大概は清慎公（藤原実頼、極官太政大臣、九〇〇～九七〇年）が致仕に合っていることが多いのではないでしょうか。貞信公（藤原忠平、極官太政大臣、八八〇～九四九年）の子が清慎公である。致仕の大臣も太政大臣の子と見えている。あの「花宴」の春のことだったか、左大臣が『明王の御代四代』と言ったのは。ここには清慎公の父である貞信公のおもかげがある。そのうえ、母が宮腹のことである。清慎公の母は亭子院（宇多法皇）の御娘（皇女・源順子）である。また、蔵人少将ならびに頭中将を経たこと（実頼・致仕の大臣〈元頭中将〉は、ともに蔵人少将から頭中将を経ている）、女御入内のこと（実頼は述子を村上天皇に女御として入内している。致仕の大臣も弘徽殿女御を冷泉院に女御として入内している）、また、致仕の大臣の二男紅梅右大臣（いわゆる紅梅大納言のこと、極官は右大臣）は実頼男の廉義公（藤原頼忠、極官太政大臣、九二七～九八九年）などと昇進がおなじこと、弁少将右大弁を経て太政大臣の位に昇っている（藤原頼忠は、弁少将・右大弁を経て右大臣に昇っている。他方、紅梅大納言は、弁少将となり、頭弁を経て、「竹河」巻で夕霧の後任で右大臣にはなっている）。加えて、実頼は西宮の左大臣（源高明、極官左大臣、九一四～九八三年）と相並ぶことも源氏に擬せられます。但し、ここでは致仕のことを第一として准拠を考察すべきですから、清慎公は天禄元年（九七〇）に摂政で薨じたとみえているので（致仕はしていないので）、致仕という意味において、実頼ははずれます。いろいろと擬して朱雀院の論義と同じとなりますか」と答えた。

これについて為方は、「清慎公を准拠とすること、まことに擬せられるところが多いと言うけれども、致仕ということがまた第一にあらねばならない。これ以外にも致仕と矛盾することも重ねての非難を加えるならば、多くなるでしょうが、准拠の例は一面的には定めがたいと言って、やはり持となります」と言った。

この問答で議論されるのは、「致仕の大臣」は誰を准拠としているかということである。ここでの致仕の大臣とは、左大臣家のいわゆる元頭中将（その後太政大臣、致仕の大臣）を指しているのだろう。彼は源氏の義兄（葵上の兄）であり、父方の従兄でもあった。加えて、准拠なるものを極めて厳格に議論しようとしている。そこから以下のような議論が展開したのだ。

為方は醍醐天皇の致仕の大臣であった藤原良世説を出してくるが、それに対して、具顕は、はっきりとは明言してはいないけれども、『源氏物語』にとっての致仕の大臣を考えねばならないとして、准拠として上げたのが、貞信公（藤原忠平）―清慎公（藤原実頼）―廉義公（藤原頼忠）の系譜である。『源氏物語』では、左大臣（太政大臣）[10]―頭中将（致仕の大臣）―紅梅大納言（右大臣）という系譜があり、実頼と致仕の大臣の履歴、頼忠と紅梅大納言の履歴等から両者を重ねると、清慎公＝致仕の大臣という結論が得られるのである。だが、具顕は慎重であって、実頼と致仕の大臣の決定的な違いも指摘する。実頼は摂政のまま薨じており、致仕の大臣になっていないのだ。これでは准拠たり得ない。結局、前章で論じた「朱雀院の御賀」准拠と同様に決定不能と結論づけたのだ。それに対して為方も同意し、為方の意志で持としたのである。ここではどうやら雅有は判者をしていない。

そこから、どちらかと言えば、当てずっぽう的ないい加減な考証をする為方（なお、為方の名誉のために言い添えておけば、良世が「致仕の大臣」と呼ばれていたのは『日本紀略』等で明らかである）に対して、忠平—実頼—頼忠の系譜と『源氏物語』の左大臣家の系譜（左大臣—致仕の大臣—紅梅大納言）を対比・同定していき、致仕の大臣の准拠は実頼と結論づけていく具顕の実証的かつ論理的思考力は並々ではないことが自ずと知られようが、それ以上に具顕の思考力で評価すべきは、それでも最後の決め手である、実頼が致仕していない事実から実頼を致仕の大臣の准拠としない判断をする知的誠実さである。その時、同様の決定不能事例として出してきたのが前章で議論した朱雀院御賀であった。これでは、為方も自ら「持」と宣言して問答を閉じるしかなかったのであろう。とはいえ、実に読み応えのある問答が最終場面で展開されていたことは特筆に値するだろう。

おわりにかえて

以上、三つの准拠（「なにがしの院」・「朱雀院の御賀」・「致仕の大臣」）をめぐる問答を解読し、検討を加えてきた。結果は、「なにがしの院」は範藤の「川原院」説の勝ちであったが、同じく範藤・兼行の「朱雀院の御賀」、具顕・為方の「致仕の大臣」は持となった。「なにがしの院」＝「川原院」説については既に論じたように、部分的に資料を都合よく読み換える、あるいは、部分的に改変することを含んだ情況証拠的推理でよしとされたけれども、「朱雀院の御賀」・「致仕の大臣」となると、上記で縷々論じたように、准拠に関する考証が極めて厳格かつ緻密であったことは改めて強調してよいだろう。そこでは、『源氏物語』の記述と考証される准拠としての史実の記述が可能な限り一致することが求められていたのである。言ってみれば、史実的考証には部分的相違や矛盾も一切容赦されないのだ。

なぜだろうか。おそらくこういうことではないだろうか。史実と場所も一致する朱雀院、ならびに、実際に存在した藤原北家の致仕の大臣と『源氏物語』とはどこかで必ず一致する点、すなわち、正確極まりない准拠があったはずであり、それに基づいて『源氏物語』は作られているはずであるとする構え、あるいは『源氏物語』観があったということだろう。[11] その意味で、本稿冒頭で述べたように、『源氏物語』は決して無根拠から紡ぎ出された作り物語とみなされていなかったのである。弘安年間、いわゆる作り物語は、年記自体に疑問が多いとされるものの、文永八年（一二七一）成立の『風葉和歌集』が示すとおり、後期物語とされるものも含めてかなりの数が貴族社会には存在していた。そうした中で『源氏物語』（『伊勢物語』については、本文は定家によって校訂されるが、注釈はもう少し下る）だけが、定家の青表紙本・『奥入』、源光行・親行らによる河内本・『水原抄』（散逸）というように、校訂本と注釈が整備されていき、それらを受けてか、建長五年（一二五三）三月には鎌倉で「源氏談義」が開催され、弘安三年の『弘安源氏論義』が挙行されるに至るのである。

それでは、『源氏物語』の他の作り物語を際やかに分けるものは何だろうか。それは古典であったという端的な事実であろう。私説によれば、『古今集』・『伊勢物語』・『源氏物語』（それに加えて『和漢朗詠集』）が古典として定着したのは後嵯峨院時代である。これを私は、「古典的公共圏」の成立と言ってきた。[12]『源氏物語』が古典として定着すると、これは軌範であり、権威であり、ある種の教科書となることを意味しただろう。となると、書かれた内容もかならずや根拠がある、言い換えれば、准拠があるということになるのではないか。こうして『源氏物語』は普通の作り物語から脱却していったと思われる。その意味で、『弘安源氏論義』から窺える『源氏物語』観は古典化した『源氏物語』を忠実に反映したものと言えるだろう。論義は単なるトリビアクイズではなかったのである。

（1）田坂憲二『源氏物語の政治と人間』、慶應義塾大学出版会、二〇一七年参照。
（2）ガザーリー「誤りから救うもの」（『中庸の哲学』、中村廣治郎訳、東洋文庫、二〇一三年）参照。むろん、最も正確な論証はいわゆる「三段論法」である。
（3）伊井春樹編『源氏物語　注釈書・享受史事典』（東京堂出版、二〇〇一年）「弘安源氏論義」の項目参照。但し、「勝とさだめらる」という表現から、筆記者と判者は別人と考えられよう。
（4）但し、『光源氏物語抄』の冒頭には、「そのとは夕顔宅也。件宅五条町也。」、末尾は「本はこのおとゞのきうせき也。此ことをたとへて云也。素寂」（句読点、濁点を施した）が加わる。
（5）田坂憲二『紫明抄　源氏物語古注集成　第一八巻』（おうふう、二〇一四年）「解説」参照。
（6）稲賀敬二「源氏釈から紫明抄へ」（『源氏物語の研究　成立と伝流』補訂版、笠間書院、一九八三年）参照。
（7）「紅葉賀」における桐壺帝の朱雀院行幸は、帝の父一院のために行われたものである。田坂憲二氏は、この時「一院六十歳、桐壺院四十一歳、朱雀院二十一歳、源氏十八歳、冷泉院ゼロ歳、先帝（存命なら五十三歳）、式部卿宮三十三歳、藤壺宮二十三歳」と比定している（「桐壺院の年齢」、同『源氏物語の政治と人間』、慶應義塾大学出版会、二〇一七年）。なお、一院と先帝の関係は、藤本勝義「源氏物語における先帝」（同『源氏物語の想像力』所収、笠間書院、一九九四年）が主張し、田坂氏が支持するように、二人は兄弟であろう。なお、藤本氏は、延喜十六年御賀に合わせて、一院を五十歳とする。

（8）その前に、御賀に参加しない藤壺のために帝の計らいで「試楽」として頭中将と青海波を舞っている。

（9）この「今上一親王」とは、延喜十一年十一月二十八日条の『日本紀略』「第一将順親王改二名克明一、第三将観親王改二名代明一、第四将保為二重明一（以下略）」にあるように、克明のことである。範藤の間違いの原因は、重明の方が著名だったからではないだろうか。既に、三七二年前のことでもある。よくも覚えている＝学んでいると肯定的に評価すべきではあるまいか。

（10）左大臣は「澪標」巻で六十三歳にして太政大臣となった。六十三歳という年齢は田坂憲二氏が指摘するように、藤原良房摂政に合わせたのではなく、『三代実録』貞観八（八六六）年八月十九日条にある「勅太政大臣、摂行天下之政」を直接受けたものである。田坂「冷泉朝の始発をめぐって」（同前掲書所収）参照。

（11）この観念が発達すると、前稿でも引用したが、三条西実隆『細流抄』巻一「いづの御時にか」の注釈のように、「此物語のならひ、人ひとりの事をさしつめて書とはなけれども、皆故実来歴なき事をばかゝざる也。おもては作物語にて荘子が寓言により、又しるす所の虚誕なき事は司馬遷が史記の筆法によれり。好色の人をいましめんがために、おほくは好色淫風の事を載る也。盛者必衰のことはり、則出離解脱の縁も此物語のほかにはあるべからざる也」（『源氏物語古注集成 ⑦ 内閣文庫本細流抄』、おうふう、一九八〇年、句読点・濁点および漢字の訂正を施した）という観念を次第に惹起・発展かつ具体化させていくのはほぼ確実となるだろう。

（12）拙著『なぜ古典を勉強するのか』（文学通信、二〇一八年）、『書物と権力』（吉川弘文館、二〇一八年）などを参照されたい。

第三章　西国順礼縁起攷
――附 道成寺蔵『古伝口訣　西国卅三所順礼縁起』翻刻

大橋直義

はじめに

寛和二年（九八六）六月二十三日未明、様々な思惑が交錯するなかで花山院は宮中を出奔、落飾した。この歴史的事実は『栄花物語』『大鏡』を始めとした諸書にとりあげられ、以後、その事実を根幹とした花山院伝承が様々に創出されるに至った。小稿が考察しようとするのは、西国三十三箇所の霊場寺院をつなぐ旅路をたどろうとする営みの始源に花山院が擬されるようになった経緯である。

研究史が明らかにしてきたように、花山院が西国三十三箇所霊場を順礼したという伝承は史実に基づいたものではない[1]。第二十番札所である善峯寺の創建が花山院の崩じた年から二十年を数えた長元二年（一〇二九）であることはその端的な証左となるだろう。つまり、実際にはその在世時には存在しえなかったはずの事象の源に花山院が充てられてしまうのである。その背景には、『沙石集』巻十が「我が朝には、花山の院許りこそ実に御遁世有りけれ」としつつ、御心を発して、「世の楽しみは夢幻の程なり。国の宝、王の位、由なし」と思し食し取りて、たちまちに十善万乗の位を捨てて、長く一乗菩提の道に入り給へる。

と述べたような理解があったと考えるべきだろうか。[2] 倉本一宏[3]が考証したように、「狂気」ではなく、「十善万乗の位」にありながら一夜にして出家遁世したという花山院イメージこそ西国順礼の再興者たるにふさわしい。

その一方で、西国順礼に関連づけられていた天皇は花山院だけではなかった可能性についても指摘しておきたい。後述するような、十五世紀後半に成立した「西国順礼縁起」テクストを見てゆくなら、花山院の出家年時を「永観年中」「永観二年（九八四）三月十五日」とするものが見いだせる。[4] 永観二年と言えば花山院は在位中であり、この理解は明らかに史実に違背する。一部に「永延二年（九八八）三月十五日」の出家とする伝本も存するが、これは史実と整合させようとした改訂であろうか。[5] もちろん、近世に刊行された縁起類においては「寛和三年六月二十三日夜」のこととするものがほとんどだが、中世以前の縁起では誤っているものの方がむしろ多いのである。「三月十五日」とすることを始め、そのような期日を記す理由は分からないが、永観二年八月二十七日には円融院が花山院に譲位しているから、あるいはそのあたりの誤解が紛れ込んでいるのかもしれない。ただ、図版に示した〔寛文七年（一六六七）〕南法華寺（壷坂寺）刊「西国三十三所順礼元祖十三人先達御影像」[6]や、これと同時期に刊行されたと考えられるものの、図様の異なる岡寺（龍蓋寺）版「御影像」[7]の双方に、「花山法皇」と並んで「円融院法皇」が描かれていることをも勘案すれば、単純な誤解ではなく、円融院が西国順礼の再興に関わったとする縁起がかつて存在していたと見ることも不可能ではないのかもしれない。

　そもそも、なぜ西国順礼を再興したのは花山院でなくてはならなかったのか。無住が遁世者としての花山院を特別視したことは先に見た通りだが、それでも「狂気」の天皇という風聞は避けがたく、さらに遡って、初めて熊野参詣を行なった宇多法皇にその始源を求めても構わなかったはずだ[8]。

　花山院が導き出された理由について、寺門派修験における大江匡房の実像・言談とその伝承・イメージとについて検討を加えた源健一郎[9]は次のように述べている。「伊勢・熊野同体説」を説いた匡房の言談の影響力の大きさが白河院による初度熊野御幸の様子を伝える『熊野権現金剛蔵王宝殿造功日記[10]』での「匡房」像に関わり、その後、初代熊野三山検校である増誉の事績を顕彰しようとする要請から「匡房」が描かれなくなったとしても、代わって「花山院」が熊野修験伝承に表面化してきたのは、「花山院聖代[11]」を説いた匡房の言談の影響であると。

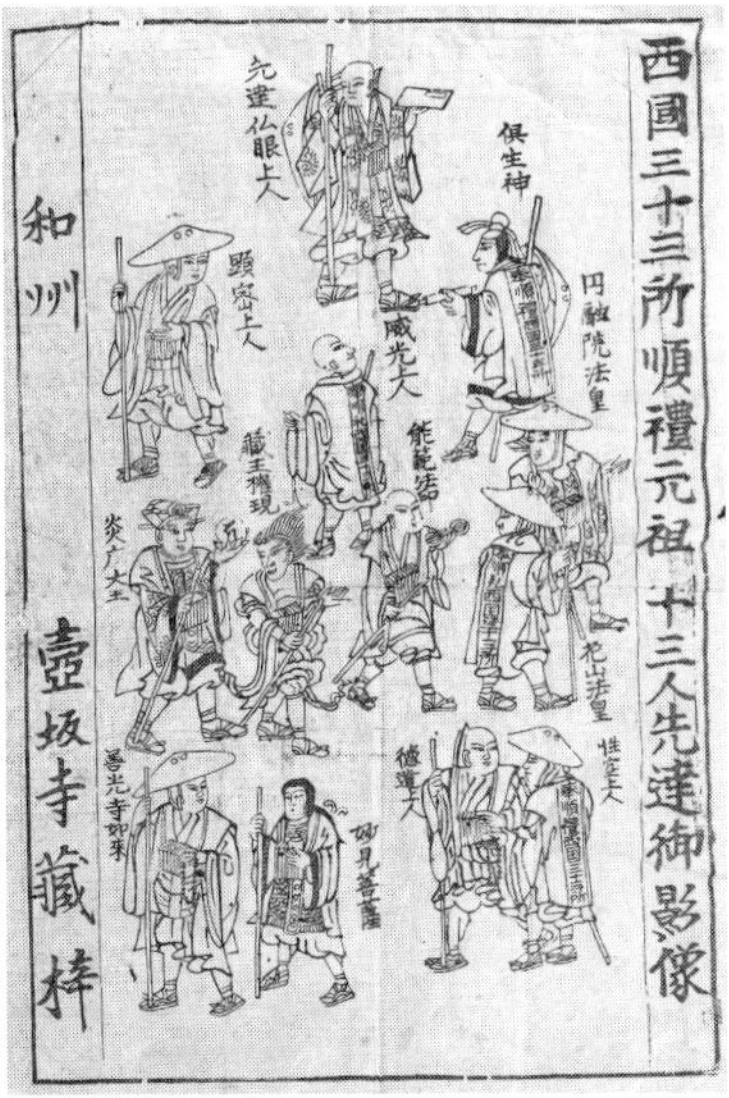

図3－1　架蔵「西国三十三所順礼元祖十三人先達御影像」

　小稿では、源健一郎説に屋上屋を重ねてしまうことを危惧しつつ、新資料についての検討も加えながら、西国順礼縁起と花山院との関わりについて考察を行なうこととする。

一 花山院と熊野・那智

宮中を出奔した花山院はいかなる遍歴の途についたのか。後掲の『栄花物語』『大鏡』に引きずられ、実際に熊野御幸を行なったと見るのは早計である。倉本一宏[12]は『権記』『小右記』や『日本紀略』等の史料にも花山院の熊野御幸記事は見えないこと、長保元年(九九九)十一月三日・十三日・十五日の『権記』『小右記』各日条を検証し、花山院が内々に熊野御幸を計画していたことが露見し、一条天皇によって中止させられてしまっていることを指摘した。特に、花山院が熊野御幸を先年も「停止」し、去年の秋にも「延引」した「宿願」であると表現していることを重視し、この段階まで熊野御幸は一度も果たされていなかったと推定するのである。さらに、倉本論考は、このような事情をふまえつつ、その後、寛弘五年(一〇〇八)に花山院が崩ずるまでの間、『権記』『小右記』に熊野御幸関連の記事が見えないことをも勘案し、結局、院の「宿願」が遂げられなかったと推定する。

倉本論考が述べるように、花山院の「宿願」が果たされなかったという史実を基にして、花山院の熊野御幸・修行言説が生じてきたのかどうかは分からない。その「宿願」が果たされたものとして語られ始めたのは『栄花物語』巻七「みはてぬゆめ」であった[13]。

花山院所どころあくがれ歩かせたまひて、熊野の道に御心地悩ましう思されけるに、海人の塩やくを御覧じて、

旅の空夜半の煙とのぼりなば海人の藻塩火たくかとや見ん

とのたまはせける。旅のほどにかやうのこと多くいひ集めさせたまへれど、はかばかしき人し御供になかりければ、みな忘れにけり。さて歩きめぐらせ給て、円城寺といふ所におはしまして、桜のいみじうおもしろきを見めぐらせたまひて、ひとりごたせたまひける、

木のもとをすみかとすればおのづから花見る人になりぬべきかな

とぞ。あはれなる御有様も、いみじうかたじけなくなん。

後一条朝に成立した『栄花物語』を端緒とする「旅の空」歌はその後、『後拾遺和歌集』巻九・羈旅・五〇三として入集する。『後拾遺集』が白河院に奏上された応徳三年（一〇八六）十月の一ヶ月後、白河院は堀河院に譲位し、その四年後の寛治四年（一〇九〇）正月、生涯九度に及ぶことになる熊野御幸の初度の旅路につくことになる。「熊野」に関連する和歌は『拾遺集』にも見ることができるが、「熊野参詣」に言及されるのは実は『後拾遺集』以降のことで[14]、「旅の空」歌の『後拾遺集』入集は白河院熊野御幸の前提としても注意するべきであろう。加えて、巻十四・雑・一〇六四に兼経法師詠として「花山院の御供に熊野へまいり侍りける道に住吉にてよみ侍りける／住吉の浦風いたく吹きぬらし岸うつ浪の声しきるなり」も入集しており、花山院熊野御幸言説はこの時期にさらに具体化されたものと見

える。ただし、「熊野へまいり侍りけるに、住吉にて経供養すとてよみ侍りける」（一〇六八）、「熊野にまいりてあす出でなんとし侍りけるに、人びと、しばしは候ひなむや、神も許したまはじなどいひ侍りけるほどに、音無川のほとりに頭白き烏の侍りければよめる」（一〇七六）のように、増基法師『いほぬし』を出典とする二首に比べれば、その具体性の乏しさは明白である。つまり、十一世紀を通じて花山院の熊野御幸言説は徐々に形成されていったと考えられるものの、紀伊半島の実景に即したものとは言えず、都で形成・流通したものであったとするべきであろう。

花山院と那智とが伝承世界において交錯し始めるのが、次の『山家集』八五二番歌である。[15]

那智に籠りて滝に入堂し侍けるに、この上に一、二の滝おはします。それへまゐるなりと申す常住の僧の侍りけるに、具してまゐりけり。花や咲きぬらんとたづねまほしかりける折節にて、たよりある心地して分けまゐりたり。二の滝のもとへまゐりつきたる。如意輪の滝となん申すと聞きて、拝みければ、まことに少しうち傾きたるやうに流れ下りて、尊く覚えけり。花山院の御庵室の跡の侍りける前に、年旧りたりける桜の侍りけるをみて、「すみかとすれば」と詠ませ給ひけんこと思ひ出でられて

木のもとにすみけるあとを見つるかな那智の高嶺の花を尋ねて

先に引用した『栄花物語』「木のもとを」歌を本歌としていることは明らかで、宇津木言行が述べるよ

うに、西行は「木のもとを」歌を花山院が那智参籠中に詠じたものと受け止めている。後に『渓嵐拾葉集』巻第六十七「羅網除魔障事」は「示云。那智花山ニ花山法皇御庵有レ之。那智瀧行之等居止ス。今擬ニ如法経道場一」とする説を記すが、これと同様の伝承が、西行の在世中から存していたことは間違いない(16)。また、『宝物集』巻四にも「はるかに那智の山にこもり給ふ」とする説が見えるなど、平安最末期の段階で、花山院と那智との関係が明確化してくると言えよう。

花山院と那智との交わりの周辺に、安倍晴明伝承が見え隠れすることが気にかかる。花山院と晴明との伝承上の交錯は古く『大鏡』から見られるものだが、『古事談』巻六―六四では、晴明を「俗乍ら那智千日の行人」とし、その晴明の言葉として、花山院が大峯行者であったと述べられている。前世の遺骸の髑髏が岩の間に挟まってしまっていたために花山院は頭痛に悩まされていたとする説話だが、ほぼ同時期に仁和寺相応院禅覚によって編纂された『三僧記類聚』「寛平法皇御事」には(17)、

光盛卿語云、法皇前身ハ那智山ノ行者也、前生ノ骸ノ上ニ理趣経ヲ求得タリ、仍以此経被行理趣三昧大内山理趣三昧也之由、見小野宮右府実資記、七月御三昧座ニテ遍照寺御房語給之由被記、而或物ニ件前生ノ遺骸ヲ掘テ仁和寺佛壇ノ下ニ被埋之由見タリ、前生ニ為菩提那智瀧ニ投身テ令入滅ニ依テ、法皇常令煩御頭風所ト見タリ、

とあり、安倍晴明伝承との連なりは見られないものの、その前世が那智行者であったとする宇多法皇に

ついての類話となっている点、興味深い。寛平と寛和が転じた可能性が高いが、いずれにせよ、宇多・花山・晴明が入れ替わりながら、那智あるいは大峯の行者として伝承世界に認識されていたという状況を看取できる。

那智と安倍晴明との関わりを考える際、『熊野山略記』三巻を見のがすことはできない[18]。那智山瀧本執行として飛瀧権現社に奉仕し、那智瀧千日行に携わった瀧衆（瀧本聖）を統括した尊勝院に伝来した、いわゆる「那智三巻書」である。その第三巻「那智山瀧本事」には、花山院が三ヶ年一千日の間、那智に参籠し瀧行を行なったことと、晴明が「二人之式神」を使役して「魔衆」を岩窟に閉じ込めたとすることが対比されつつ示され、また「晴明瀧本記」なる一書の引用も行なうなど、花山院と晴明との関わりに注意を払っている様が読み取れるのである。こういった状況が『大鏡』の本文形成に影響したとまでは言えないが、『古事談』『三僧記類聚』の存在から、院政期段階において花山院と晴明とが那智という場で結びつけられていたと推定することができようか。

鎌倉時代後期ともなれば、那智千日行者であったのは宇多法皇や安倍晴明ではなく、花山院であったと認識されるに至る。『吾妻鏡』建久三年十二月十一日条では「那智雲」に参籠したとするのみだが、『元亨釈書』巻十七「寛和皇帝」条では「紀州那智山」に三年間参籠し、瀧本千手堂で苦行を行ない、龍神から九穴の鮑を授けられ、後に白河院による那智御幸の際に発見されたと述べられる。『源平盛衰記』巻三「法皇熊野御参詣」では明確に「花山法皇御参詣、滝本ニ三年千日ノ行ヲ始置セ給ヘリ」としつつ、『元亨釈書』と同様の「九穴の鮑」説話に言及する。この「九穴の鮑」説話は幸若舞曲「九穴貝」

や番外能《九穴貝》等へも連なってゆく逸話である。
ここまで見てきたように、熊野参詣の「宿願」を果たせなかった史上の花山院は、安倍晴明伝承との交錯を経て、熊野そして那智へと赴いたとされるに至る。小稿での見通しを先取りしてしまうならば、西国順礼縁起の展開という観点からすれば、鎌倉時代以後に現れてくる那智瀧千日行者としての側面が重要なのである。

二　西国順礼縁起の展開

西国三十三箇所順礼の縁起とはいかなるものか。まずは近世において最も典型的と考えられる糸井文庫蔵延享五年（一七四八）刊『西国三十三所順礼縁起』を見てみよう。(19)

西国三十三所順礼縁起《しよじゆんれいゑんぎ》

そも〳〵じゆんれいのゆらいをたづぬるに、くまのゝごんげん此どにめぐりはじめ給ふといへ共、ひさしくたへてめぐる人なし。

こゝに人王六十五代のみかど花山《くはさん》のゐん、御とし十七歳、ゐいくはん二年十月十日に御そくゐあり。しかれ共、御とんせいの御心ざしふかきにより、くはんわ二年六月廿三日の夜、ひそかにだいりをしのび出給ひ、くはさん寺にて御ぐしをおろし、御法《ほう》名を入覚《にうかく》法王と申奉る。いよ〳〵仏神に御きゑあるに、かのくまの、ごんげん、御心ざしをめんじ給ひ、あるよの御夢にごんげんつげてのたまはく、「昔めいどにて、ゑんま大王、いつさいのあくにんぢごくへゆくをなげき給ひ、こんでいのほけきやう一万部、悪《あく》ごうふかきもの、ためにくやう有。此きやうのだうしは、はりまのくにしよしや山のしやうくう上人なり。御ふせにこんでいのほけきやう、同じくまんだらをおくり給ふ。上人仰けるは、『ねがはくは、しやばのしゆじやう、やす〳〵と成仏いたすべきやうをしめし給へ』。大王仰けるは、『しやばに観音のれいち三十三所有。まつだいにいたりて、一たび巡礼のともがらは、げんぜあんおん後生仏果にいたらん。此事もうごならば十王ともにぢごくにおつべし』と石に記文をかきつけおくり給ふ。上人しやばに取てかへり、つのくに中山寺のふかくにおさめ給ふ。いよ〳〵おぼしめし立給ふべし。それがし御みちびきいたし奉らん」とて御夢はさめにけり。

さてくはさんのゐんは御よろこびなゝめならずして、三月十七日よりなち山をうちはじめ六月朔日にみの、谷ぐみでらにてうちおさめ給ふとかや。此事うたかふべからず。ありがたし〳〵。

花山院は熊野権現による夢告を蒙り、熊野権現を先達として西国順礼を再興したとする。ここでは、閻魔大王の導きによって性空上人が初度の順礼を行なったとしているが、西国順礼縁起の伝本群を概観すれば、閻魔大王から三十三箇所霊場の存在を知らされ初度の順礼を行なったのは誰か、という点でまず大きく分類することができる。

西国順礼の始源を説いた最古の書物として指摘される醍醐寺蔵『枝葉鈔　観音卅三所』（十五世紀前

半〕写。第一〇三函第八六号三）を確認する。(20)

三十三所巡礼次第

［…略…］

或云、普賢寺僧正覚忠又号長谷僧正云々、頓滅参炎魔王宮、炎王問云、日本国中ニ生身観音霊所卅三ヶ所有之、知否云々、未知之由答之、炎王重此在所具被示之、汝蘇生之後、必令参詣流布云々、即蘇生了、始参詣、其以後天下知之云々、

覚忠（一一一八〜七七。藤原忠通息男。天台座主、園城寺長吏。長寛二年〈一一六四〉大僧正）の冥途蘇生譚(21)を淵源とする縁起である。本書が伝えるところに拠れば、花山院による順礼再興について語られることはなく、覚忠による初度の参詣以後、「流布」したとされる。『寺門高僧記』巻六・覚忠伝には「応保元年（一一六一）正月三十三所巡礼則記之」が見え、『千載和歌集』には、「秋の歌とてよみ侍りける／ときはなる青葉の山も秋くれば色こそかへねさびしかりけり」（二七三）、「三十三所の観音拝み奉らむとて所々に参り侍りける時、美濃の谷汲にて油の出づるを見てよみ侍りける／よをてらす仏のしるしありければまだ灯も消えぬなりけり」（一二一一）とあることから、覚忠が西国三十三箇所順礼を行なったことは史実であると考えられる。覚忠の冥途蘇生譚としては、この他、行誉編『壒嚢鈔』（文安三年〈一四四六〉成立）巻一一―九に久安六年（一一五〇）に閻魔大王の夢告をうけた「長谷僧正」による「参詣之次

第」が記される点、関わるだろう。なお、『寺門高僧記』巻四・行尊伝には「観音霊所三十三所巡礼記」が見えるが、それが史実であったのか否かも判然とせず、また行尊（一〇五五～一一三五）の順礼を初度の西国三十三箇所順礼ととらえることもない。小稿は西国順礼の実際の始源がいつごろのことであったのか、ということを明らかにするものではないため、行尊伝にこれ以上は立ち入らないこととする。

さて、前記の性空上人による冥途蘇生譚と連続するかたちで示されることの多いのが徳道上人の冥途蘇生譚である。徳道・性空の冥界訪問譚を連続して示す代表的事例として、長谷寺本願院蔵判『西国順礼縁起』（至徳元年〈一三八四〉奥書、〔江戸時代〕刊）の梗概を次に示す[22]。

「和朝卅三所順礼の元由」である長谷寺開山の徳道上人は、養老年中、頓死して冥界におもむいた。閻魔大王は、衆生の堕地獄を防ぐ方法として三十三所観音霊場順礼を徳道に勧め、その証として宝印記文を与える。徳道は蘇生した後、記文を中山寺に、宝印を長谷寺に納め、人々に順礼を広めたところ多くが従うものの、その後、順礼は退転してしまう。時を経て、閻魔王宮で行われた法花経十万部書写の導師として、書写山の性空上人が招かれ、閻魔王に巡礼を勧められた性空は、蘇生後、人々を導いて順礼を行なう。そのころ、出家した花山院が長谷に参詣し、霊夢を蒙り、閻魔の宝印を叡覧する。さらに河内国石川寺仏眼上人のもとを訪れ、その勧めにより中山寺へ勅使を送り、閻魔の記文を叡覧する。そこで花山院は仏眼・性空・弁光・良重・祐懐を同行とし、熊野那智山如意輪堂から美濃の谷汲まで順礼を行う。都に戻った院は、熊野証誠殿に用があるといって消え去った仏眼に再び会うため、再度、熊野本宮に向かう。参籠の後に再び顕れた仏眼上人すなわち熊野権現から、あらためて巡礼の功徳が説かれると、院は感激してそのまま那智山如意輪堂で百日籠を行なった後、長谷寺に帰参する。

徳道・性空ともに閻魔大王からの指示を受けて西国順礼を行なったとし、その後、花山院によって西国順礼が再興されたと説いている。これに対し、先にも言及した〔寛文七年〕南法華寺刊『西国三十三所順礼縁起』では書写山開山の「聖空上人」の頓死・蘇生を先に描き、次いで徳道の冥界訪問譚と初度の順礼に言及する仕組みを取る。また、花園大学図書館蔵『西国順礼縁起』(23)やこれに類した本文を有する『西国順礼大縁記』(24)は、徳道による冥界での百万部法華経供養とその導師として性空を招聘したとすることから語り起こし、性空が持ち帰って中山寺に収めた日記・証文を元に熊野権現が初度の順礼を行なったとする点で相違を見せる。その他、近世の順礼縁起について、かつて簡単な整理を行なったが、(25)性空上人の冥界訪問譚を有する伝本は概ね近世的特徴を備えたものとすることができようか。そのような観点からすれば、右の長谷寺本願院蔵判『西国順礼縁起』は至徳元年の本奥書を有するために、西国順礼縁起の典型例として示されることの多い資料だが、近世の略縁起という形態でしか伝来していないことからも、南北朝期まで遡る縁起ではなく、しかも、次のように西国順礼縁起における長谷寺の立場を殊更に称揚しようとする傾向が見て取れるという点で後出のものであろうと考えられる。

先に見た延享五年刊本を花山院の関与する西国順礼縁起が最も簡略化された形とするならば、次のように時系列化・図式化することができる。

A熊野権現が初めて西国順礼を行なうものの退転した。
B性空、閻魔大王より西国霊場の存在を知らされる。
C花山院、熊野権現より西国霊場の存在を知らされる。
D花山院、西国順礼再興。

一方、長谷寺本願院本は次のように整理できる。

B徳道・性空、閻魔大王より西国霊場の存在を知らされる。
C花山院、長谷寺観音より西国霊場の存在を知らされる。
D花山院、石川寺仏眼上人を先達として、西国順礼再興。
E仏眼が熊野権現であることを知った院は本宮に参籠し、再会。
F花山院、如意輪堂（青岸渡寺）で百日籠（後に長谷寺に戻る）。

Bの冥途蘇生譚は、先に見た通り、徳道・性空、あるいは『枝葉鈔』のように覚忠としたとしても、この場合、大きな違いはない。重要なのは、冥途に赴いて閻魔大王から西国霊場の存在を知らされた人物の足跡を辿ったのが花山院であるということだ。その花山院が西国霊場の存在を知るのがCで、延享五年刊本では熊野権現より知らされたとする一方、長谷寺本願院本では長谷寺観音から夢告を蒙ったとする。当該箇所を引用しておこう。

長谷寺へ七ヶ日御参籠ありて、観世音の霊夢を蒙り、閻魔王徳道往生契諾の宝印を拝覧ありて、夫より河内国石川寺の仏眼上人と申に謁し玉ふ、上人の歓談に依て中山寺に勅使を遣し、件の記文を叡覧ありて、仏眼上人を先達として、……

そもそも、花山院に西国霊場の存在を知らしめたのを長谷寺観音とするのは本書のみで、後述する室町期書写の西国順礼縁起においても、熊野権現すなわち仏眼上人が院に伝える構造を取る。〔寛文七年〕南法華寺刊『西国三十三所順礼縁起』でも、出家の戒師を求めて熊野に参籠した花山院は仏眼上人が熊野権現であることを知って、上人のもとで出家、そこで西国霊場の存在を知らされることになる。まして、右の引用のように、仏眼上人の存在を知ることについて、長谷寺観音の存在が合理的に機能していないことを考えるならば、C・Fなどは長谷寺で開版された略縁起にふさわしい改編と見るべきであろう。なお、延享五年本のように、熊野権現が西国順礼を行なったものの退転したという記述は中世以前のテクストに見ることができない。これは熊野権現（＝仏眼）がいかにして西国霊場のことを知り、まして花山院の順礼の先達たりえたのか、という観点からの増補と見てよいだろう。逆に言えば、これ以前の段階では、「いかにして熊野権現は西国霊場の存在を知りえたのか」という問いは等閑視されている。一方、西国順礼縁起がその理由を説明するために様々に力を尽くすのは、C「いかにして花山院は熊野権現から西国霊場の存在を知りえたのか」という点にある。延享五年刊本では、むしろ熊野権現の側から夢に現れて教えたものとされるが、これは簡略化されたかたちで、後述するように「いかにして熊野権現＝仏眼上人と会ったのか」という説明を回避するための一方策とすることができる。

また、花山院が「如意輪堂」すなわち青岸渡寺で「百日籠」を行なったとするのは、前節で見たような那智瀧千日行を常識的範囲に改めたとするべきであろうか。実は、西国順礼縁起の展開にとって、那智瀧千日行という要素が大きな位置を占めているのだが、この点に留意しつつ、論を進めてゆこう。

三　室町時代の西国順礼縁起

翺之慧鳳（聖一派）が享徳元年（一四五二）に著した詩文集『竹居清事』の「搏桑西州三十三所巡礼観音堂図記」が西国順礼縁起と花山院とを結びつけた初例である。煩雑になるため引用は避けるが、花山院の出家の師となった仏眼上人の口から、長谷寺開山の徳道上人がかつて閻魔王と会って蘇生した際に託された三十三所の三十三印が中山寺に存在することが語られ、その後、花山院は仏眼と共に三十三印を霊場の寺々に収めてまわったとする。前節の記号と対応させつつ、時系列順に排列・整理する。

B 徳道、閻魔大王より西国霊場の存在を知らされる。
C 花山院、出家の戒師である仏眼上人より、西国霊場の存在を知らされる。
D 花山院、仏眼上人を先達として、西国順礼再興。

〔寛文七年〕南法華寺刊『西国三十三所順礼縁起』に見えていた、出家の戒師を仏眼としたことの初例も『竹居清事』であることが分かる。ただし、「いかにして仏眼上人と会ったのか」という点には言及が無く、かつ、仏眼を熊野権現であるとはしない。あるいは、熊野権現に関連する要素は省略されたのかとも考えるが、その確証はない。いずれにせよ、十五世紀半ばの段階で初めて花山院が西国順礼縁起のなかに登場することになるのだが、吉井敏幸の指摘に拠れば、その後、十五世紀後半には、『補庵京華新集』『幻雲稿』『天隠語録』などに相次いで収録されることになる。(26) なお、これまであまり注意されてこなかったが、花山院と西国順礼縁起との結び付きに最初に関心を示したのが五山叢林であったことには留意しておきたい。

室町時代の西国順礼縁起として、やはり重要な位置を占めるのが、次の九条家旧蔵『雑濫』（明応頃〈一四九二～一五〇一〉成立）に引かれる「卅三所巡礼縁起之文」である。(27)

夫三十三所之観音巡礼之縁起を尋に、昔春日之威光聖人、焔魔王宮参詣事、暫之観念之間也、向大王彼聖人宣、三界衆生依二不信懈怠一ナルニ、堕二地獄一事不便至極也、所詮娑婆世界大日本国之内、有三

十三ヶ所之観音之霊地、彼庭ニ一度モ遂参詣輩者、無量劫之罪消滅、現世安穏なれは、後生又善処ニ生遂而、導キレ一門ヲ令レ結ニ一仏浄土九品蓮台趺ヲ一給、此旨可被披露憒ニ蒙レ勧ヲ、則花山院始巡礼ヲ被召給けるとかや、又熊野権現御託宣云、我前ニ卅三度参よりは、彼巡礼ヲ一度為宗輩者、功徳尚増たりと誓給、不可疑之、縁起広博也、志趣之旨、大略如斯、

太字で示したように「春日之威光上人」による冥界訪問譚を冒頭に置くことが特徴的である。恋田知子[28]は「威光上人」に関わる西国順礼縁起を次のように整理した。まず一山派の天隠龍澤『天隠語録』には「和州長谷寺有威光上人」が頓死して閻魔王宮に赴いたところ、三十三箇所霊場の「印」を蒙り、中山寺に収めたとしている[29]。ここでの「威光上人」は長谷寺に住するとすることや、その後の展開から、B冥界訪問譚における登場人物の変容の一例とすることができる。恋田論考はさらに、慶應義塾図書館蔵『卅三所観音之縁記』、松尾寺蔵『西国三十三所巡礼縁起』、大東急記念文庫蔵『西国順礼縁記』に言及し、これらが冒頭に「威光上人」による冥界訪問譚を有する伝本群であることを指摘し、「これだけ書かれた系統でありながら、近世以降の巡礼縁起においては、従来の徳道冥界譚のみを記すものが定着していくこととなる」と述べた。先に言及したように、近世には、徳道のみならず性空をも介在させる西国順礼縁起の方がむしろ主流となるのだが、『雑濫』『天隠語録』が著された十五世紀最末期から数十年の間に集中して「威光上人冥界訪問譚」を有する伝本が書写されるという指摘は極めて重要である。

小稿が主題とするのは、十五世紀から十六世紀初頭にかけての西国順礼縁起をめぐる状況である。以

下、慶應義塾図書館本・松尾寺本・大東急記念文庫本の書誌事項を掲出するが、小稿が検討を加える道成寺本の出現によって、これらの「威光上人冥界訪問譚」を有する伝本が置かれていた環境がやや見わたせるようになった。

○**慶應義塾図書館蔵『卅三所観音之縁記』**(30)

大永六年（一五二六）「陸忠」奥書、〔近世前期〕写。紙本墨書、一巻一冊。一三二／四二／一。袋綴。〔明治三年〕後補水浅葱色表紙。二五・七×二〇・二糎。左肩に貼題簽「三拾三所觀音縁起〈大永／寫本〉」、貼題簽下部に「要斎珍蔵」陽刻印（細野要斎〈一八一一～七八〉）。右肩「大永寫本」打付書。現扉、原装仮表紙（本文共紙）、左肩「卅三所觀音之縁記」打付書。「刀水書屋」陽刻印（渡辺金蔵〈一八七四～一九六五〉）。内題無、本文一筆、墨付九丁、字高二三糎。以下、慶應義塾図書館本の梗概を示す。

春日威光上人が閻魔王宮に参詣した。そこで閻魔王は、日本には三十三所の生身観音霊場があって、そこを順礼すれば、罪滅・現世安穏・後生善所といった効験があるという。花山院が出家の戒師を探していたところ、勅使を磯長郡の威光の廟所へ遣わすと、一人の乞食沙門が現れ、院は仏眼上人と名付け、出家した。上人は授戒の布施として、院に衆生済度を志すようにと述べ、かつて長谷寺開山の徳道上人が閻魔王に謁見した際に与えられた、倶生神が著した三十三所順礼の日記縁起が今も中山寺の聖徳太子御影堂に収められていると告げる。即座に中山寺に勅使を遣わした院は書物を読み、永観二年（九八四）三月十八日、院は内裏を出立し、仏眼・了長・弁光・能範らと熊野へ参詣し、那智如意輪堂より美濃谷汲まで順礼し、帰洛する。仏眼が熊野権現であると知った院は、再び熊野参詣し、本宮証誠殿で仏眼と再会することを祈念する。三日目の夜、仏眼は院の前に現れ、三十三所順礼を広めること、三十三度の熊野参詣をするよりも一度の西国順礼をする方がすぐれていること、順礼札を家内に打ち付けた家には観音が影向すること、巡礼者に宿を貸す者は三世諸仏を供養するよりもすぐれていることなどを述べ（くわえて本書は摂津国の「のうはん」も順礼に出立したことも。松尾寺本は「摂洲ならまく法印」）、熊野権現は宝殿に戻っていった。院は歓喜の涙を流し、それ以後、那智瀧の千日籠が始まった。

○**松尾寺蔵『西国三十三所巡礼縁起』**(31)
天文五年（一五三六）写、一軸。彩牋墨書。三一・一×三四四・〇糎。京都府指定文化財。天文十一年（一五四二）、当寺（松尾寺）不動院乗海、寄進識語。天文五年に比丘尼善勝の所望に基づいて原本に忠実に書写したものとされる。「乗海」については未詳だが、大永四年（一五二四）に『丹波国青葉山松尾寺縁起』を書写した鏡尊房乗秀と関わる人物であったと推定される。(32)

○**大東急記念文庫蔵『西国順礼縁記』**
〔室町後期〕写、一巻一軸。二六／一六／四四八。巻子装、近代後補布表紙「順禮観音縁起」。二九・

四×五八五・〇糎。本文一筆、真名（わずかに平仮名交）。十五紙。第十二紙より同筆にて各寺御詠歌を漢字平仮名交にて記す。『雑濫』を含め室町期に流布していた同種本文（仮名文）を真名書きに改めたもの。なお、大東急本は「聖空上人」を先達の一人に加えるという点で近世的な側面を有していると見るべきか。

○**道成寺蔵『古伝口訣　西国卅三所順礼縁起』**(33)
嘉永三年（一八五〇）、紀秉彝写、一巻一冊。道成寺文書・第二六函無番。袋綴（包背）装。二六・七×一九・三糎。漢字片仮名交、朱書入有。平治元年（一一五九）「法印祐慶」本奥書（偽）・天文五年（一五三六）等、奥書。

以下、四本の異同を詳細に指摘するべきであるが、紙幅の都合でそれはかなわない。道成寺本が他三本と同じく「威光上人冥界訪問譚」を有する本文であること、中でも大東急記念文庫本と近しい位置にあること、さらにこの順礼縁起が共通して表出しようとしている観点についてのみ言及しておくことにする。

小稿末尾に掲出した翻刻のように、道成寺本には「威光上人冥界訪問譚」は描かれない。慶應義塾図書館本の冒頭部分を掲出してみよう（清濁・句読点等を補った）。

それ三十三所のじゆむれいえむぎをくはしく尋るに、春日いくわう上人、ゑんまわうくうにさんけいし給ふこと、しばらくくはんねんの間也。大わうにむかひて、かの上人のたまはく、「三界のしゆ生、不信にして地ごくにおつること、ふびんしごく也」。「しよせん大日ほん国のうちに、しやうじんの観音卅三所まします。かのにはに一度さんけいをとげむともがらは、無りやうのつみせうめつすべし。げん世にはゆたかにして、ごしやうにはかならずあくしゆをしゆつりすべきものなり」。

こゝに花山院の御かど、十九さいにして御しゆつけの御のぞみありとて、ごんげの師を御たづねあるはさらになし。あるとき、ちよくしを河内国いし川郡いそながのさとに、いくわう太子の御べうしよへつかはさる。

右の第一段落が「威光上人冥界訪問譚」にあたる。前掲の『雑濫』所引「卅三所巡礼縁起之文」の冒頭部分と一致する本文であることがまず容易に理解される。『雑濫』は和製漢文体で記しているので、同様に真名書に改めたと考えられる大東急本の冒頭部分も引用しておこう（読点補）。

夫三十三所順礼之縁起尋、威光聖人閻魔王宮参詣給事、暫観念之間也、向大王彼聖人曰、依三界之衆生不信成、堕地獄事不便至極也、所詮娑婆世界大日本之内、生身観音卅三所御座候、遂彼庭一度参詣之輩者、無量劫之罪滅、現世則豊、後生必以可為順光者也、爰花山院御門、十九歳御発心、……

第一段落の「威光上人冥界訪問譚」は末尾の傍線部分を除き、『雑濫』および慶應本・松尾寺本と一致する。また、『雑濫』と大東急本はともに和製漢文で記しているとしても、両者に直接の関係を見ることはできない。さて、問題の道成寺本は次のように全編を書き起こしている。

爰ニ花山院ノ御門十九歳ニシテ可《シ》レ有《ル》二御出家一トテ、師範権化之人、御尋御座《ネオハシマス》ニ、更ニ以《テ》無《シ》二権化ノ人一。或《ル》時、勅使ヲ河内ノ国石河ノ郡磯長ノ里威光太子ノ御廟ニ被《レ》レ遣《ハサ》ケレハ、……

「威光上人冥界訪問譚」を記さず、花山院の出家から書き起こしているはずなのに、傍線部のように、「威光太子ノ御廟」に勅使を派遣したところ、そこで熊野権現の化身である仏眼上人とであったとするのである。この状況を検討するにあたって、参考となるのが松尾寺本の傍記である。松尾寺本は、先の引用の第一段落末尾にあたる「出離せん者也」の右傍に本文とは異なる筆で「已上ノ文無詮」と記しており、「威光上人冥界訪問譚」の意味を捉えかねているのである。道成寺本でも、一見すれば意味を持たない「威光上人」に関する言説を削除したものの、例えば〔寛文七年〕刊本が「石河之郡磯長ノ里太子殿」すなわち聖徳太子廟に勅使を派遣したとするような訂正を行なえずに、「威光上人冥界訪問譚」の残滓が右のように残ってしまったのではないか。

したがって、道成寺本が十九世紀半ばの書写であったとしても、他の三本との比較が可能な本文を有する一本として取り上げることが可能になる。事実、その後の構成はもちろん、表現の面でも他と一致する点を多々指摘することができるのだが、前節に使用した記号によって、縁起全体の構成を時系列順に再構成して示しておこう。


Ⓐ威光上人、閻魔大王より西国霊場の存在を知らされる。

B徳道上人、閻魔大王より西国霊場の存在を知らされる。

C出家の戒師を探していた花山院は磯長里の威光上人廟所へ使者を派遣したところ、仏眼上人と遭遇、出家の戒師とし、西国霊場の存在を知らされる。

D花山院、仏眼上人他を先達として、西国順礼再興。

E仏眼が熊野権現であることを知った院は本宮に参籠し、再会。

F花山院、那智瀧の千日籠を創始。


このように一覧化してみれば、Ⓐ威光上人冥界訪問譚が花山院と仏眼上人（＝熊野権現）とを結びつける役割を果たしていると理解することができよう。さらに言えば、威光上人の廟所において仏眼上人と会ったとすることによって、両者が同一の存在であるとする理解にまで発展しえた可能性も出てくるだろうか。そうであるとするならば、延享五年刊本におけるAは、Ⓐ威光上人の冥界訪問と初度の西国順礼を簡素化したものと見ることができるかもしれない。

表現の共通性について。道成寺本の引用において波線で示した「師範権化之人」という文言が、大東急本「師判権化人御尋候、更以権化無人」と類似すること、特に「師範（判）」という語が両者に共通することなどは、道成寺本の本文が『雑濫』が著された十五世紀末期の様相を伝えていることを証するだろう。大東急本と道成寺本との近しさということで言えば、注意しておきたいのが次の表現である。

〈東急〉而上人内裏有御逗留遊

〈道成〉佛眼上人ハ内裏ニ一両日逗留御座《アソバ》シテ

佛眼上人の先達によって、花山院にとって初めての西国順礼を終えた後、内裏に戻ってきた際の一文である。大東急本では、「御逗留遊ばして」と訓読すべきかと思われるが、慶應本・松尾寺本ではいずれも「まします」「おはしまして」としており、大東急本の独自性が際立つ箇所であった。道成寺本が「逗留御座《アソバ》シテ」としていることで、大東急本の孤立が解消されることになったのだが、「御座」に付された「アソバ」は朱書きであることに注意しておきたいのである。この「朱点朱書」は書写者である紀秉彝が書き加えたものと道成寺本冒頭に示されているのだが、多数みられる朱書を詳細に検討してゆけば、このように大東急本の難訓箇所と関わる可能性を指摘することができる。ただし、大東急本・道成寺本に直接的な関係があるとまでは言えず、むしろ慶應本と大東急本だけが一致する箇所もあり、各本の関係性を明確なかたちで示すことは不可能である。逆に言えば、そのことから、これら四本および『雑濫』が依拠したであろう縁起本文の他にも、多数の「威光上人冥界訪問譚」を有する縁起テクストが書写されていたということが分かるのである。

この種の西国順礼縁起を特徴づける要素として、Fの記述を重視したい。慶應本の本文を引用する。

……と御物がたり有て、権現は玉殿に入給ふ。其時、法皇、歓喜の涙をながし、御礼のためにとて、それより那智山に千日ごもりはじまる。以ていまは那智山瀧籠たいてんなし。

傍線部で示したように、この出来事によって、那智瀧の千日行が始まったとする。つまり、この種の西国順礼縁起は、花山院による西国順礼の再興を物語るのと同時に、那智瀧千日行の縁起でもあるという構造を有するのである。この要素は、近世に書写・刊行された縁起類の一部にも引き継がれていて、花園大学図書館蔵『西国順礼縁起』「その、ち那ちに千日御こもり有て」、『西国巡礼大縁記』「その後、那智に千日御籠りありて」、『西国三拾三所由来』「那智山に千日が間御籠有て」等と見える。ただし、花山院を千日行の始まりとは明示しない点で、室町期の縁起類よりも朧化しているとしてよいだろう。

室町時代の西国順礼縁起が那智瀧千日行縁起でもあることは、次の道成寺本の奥書と関わるものと目される（朱引省略）。

原御本
平治元年己卯八月吉日　法印祐慶書之
〽以祐慶御本於滝本書写之
天文五年丙申極月　日　　道讃書之
〽右以道讃之御本書写了
寛永五年戊辰六月二日　滝本行者宥賢房
〽右宥賢房雖為秘蔵請之於滝本書写了
承応三年甲午八月十八日　滝本行者法印頼雅書
〽右法印頼雅師之抄本文字多差錯、雖然大意貫通、今校考之、
如禿筆以便童蒙、蓋古之差繆、賢於今之正筆矣、
嘉永三年庚戌二月廿八日于潮崎氏之院　紀秉彝（印記）

「平治元年（一一五九）」の「法印祐慶」による本奥書は眉唾ものである。この時期、那智に関わる「法印祐慶」は不詳だが、能《黒塚》に登場する那智・東光坊阿闍梨祐慶が想起された偽奥書か。『江戸名所図会』に「東光坊阿闍梨宥慶」とも。そうであるとするならば、女性（老媼）が恐ろしい鬼婆となって僧を追いかけるという点が本書が近世末期の道成寺にもたらされた理由であるとすることができるのかもしれない。さて、注意を払いたいのは、天文五年（一五三六）から嘉永三年（一八五〇）までの間、

書写・伝授が行なわれた場である。傍線を付した「潮崎氏之院」とは、鎌倉時代以降、那智の執行職を勤め、滝本執行として飛瀧権現社に奉仕して、滝衆（滝本聖）を統括した尊勝院。既に指摘しておいたように、花山院と那智、そして安倍晴明伝承との結節点であった「那智三巻書」すなわち『熊野山略記』三巻が伝来した場であった。そのような場に道成寺本の親本は伝来していたのである。そして、道成寺本が他の西国順礼縁起と近しく、かつ、いずれも那智瀧千日行の縁起でもあることを考えあわせれば、十五世紀後半から十六世紀前半の段階で複数書写された威光上人冥界訪問譚を有する西国順礼縁起は那智瀧の滝衆に関わる場で生み出されたものであったとすることができるのではないか。そのことは『元亨釈書』巻十七「寛和皇帝」条や『源平盛衰記』巻三「法皇熊野御参詣事」に見える、花山法皇が「三歳」「三年千日」の那智瀧修行を行ない、その際に手にいれた「念珠」を「千手堂」（『釈書』は「千手院」）に籠めたとする記事とも呼応するものであるに違いない。[34]

四　那智阿弥以前

西国順礼縁起と那智との関わりについて、従来より「那智阿弥由緒書」と呼ばれる記事が取り沙汰されてきた。[35]享保二十年（一七三五）写『本願中出入証跡之写別帳　壱』（青岸渡寺蔵）に収録される「寛和年中花山法皇西国三十三所御順幸以来本願那智阿弥御由緒因縁書証跡」である。[36]熊野三山本願所[37]——堂舎の修造を行なう勧進聖の組織——那智七本願の一、那智阿弥住持の勢傳が弟子の長円に語り、慶長十一年（一六〇六）に教圓が筆写したものとされ、那智阿弥の開祖を花山院と共に順礼した「弁阿上人」であるとし、花山院の御物として、「西国三十三所尊像」「廻国御縁起」あるいは「順礼縁起」を所持していると述べている。その那智阿弥の活動に関して、興味深い時期がある。『本願中出入証跡之写別帳弐』には、

一槌始本願中ゟ相勤申候書付如左
大永二壬午卯月五日如意輪堂ツチ奥之房勤ム

と見える。「奥之房」とは那智阿弥のこと。大永二年（一五二二）四月に「如意輪堂」すなわち青岸渡寺の「槌始」を行なったとするのである。堂舎の修造等に関わる動向だとすれば、青岸渡寺の改修等に際し、整地作業を行なったとするべきであろうか。そしてこの時期、小稿で見てきた順礼縁起や関連する書物が相次いで書写されていることに注意したいのである。列記すれば次のようになる。

・慶應義塾図書館蔵『卅三所観音之縁記』……大永六年（一五二六）本奥書。
・松尾寺蔵『西国三十三所巡礼縁起』……天文五年（一五三六）写。
……同十一年（一五四二）不動院乗海寄進識語。
・道成寺蔵『古伝口訣　西国卅三所順礼縁起』……天文五年道讃書写奥書。

・松尾寺蔵『丹波国青葉山松尾寺縁起』……大永四年（一五二四）鏡尊房乗秀写。

「為光」による開基という点で松尾寺縁起とも関わる紀三井寺蔵（穀屋寺伝来）『再興勧進状』も大永二年の書写であり、那智青岸渡寺の「槌始」からおよそ十年のうちにいずれも書写されていることになる。現段階では憶測の域を出るものではないが、各地における書写事業が西国一番札所である青岸渡寺の「槌始」に呼応した可能性について、今後、検証を重ねてゆく必要もあるように思われる。

とはいえ、前節で見た尊勝院や千手堂と那智阿弥は厳密には別の組織である点に注意を払う必要がある。先行研究が述べるように、西国順礼と那智阿弥が深い関わりを持っていたとしても、それ以前の段階で、千手堂・滝本聖との関与を想定する必要があるのである。太田直之論考(38)が指摘した次の記事が参考になる(39)。

永代売渡申候屋敷之事

合三貫文

右件之屋敷者、在所は下之院禅長房屋地にて候を、依有用要、尊勝院に買徳(得)仕候を、如意輪堂本願、旦過之屋敷に仕候えとて所望候間、過分地にて候へ共、善事にて候間、永代売渡申候、……

文亀三年井《みつのとの》弐月吉日　尊勝院 売主重済

買主正竹

「如意輪堂本願」つまり那智阿弥が尊勝院から「日過之屋敷」を購入したとするのである。これによって、そもそも尊勝院と那智阿弥は別の組織であることが明らかだが、今は「日過」という語に注目しておこう。太田論考は、これを「接待所とも呼ばれ、鎌倉末期以降、多く禅宗・律宗系寺院に設けられた遍歴の僧尼や巡礼のための宿泊施設」と整理する。つまり、那智阿弥はこの「日過」を尊勝院から購入したことによって、西国順礼者の受け入れ体制を拡張したのである。あるいは、文亀三年（一五〇三）の段階で初めて西国順礼者を受け入れるための接待所を設置した可能性すらある。

そのように考えるのは、「那智阿弥由緒書」に「廻国順礼縁起」についての次の記載があるためである。

廻国順礼縁起作者
権中納言藤原兼信卿
内大臣師信公之男
尹大納言師賢卿之弟也
外題
花山院
入道前内大臣定誠公
法諱道温字自寛

奥書
花山院《かさんいん》権大納言持実卿
新写 左近衛中将藤原基董朝臣

前掲注(35)の豊島修論考は、この記述を以て、十七世紀の公卿である花山院定誠・持実父子によって「廻国順礼縁起」が制作されたとした。一方、前掲の小嶋博巳論考は、「のちの写しではあるが同じ奥書をもった」縁起が河内葉室組の壺井家に伝来していると述べる。この縁起とは、〔近世〕写『花山法皇西国順礼草分縁記写』を指すが、その奥書は次のようなものである。(40)

右廻国縁起一巻、伝云権中納言藤原兼信卿作也、年月已久其書不全、於是新写之、蓋今之謂順礼則随此例者歟、
元禄八年三月仲旬
左中将藤原基董(花押)
右一軸記廻諸国拝観音之始也、今以旧本繕写之、因修行者所当尊信者也、
書于華山第
亜槐持実 外題家厳入道前内大臣定誠所染翰也、故記其事、
御印 元禄十念丁丑仲冬十四日権大納言

持実

後者については原本の実見に及んでいないため、不分明な点はあるが（基董の花押が本人に拠るものか等）、「藤原兼信」が制作したと伝えられる縁起が破損したため、元禄八年（一六九五）に「藤原基董」が新たに縁起を制作（「新写」）し、同十年に花山院定誠が外題を書写し、その子、花山院持実が奥書を記したと理解すべきであろう。つまり、この『草分縁記』は、「藤原兼信」が制作した「旧本」の忠実な転写ではなく、江戸前期に花山院家が西国三十三度行者を支配する段階で著されたものなのである[41]。

「那智阿弥由緒書」に拠れば、作者「兼信」は、花山院家の祖、藤原家忠から六代の花山院師継の子、師信の子息であるとする。兄であるとされる師賢は、元弘の乱の際、後醍醐天皇の替え玉となった人物で、その孫である花山院長親（耕雲明魏）に至るまで、南朝の廷臣であったことが知られている。さて、この師継・師信の時代、臨済宗法燈派の開祖である無本覚心は、若年の長子を失った師継の帰依を受ける。弘安八年（一二八五）、師信は父師継の命を受け、花山院家の山荘を改めて妙光禅寺とし、覚心を開山第一祖として迎え、以後、花山院家の菩提寺となる。以上の状況は、『紀州由良鷲峯開山法燈円明国師之縁起』七十九歳条に詳しいが[42]、この法燈国師縁起すらも花山院家の耕雲明魏によって改作されたテクストである。すなわち、「那智阿弥由緒書」が言及する「廻国順礼縁起」を理解するためには、法燈派の文脈を等閑視することはできないのだ。

原田正俊の指摘に拠れば、那智山には法燈派の拠点とも言うべき寺院が複数みられる[43]。その第一が滝見寺とも通称された那智山奥之院で、法燈派の中心寺院である由良興国寺の末寺であった。また、前記の法燈国師縁起・七十四歳条に拠れば、浜宮王子すなわち補陀洛山寺と滝本千手堂が補陀洛世界と称され、それゆえに後者の奥之院たる滝見寺を覚心が開いたとするのである。なお、那智参詣曼荼羅の画面中央右には、那智瀧の付近に千手堂が描かれ、中央部には奥之院、画面右下に補陀洛山寺、画面左上にはやはり覚心の開山と伝えられる妙法山阿弥陀寺が描かれている点にも注意が必要であろう。

このように考えるならば、「那智阿弥由緒書」が「兼信」の作と伝える順礼縁起とは、むしろ滝本行者が集う千手堂と関わり深いものであったとの仮説に行き着く。那智阿弥が、滝本行者を統括していた尊勝院から、禅律寺院における接待所＝「日過」を購入し、その後、如意輪堂（青岸渡寺）の改修時期にあたって、件の「威光上人冥界訪問譚」を有する順礼縁起が様々な場で書写されるにいたったのではなかったか。

小括

十五世紀後半から十六世紀前半に集中的に書写された「威光上人冥界訪問譚」を有する西国順礼縁起は、臨済宗法燈派の影響下に成立した可能性が高い。そのことは、『天隠語録』の次の記述によってもうかがえるだろうか。

歴国者八九。送日数旬。触熱衝寒。手足胼胝。面目黧黒。如大禹治洪水之労。以故途路而化草莽者惟夥矣。皆言与其生而造罪業。熟若其死而結善因。欽仰大士者。如渇赴水飢赴食。

『竹居清事』に拠れば、永享年間には西国順礼が盛んになったとしているが、右の記述からは、この時代においては、三十三箇所霊場を経めぐることは死と隣り合わせであったことがうかがえるのである。行き倒れてしまった巡礼者を弔うことができるのは、那智山の場合、社僧ではなく、奥之院あるいは妙法山阿弥陀寺に集う禅律の聖たちであったはずだ。

加えて、花山院を関与させるかたちでの西国順礼縁起の最初期段階では、五山叢林で著された語録類等に収録される言説であったこと、また、『元亨釈書』に那智瀧千日行と「千手院」との繋がりが見えていたことも、法燈派の関与という小稿の仮説と矛盾はしないのではないだろうか。

最後に、寺院縁起における「威光」という名の拡がりについて言及しておきたい。湯峯愛[44]の指摘によれば、「威光」「為光」を開祖とする寺院縁起は、和歌山市の紀三井寺および薬勝寺（廃絶。現・薬王寺か）に関わる平安期の縁起説を始めとして、中世から近世にかけ、紀伊国北部を中心に複数見いだすことができるのである。重要なのは、丹後国・松尾寺に蔵される徳治三年（一三〇八）写『松尾寺再興啓白文』が開基を「威光道公」、本尊馬頭観音像の造立者を漁師の「春日為光」としている点である[45]。一つの寺院縁起の中で「威光」「為光」が重複してしまっている点も問題だが、小稿にとって何より重要なのは、観音像の造立者を「春日為光」としている点である。じつは、威光上人に「春日」という姓を付すのは、慶應本および『雑濫』所収本と同様である。明らかに、そこに何らかの関連があることを想像させるのだが、『再興啓白文』が著された鎌倉後期の段階での積極的な繋がりを示す資料を見いだすことはできない。あるいは、『再興啓白文』が松尾寺で著された徳治三年の前年、同二年に一山一寧によって記された賛を有する絹本著色「如意輪観音像」一軸が松尾寺に蔵されていることを重く見るならば、十五世紀半ば頃よりもかなり遡って、花山院家が無本覚心に帰依し、那智山に法燈派の教線が拡がっていった段階の直後から――一二八〇年頃――花山院を西国順礼縁起のなかに取り込む動きが始まったと考えることも不可能ではないかもしれない。しかし、それはもちろん想像の域をでるものではない。

（1）今井源衛『花山院の生涯』（改訂版、桜楓社、一九七一）は花山院の三十三箇所霊場に関わる「伝説」について、「史実として信用し難い点があるので、今は触れないことにする」とした。
（2）新編日本古典文学全集所収本（米沢本）に拠った。
（3）倉本一宏「花山院の修行説話をめぐって」（『白山史学』五一号、二〇一五・五）。
（4）『竹居清事』「永観年中」、松尾寺蔵『西国三十三所巡礼縁起』「永観二年三月十五日に御出家ありて」。
（5）道成寺蔵『古伝口訣　西国卅三所順礼縁起』。
（6）架蔵。〔寛文七年〕刊、〔江戸中期〕印。紙本墨摺、一鋪、三七・四×二五・九糎。第六番札所・南法華寺（壷坂寺）において板行された御影像。同じく壷坂寺で板行された寛文七年刊『西国三十三所順礼縁起』との共通性からして、これと同時期に板行されたものか。和歌山大学紀州経済史文化史研究所二〇一七年度特別展図録『紀州地域と西国順礼』（二〇一七・一一）に架蔵・寛文七年刊本を掲載している。なお、この『順礼縁起』の版木は壷坂寺に現蔵。

（7）浅野清編『西国三十三所霊場寺院の総合的研究』（中央公論美術出版、一九九〇・二）に図版掲載。描かれた十三人の先達に異同はないが、その位置および図様が大きく異なる。

（8）『扶桑略記』延喜七年（九〇七）十月二日条「仁和寺太上法皇幸二紀伊国一。参二御熊野山一」。『日本紀略』は同三日条のこととする。

（9）源健一郎「聖地復興と〈匡房〉の言説—熊野における花山院伝承の背景として」（『日本文学』五七巻七号、二〇〇八・七）

（10）国文学研究資料館編『熊野金峯大峯縁起集』（真福寺善本叢刊一〇、臨川書店、一九九八・一二）所収。川崎剛志「『熊野熊野金峯大峯縁起集』解題」（同書所収）、同「『熊野権現金剛蔵王宝殿造功日記』という偽書」（『説話文学研究』三七号、二〇〇二・六）、同「天理本系『大峯縁起』の基礎的研究」（『鎌倉室町文学論纂』三弥井書店、二〇〇二・五）、同「「大峯縁起」相伝小考」（『仏教文学』二七号、二〇〇三・三）。

（11）小峯和明「院政の陰画・花山院の表象」（『院政期文学論』笠間書院、二〇〇六・一。［初出］『国文学　解釈と鑑賞』五六巻一〇号、一九九一・一〇）は匡房による花山院への評価から「後三条聖代観」を導く。

（12）注（3）倉本論考。同『平安朝　王位継承の闇』（角川選書、二〇一四・一二）。

（13）新編日本古典文学全集所収本に拠った。

（14）懐円法師（五〇四）・少輔（五〇五）・源信宗（五九五）・道命（八八五・一〇七五）・兼経法師（一〇六四）・増基法師（一〇六八・一〇七六）。

（15）宇津木言行校注『山家集』（角川ソフィア文庫、二〇一八・九）に拠った。

（16）大正新修大蔵経第七十六巻所収本に拠った。

（17）「仁和寺所蔵七冊本『三僧記類聚』第七冊影印」（『仁和寺研究』四輯、二〇〇四・三）に拠った。

（18）『熊野那智大社文書』第五（熊野那智大社、一九七七・三）所収本。原本未見。

（19）藤屋伊兵衛撰、延享五年、大坂・萬屋善兵衛刊。紙本墨摺、一巻一冊。一〇・二×一五・八糎。舞鶴市・

立命館大学アートリサーチセンター「糸井文庫閲覧システム」に拠る。

(20) 稲垣泰一「醍醐寺蔵（第一〇三函第八六号三）『枝葉鈔　観音卅三所』解題」（馬渕和夫「『枝葉鈔』翻刻並解題（二）」醍醐寺文化財研究所『研究紀要』二〇号、二〇〇五・六）。

(21) 舩田淳一「中世巡礼の精神史—山林修行者と冥界の問題—」（『日本思想史学』四五号、二〇一三・九）。

(22) 前掲注（7）書に掲載される翻刻に拠った。

(23) 今津文庫四七五九三号、Z／キ／一一〇一。元禄十年（一六九七）本奥、宝永二年（一七〇五）書写奥、一巻一軸。奥書に「右此縁起、元禄十年、大津の三井寺の建立きしんの時、観音講中間へ御寺より渡り給ふなり、宝永二乙酉六月廿七日」とあり、寺門派修験の影響下にあった縁起であることを想定できようか。

(24) 稲垣泰一「『西国巡礼大縁記』について—解説並びに翻刻文、校訂・解読文—」（文教大学『言語と文化』二六号、二〇一四・三）。同氏による類本紹介として「『西国三拾三所由来』について—解説並びに翻刻—」（文教大学『言語と文化』二七号、二〇一五・三）がある。

(25) 和歌山大学紀州経済史文化史研究所二〇一七年度特別展図録『紀州地域と西国順礼』（二〇一七・一一）。岡田希雄「西国三十三所観音巡拝攷続貂」（『歴史と地理』二一巻四～六号、二二巻三、四、六号、一九二八・四～一二）、久下正史『寺社縁起の形成と展開—有馬温泉寺と西国巡礼の縁起を中心に—』（岩田書院、二〇一六・一二）等を参照した。

(26) 吉井敏幸「西国三十三所の成立と巡礼寺院の庶民化」（前掲注（7）浅野編著所収）。

(27) 図書寮叢刊『九条家伏見宮家旧蔵諸寺縁起集』所収。訓点等は宮内庁書陵部蔵マイクロフィルムに拠った。

(28) 恋田知子「『西国巡礼縁起』の構造と展開」（『仏と女の室町—物語草子論』笠間書院、二〇〇八・二。［初出］後掲注（30）論考）。

(29) 続群書類従所収本に拠る。ただし、続群書類従では表題を「天陰語録」としているが、龍澤の道号は「天隠」とされること、大永五年（一五二五）写、建仁寺両足院本が「天隠語録」とすることから、そのように表記した。

(30) 恋田知子「『西国巡礼縁起』の展開―附、翻刻　慶應義塾図書館蔵大永六年奥書本―」(『巡礼記研究』三集、二〇〇六・九)。なお、慶應義塾大学図書館HPに本書PDFへのリンクがある。

(31) 前掲注(7)書に翻刻本文が掲載される。また、画像については、前掲注(6)図録に部分的に掲載。

(32) 京都府編『京都府史蹟勝地調査会報告』第二冊(京都府、一九三一・三)に翻刻が掲載される。なお、松尾寺は無論、「丹後国」にあたるが、原本は現在所在不明であるため、標題の「丹波」が誤写なのか誤刻なのか判断できない。

(33) 大橋直義「道成寺文書概観―特に「縁起」をめぐる資料について―」(『国文研ニューズ』四九号、二〇一七・一〇)に簡素な紹介を行ない、前掲注(6)図録に書誌および全丁カラー画像を掲載している。

(34) 山本殖生「熊野捨身行の系譜―日光山中興弁覚の背景―」(『山岳修験』六一号、二〇一七・一〇)は、十五世紀中～後期にかけて聖護院が関与した滝修行組織・行法の再構築整備に言及する。小稿の射程と重なる時期のことだが、順礼縁起と本山派修験との関連性は未だ見えてこない。

(35) 豊島修「西国巡礼聖の一資料―熊野那智山の三十三所巡礼行者を中心に―」(大谷大学国史会編『論集　日本人の生活と信仰』同朋社出版、一九七九・一二)、小嶋博巳「行者集団の形成」(小嶋編『西国巡礼三十三度行者の研究』岩田書院、一九九三・一〇)。

(36) 熊野本願文書研究会編『熊野本願所史料』(清文堂出版、二〇〇三・二)所収。

(37) 太田直之「熊野三山本願所の成立―中世後期の「勧進」像解明にむけて―」(『中世の社寺と信仰―勧進と勧進聖の時代―』弘文堂、二〇〇八・五、[初出]二〇〇五)。

(38) 前掲注(37)参照。

(39) 『熊野那智大社文書』第二巻所収・米良文書・七六四号。

(40) 前掲注(35)『西国巡礼三十三度行者の研究』所収。

(41) 菊池武「公家花山院家と宗教的伝統」(『山岳修験』二五号、二〇〇〇・三)は中世から近世にかけての花山院家と宗教の関わりについて言及するが、小稿が考えようとする師継系統についての関心は大きくはなく、この系統が関わった臨済宗法燈派についても紙幅を費やしてはいない。

(42)『由良町誌』史（資）料編所収。

(43)原田正俊「近世における紀伊国由良興国寺末寺と那智山」（薗田香融編『南紀寺社史料』関西大学出版部、二〇〇八・七）。その他、同『日本中世の禅宗と社会』（吉川弘文館、一九九八・一二）も参照した。

(44)湯峯愛「惣国の国境―日前宮領との境界相論」（海津一朗編『中世都市根来寺と紀州惣国』、同成社、二〇一三・六［初出］科研報告書『中世根来の内と外』二〇〇九）。

(45)牧野淳司「『松尾寺再興啓白文』と『転法輪鈔』」（前掲注（6）図録所収）参照。

［付記］閲覧・調査に際し、道成寺院主　小野俊成師に多大なる便宜をはかっていただいた。記して深謝申し上げたい。なお、本稿は二〇一八年度科学研究費補助金（基盤C、一八K〇〇三一八。研究代表者：大橋直義）による研究成果の一部である。

翻刻

［凡例］

・道成寺蔵『古伝口訣　西国卅三所順礼縁起』一冊を翻刻する。書影については和歌山大学　地域活性化総合センター　紀州経済史文化史研究所編『紀州地域と西国順礼』（二〇一七年度特別展図録、二〇一七・一一）所収の全編画像を参照されたい。

・字配りは原本のままとしたが、一部紙面の制約から改行した箇所がある。その場合には、「=」で一連の行であることを示した。

・異体字の類は通行字体に改めた。
・振仮名、送り仮名および本行に見られる朱字についてはゴチック体で示している。なお、本文に引かれた傍線はいずれも朱引きである。

古伝口訣

西国卅三所順礼縁起　」表紙

《白紙》　」見返

西国卅三所順礼縁起**朱点朱字秉彝加之**

夫レ卅三所観音順礼ノ縁起ヲ委ク尋ヌルニ爰ニ
花山院ノ御門十九歳ニシテ可《シ》レ有《ル》二御出家一トテ師範
権化之人御尋御 座《ネオハシマス》ニ更ニ以《テ》無《シ》二権化ノ人一或《ル》時
勅使ヲ河内ノ国石河ノ郡磯長ノ里威光太子ノ
御廟ニ被《レ》レ遣《ハサ》ケレハ自二何｜方《イヅカタ》一トモ不《ズ》レ知《シレ》乞食《コツジキ》ノ沙ニ
門　」一丁表
一人来テ臨｜座シ玉フ自二其眼一金色ノ光リ指シ給フ勅使
彼沙門ヲ御覧シテ不思議ノ御事哉如何様《イカサマ》
是ハ権化ノ人ニテ御渡リ御座《オハシマ》スラントテ具《グ》シテ
有《リテ》二上洛一此旨奏聞有ケレハ御門御喜ヒ無《クテ》レ限
宣旨有ケルハ眼ヨリ金色ノ光指《シ》給ヘ。ハトテ
佛眼上人ト宣旨ヲ被《ル》レ下《サ》軈テ御門モ可《シ》レ有《ル》二御　」一丁裏
出家一トテ永延二年戊子三月十五日御髪《カザリヲ》
剃リ落《オロ》シ給フ御名ヲハ入覚《ジユガカ》禅師ト奉《ル》レ申《シ》十
善ノ御門サヘ翻《シ》二花ノ袂一ヲ着《シ》二麻ノ衣《ヲ》一濃キ墨染ニ
御身ヲヤツシ有《リテ》二御発心一真《マコト》ノ道ニ入リ給《コソ》難
レ有ケレ誠ニ十善ノ帝皇タニモ如《ク》レ是《ノ》御遁世
御座スニ如何ニ況ヤ於《テ》二其外者《ノニ》一ヲヤ今生ハ只葉ノニ
」二丁表
末ニヲク露ノ如シ有《テ》二今日《ケフ》一明日《アス》ヲモ難《キ》レ期《シ》ハ

人ノ命也後生ヲ不《ル》レ思《ハ》人ハ真《マコト》ニ我カ身ヲ
不《ル》レ知《ラ》ナリ忝モ花山院サヘ御発心御座ス
去ルホトニ戒式ヲ読《ミ》給《フ》テ其後花山ノ法皇
佛眼上人ニ戒ノ布施ハ七珍万宝カ
国ノ所帯カ依《テ》二御望ニ一可《キ》二与《ヘ》申《ス》一ノ由有《シカバ》二宣 」二丁裏
旨一上人ノ曰我乞食沙門ノ身トシテ宝ニ
何ノ益カ有ン夫ヲ如何ニト申ニ冥途ノ道ハ
金銀七宝従類眷属雖レ多《シ》ト一人ニテモ
伴スル者ナシ一人生レテ一人死ス一人去テ一人
来ルト申事在ケレハ天下ノ王。タモ死ノ道ハ
只一人コソ御渡リ候ヘ誠ノ御志シ御座ハ 」三丁表
末世ノ衆生可《キ》二成佛《ス》一布施ヲ給ハンヤト申サセ
給ヘハ御門聞《シ》食《シ》我十善ノ身ナレト。何《ヲ》以カ
末世ノ衆生ノ可《キ》二成佛《ス》一布施ヲ可《キ》レ与《フ》夫可《ク》レ然《ル》。ハ
濁世ノ衆生ノ可《キ》二成佛《ス》一意趣ヲ上人委ク示シ
給ヘ末世ノ衆生ニ可《シ》レ弘《ム》ト有二宣旨一ケレハ上人
曰安《キ》間ノ御事ナリ爰ニ大日本国ノ内ニ 」三丁裏
大和ノ国長谷寺ノ開山徳道上人ハ養老
元年ニ往生シ給フ時閻魔王大極殿ニシテ
十王讃歎有リテ倶生神御筆ニ娑婆
世界大日本国ノ内ニ生身ノ観音卅三所ニ
御座ス彼観音ニ一度結縁シ給《フ》輩ニハ
観音ノ印文ヲサス《ヅ》ケ閻魔王宮ヘ送リ 」四丁表
給ヘト堅ク誓約御座《マ》ス故《ユヘ》ニ必彼ノ印文
ジヤウハリノ鏡ニウツリ其ヲ証拠トシテ
極楽ニヲクリ給フトカヤ順礼結縁ノ
衆生ヲ有《ラバ》レ堕コト二地獄一ニ十王《モ》共ニ可《シ》レ堕《チヌ》二地
獄《ニ》一ト意趣ヲ起請文ニ委ク書付《ケ》同順
礼ノ日記縁起共ニ徳道上人ニ渡《シ》給《フ》ト 」四丁裏
其侭徳道上人ヨミカヘリタマフ其起請文
至《ルマデ》ニ于今《ニ》一摂津《ノ》国仲山寺太子御影堂ニ
有《リ》レ之其本《ヲ》被《レ》二召《シ》上《ケ》一天下ニ観音《ノ》順礼ヲ可《シ》二弘メ一
給《フ》一ト佛眼上人申給ヘハ摂津国仲山寺立《ニタテ、》二
勅使《ヲ》一其本《ヲ》被《レ》二召《シ》上《ケ》一聖梵王有《リテ》二御披見一難《キ》

レ有御事哉トテ聽而可《シ》レ有《ル》二御順礼一トテ　」五丁表
同永延二年戊子三月十八日ニ内裏ヲ有《テ》二
御出一佛眼上人ヲ先達トシテ仲山寺良住《ヂウ》
僧都遍光法印能範法印ト申《ス》上人両
三人召具シ熊野山ニ御幸ヲ成シ給《フ》同那智山
如意輪ヨリ始メ給ヒテ三十三所ノ観音順礼
御座《アソバ》シ給ヒ美濃ノ谷汲寺ニテ参《リ》納《メ》給《フ》テ　」五丁裏
六月一日ニ有二御帰洛一佛眼上人ハ内裏ニ
一両日逗留御座《アソバ》シテ法皇ニ向テ有《ル》レ仰《セ》
様ハ能々末世ノ衆生ニ巡礼ヲ可《シ》二弘《メ》給《フ》一然《サ》レハ
天下ノ帝皇タニ。巡礼被《ル》レ遊《サ》一候トテ其外ノ
者如何《イカニ》巡礼不《ン》レ致《サ》哉ト委細ニ上人示シ給テ
暫ク是ニテ讃談可《ク》レ申《ス》候へ共那智山証　」六丁表
誠殿ニ有《ル》レ約法師ニテ候間御暇申候ハント
被《レテ》レ仰《セ》其侭天上シ給《フ》然《サ》レハ御門ノ宣旨ニハ
サテハ佛眼上人ハ併《マサ》〔正〕シク熊野権現ニテ
御座スヲヤ《ゾ》難《キ》レ有御事哉トテ重テ又熊

野山ニ有《テ》二御参詣一那智山証誠殿ニ一七日
有《リ》二御山籠一有《ル》二御祈念一様ハ仰《キ》願ハ南无　」六丁裏
大慈大悲観世音三世ノ諸佛十方ノ如来
特《コトニ》者伊勢天照皇大神宮八幡大菩薩
春日大明神日本国中大小神祇別而ハ
熊野権現哀愍納受シテ佛眼上人ニ対面
申サセテ給《タビ》玉へトテ抽テ二一心ヲ一頭《ベ》ヲ投レテ地ニ
佛眼上人ニ対面不レ申ハ再ヒ不レシ可二帰洛一ト《アル》　」七丁表
砕《テ》二肝胆《ヲ》一御祈有シカハ。第三日ノ夜ト申ニ
誠ニ天地震動シテ夢トモ現トモ不《ス》レ覚《ヘ》押《シ》二開《キ》証
誠殿ノ御戸一ヲ佛眼上人合掌シテ演ヘ。タマフハ
法皇御志シ真《マコト》ニ依レテ有レ孝仮《カリソメ》ニ現レ二上人一ト
成《リ》二御師範一ト申《ス》也又再ヒ対面申《ス》事モ信
心深ク御座《スヘ》故也以前如《ニモ》クニ演申《ヘ》カ一。自《リハ》二金銀七　」七丁裏
宝一三十三所《ノ》観音順礼ヲ弘メ給フ。ヘシ設《タト》ヒ
我カ前へ自《ニリ》レ詣《マヒラン》セン二三十三度一一度順礼《スル》ノ輩ニハ
我レ三ツノキサハシマテ。下《オリ》テ以《テ》二彼順礼ノ誓一ヲ

三度可《シ》レ成《ス》レ礼《ヲ》又札ノ一枚打タラン家内ヘハ自《リ》二
補陀洛山一毎日観音有《テ》二御影向一守護《シ》
給《ヒ》息災延命子孫繁昌自在可《シト》レ成《ル》二安楽一　」八丁表
又順礼《ニ》一夜ノ宿ヲ与ル者ハ自《リ》レ奉《ン》三供二養《シ》
三世ノ如来《ヲ》一猶以テ勝《スグ》レタリト有《テ》二御物語一
権現《ハ》入《玉フ》二玉殿一二其時法皇流《シ》二歓喜ノ
御涙《ヲ》一給《ヒテ》聽《テ》那智瀧《ニ》籠《シ》給《フ》自レ其以来
千日籠《ト》申事末代《ニ》至マテ不《ル》レ可《ラ》レ有《ル》二退転一
者也千日籠成就有《テ》レ之又順礼被《レタリ》レ成《サ》已上　」八丁裏
二度《フタタビシ玉フテ》其後専《モハ》ラ天下《ニ》広《メ》成《シ》給《フ》。。難《コソ》レ有《ケレ》云《ガタケレ》云《アリ》

観音御誓願文曰

若我誓願大悲中　一人不成二世願
我堕虚妄罪科中　不還本覚捨大悲
一切如来大慈悲　皆集一躰観世音
八寒八熱奈落迦　大悲一人《身》代受苦　」九丁表
昔在霊山名法花　今在西方名弥陀
濁世末代名観音　三世利益同一躰

此《ノ》意趣者《ハ》観音法花弥陀佛是《レ》同一躰ノ
御事也然《サ》レハ観音ヲ朝暮奉《ル》レ念《シ》人《ハ》誠《ニ》以《テ》預《ル》二
法花阿弥陀佛ノ加護《ニ》一者也現世《ニハ》者寿命長
遠後生者《ニハ》必花蔵世界《ニ》可《キ》レ有《ル》二引導一事有《ン》二　」九丁裏
何疑《ノ》一乎《ヤ》就《ヒ》レ中観音大慈大悲《ト》申《ハ》衆生《ニ》代テ
受《ケ》レ苦《ヲ》給《ヒ》大慈与《ヲト》レ楽《ン》ノ御誓願也又東西竪
横《ニ》現《シ玉フ》難《ヤ》レ有《リ》巡礼ノ札卅三枚家内《ニ》納置《ク》人《ハ》
則以当《テル》二一度《ノ》順礼《ニ》一モ也弥陀観音薩埵《ハ》濁
世《ノ》悲願《ナレハ》五逆之重罪《ナリトモ》可《シ》レ有《ニ》御助一何況《ソ》ヤ
於《テヲ》二信心堅固之人《ニ》一哉《ヤ》至《ル》二六親眷属七世ノ　」一〇丁表
父母《ニ》一迄可《キ》レ預《ル》二弥陀観音勢至ノ御来迎《ニ》一者也
又此縁起《ト》申事ハ十王有《モリ》二讃歎一倶生神
御自筆ノ書《ヲ》送《リ》給《フ》次《ニ》又熊野権現
御託宣有《モリ》レ之此縁起一度聴聞スル人ハ
自《リ》二無始一以来《コノカタノ》罪障《ヲ》悉ク消滅《シ》熊野ヘ
一度ノ参詣《ニ》当《ル》也仍《テ》縁起旨趣《ノ》如《シ》レ件　」一〇丁裏

原御本
平治元年己卯八月吉日　法印祐慶書之

〽以祐慶御本於滝本書写之

　天文五年丙申極月　日　　道讃書之

〽右以道讃之御本書写了

　寛永五年戊辰六月二日　滝本行者宥賢房

〽右宥賢房雖為秘蔵請之於滝本書写了

　承応三年甲午八月十八日　滝本行者法印頼雅書

〽右法印頼雅師之抄本、文字多差錯、雖然〃

大意貫通、今校考之、

如禿筆以便童蒙、蓋古之差繆、賢於今〃

之正筆矣、

　嘉永三年庚戌二月廿八日于潮崎氏之院

　紀秉彝（印記）」一一丁表

《白紙》」一一丁裏

《白紙》」裏表紙見返

永延二年戊子ヨリ嘉永五壬子マテ八百六拾五年

平治元己卯年ヨリハ六百九拾四年

天文五丙申年ヨリハ三百拾弐年

寛永五戊辰年ヨリハ二百弐十五年

承応三甲午年ヨリハ百九十九年」裏表紙

第四章　梶原景時の頼朝救済の説話をめぐって

――『愚管抄』と『平家物語』とのあいだ

尾崎　勇

まえおき

物語のプロットとは、それを構成する「かたまり」のことである。平曲ではプロットを「句」という。『平家物語』諸本のなかには百二十句本と称するものもあり、源頼朝の旗揚げを語る顚末を「第四十四句　頼朝謀叛」としている。以前、筆者は『愚管抄』の文章に留意しながら本物語の「鹿ヶ谷事件」の「句」を考察した。[1] 治承四年（一一八〇）八月十七日子刻から十八日の未明にかけて伊豆国目代の山木兼隆を攻め、緒戦を飾った。が、二十三日夜に大庭景親の率いる軍勢と石橋山で戦って敗れた頼朝は、二十四日未明には椙山へ入った。そして長門本『平家物語』・『源平盛衰記』には、大庭軍に属している梶原景時はひそかに頼朝に心を寄せ、故意に見逃した場面がある。この場面を以下では「梶原景時の頼朝救済の説話」と称して、『平家物語』との関連をさぐっていこうと思う。

一　源頼朝と梶原景時

まず『愚管抄』の文章を掲出してみよう。すなわち、

伊豆國ニ義朝ガ子頼朝兵衛佐トテアリシハ、世ノ事フカク思テアリケリ。（中略）サテ治承四年ヨリ事ヲオコシテウチ出ケルニハ、梶原平三景時、土肥次郎実平、舅ノ伊豆ノ北條四郎時政、コレラヲグシテ東國ヲウチ従ヘントシケル程ニ、平家世ヲ知テ久クナリケレバ、東國ニモ郎等多カリケル中ニ、畠山庄司、小山田別當ト云者兄弟ニテアリケリ。コレラハソノ時京ニアリケレバ、ソレラガ子ドモノ庄司次郎ナド云者ドモノ押寄テ戰テ、筥根ノ山ニ逐コメテケリ。頼朝ヨロヒヌグ程ニナリニケレバ、實平フルキ者ニテ、「大將軍ノ鎧ヌガセ給フハ、ヤウアル事ゾカシ」トテ、松葉ヲキリテ冑ノ下ニシカセテ、甲ヲ取テ上ニオキナンドシテ、イミジキ事ドモフルマヒケルトカヤ。カクテコレラグシテ船ニ乗テ、上總介ノ八郎廣経ガ許ヘ行テ勢ツキニケル後ハ、又東國ノ者皆従ヒニケリ。三浦黨ハ頼朝ガリキケル道ニテ畠山トハ戰ヒタリケリ。ソレヨリ一所ニアツマリニケリ。（巻五――二五一～五三ページ）

とある。梶原景時らの坂東武士を率いて頼朝は東国を平定しようとしたが、平家一門が権勢を誇ってい

るだけに多くの平家側に従う者がいた。平治の乱後、武蔵国が平家の知行国になったことを契機に畠山重能はその家人になり、弟の小山田別当有重とともに大番役として在京していたこともあって、子の畠山重忠等が襲撃してきた。そこで箱根外輪山の険しい狭い空間に頼朝勢は追い込められ、頼朝は鎧を脱いで自害しようとすると傍らにいた土肥実平は「大将軍が鎧を脱ぐのには、それなりのやり方があります」との故実を説き、松葉を取って冑に敷き、その上に鎧を置いて、たいへん立派に振る舞った。そのような信頼できる武士を率いて舟で脱出した頼朝は、上総介広常の許に行き、盛り返す。そして坂東武士がこぞって頼朝に帰伏した、と括られている。この『愚管抄』の文章は、頼朝の旗揚げを語った「句」であるといえよう。

　前掲した『愚管抄』の文章の施線にあるように源頼朝が「サテ治承四年ヨリ事ヲオコシテウチ出ケルニハ」とあって、旗揚げ当初から二重施線のとおりに景時は仕えていた。このことに着目してみよう。掲出した当該の文章の「句」に及ばせるに先立って慈円は、

　サテカウ程ニ世ノ中ノ又ナリユク事ハ、三條宮寺ニ七八日ヲハシマシケル間、諸國七道ヘ宮ノ宣トテ武士ヲ催サル、文ドモヲ、書チラカサレタリケルヲ、モテツギタリケルニ、伊豆國ニ義朝ガ子頼朝兵衛佐トテアリシハ、世ノ事ヲフカク思テアリケリ。（中略）伊豆ニハ流刑ニ行ヒテケルナリ。物ノ始終ハ有レ興不思議ナリ。其時モカ、ル又打カヘシテ世ノヌシトナルベキ者ナリケレバニヤ、頼盛ヲモフカクタノミタル氣色ニテ有ケルナリケリ。コノ頼朝、コノ宮ノ宣旨ト云物ヲモテ来リケ

ルヲ見テ、「サレバヨコノ世事ハサ思シモノヲ」トテ心オコリニケリ。又光能卿院ノ御氣色ヲミテ、文覚トテ余リニ高雄ノ事ス、メスゴシテ伊豆ニ流サレタル上人アリキ。ソレシテ云ヤリタル旨モ有ケルトカヤ。但コレハヒガ事ナリ。（巻五――二五一～五二ページ）

としている。流人時代のことから以仁王の令旨を受け取るまでを鳥瞰しながら、二重施線では「武者ノ世」を領導する頼朝を先説していた。施線の「不思議」の言辞から、「冥顕二法」の道理の「冥」の側、すなわち「冥衆」のはからいがあるとの慈円の思念が充溢している。一方、看過できないのは波線部で文覚の勧めで後白河院の院宣を得たのを二重波線部で慈円は虚偽と断定している。理由は、慈円が『治承物語』を対置しながら批評しているからに他ならない。そのことは『今鏡』の語り終えた「嘉応二年」の年をうけて、新たな「世継物語」としての『治承物語』を創出させた慈円は、これを『愚管抄』に取用して、

不可思議ノ事ヲ一ツシタリシナリ。子ニテ資盛トテアリシヲバ、基家中納言壻ニシテアリシ。（中略）松殿ノ攝籙臣ニテ御出アリケルニ、忍ビタルアリキヲシテアシクイキアヒテ、ウタレテ車ノ簾切レナドシタル事ノアリシヲ、フカクネタク思テ、關白嘉應二年十月廿一日高倉院御元服ノ定ニ參内スル道ニテ、武士等ヲマウケテ前駈ノ髻ヲ切テシナリ。コレニヨリテ御元服定ノビニキ。サル不思議アリシカド世ニ沙汰モナシ。次ノ日ヨリ又松殿モ出仕ウチシテアラレケリ。コノフシギコノ後

ノチノ事ドモノ始ニテアリケルニコソ。（巻五――二四六～四七ページ）

とするからである。すなわち『今鏡』では「嘉応二年」の平重盛による横暴を弁えながら語り終えた。それを『治承物語』では物語化して清盛に切り替えた。要するに物語の「殿下乗合」を見据えながらも、平重盛による「臣」の藤原基房への陵辱事件をまず最初の施線部で「不可思議」とやはり批評したわけである。前掲の流人頼朝が「武者ノ世」を領導することを鳥瞰している文章と同一の構造といえよう。以下には王法の動揺から清盛等の平家一門が廟堂に進出していく経緯を語っていくのである。(2) 物語では清盛の外孫の安徳天皇が即位したあと、反旗を翻した以仁王の令旨を受け取った頼朝を、

世ノアリサマヲ伺ヒテゾ年月ヲ送ケル。（中略）是レ国主尚将軍ノ勢ニツ、マレ給ベシ。東ハソトノ浜、西ハ鬼海島マデ帰伏シ奉ベシ。酒ハ是レ一旦ノ酔ヲ勧メテ、終ニ醒メテ本心ニ成ル。近ハ三月、遠ハ三年間ニ、酔ノ御心サメテ、此夢ノ告一トシテ相違フ事不レ可レ有」トゾ申ケル。

（延慶本・二中・三八「兵衛佐伊豆山ニ籠ル事」）

と語っている。施線の藤九郎盛長の夢は二重施線の旗揚げの三ヶ月後には坂東武士を糾合し、三年後の寿永二年（一一八三）には将軍院宣が下る物語の顛末を寓意している。史実では、院宣が下ったのは後白河院崩御後の建久三年（一一九二）であった。このように展開させる物語と旗揚げの時点で「冥顕ニ

法」の道理から「不思議」の言辞を象嵌して頼朝を「世ノ主トナルベキ者」と評するのとは相即しよう。ことに右文の枠で括った言辞は、前掲した『愚管抄』の枠のそれともほぼ一致する。

頼朝の旗揚げから二十年余り以前の『兵範記』保元三年（一一五八）二月三日の条には、

三日　甲子　天晴、有立后事、

（中略）

有宮司除目、

権大夫従三位藤原實定、兼左近中将

（中略）

権少進正六位上源頼朝、

と記載されている。廟堂で颯爽と振る舞う従三位の三十歳の徳大寺実定（一一三九〜一一九二）に正六位上の十三歳の頼朝は仕えていた。その後、平家を制圧して「武者ノ世」を領導することになった頼朝の奏請で実定は議奏公卿の一人になり、左大臣へ昇りつめていく由縁の発端である。(3) 徳大寺家は当時の歌壇の中心であり、『千載集』以下の勅撰集に入集し、歌林苑の会衆として活躍している徳大寺実定本人に景時は仕え、和歌を学んでいたのであった。(4) そうであるから、初回の頼朝上洛途上、静岡県新居町あたりを通過したとき、『吾妻鏡』建久元年（一一九〇）十月十八日条には、

……御連歌有り、
はしもとの君にはなにかわたすへき　（頼朝）
た、そまかはのくれてすきはや　平（梶原）景時

とあって、頼朝と連歌を交わしている。頼朝の詠歌への嗜みは景時をはじめとして梶原一族からの影響であった。[5]坂東武士の中で和歌にたけている宇都宮入道蓮生の一族がいるものの、[6]外には梶原一族だけであり、しかも景時は勅撰集に入るほどの歌人なのである。[7]後年、慈円圏・慈円継承圏ともいうべき慈円周辺圏で坂東武士の動向等を物語化していくうえで尽瘁していくことになる蓮生の義父が梶原景時であった。[8]この頼朝・実定・景時・蓮生とは歌を介しても繋がっている。そのため『吾妻鏡』建久二年（一一九一）閏十二月二十五日条には、

廿五日　己巳　梶原刑部丞朝景申して云はく、去ぬる十六日の夜、左府禅閤実定公、薨じたまふ。年五十三と云々。幕下殊に歎息したまふ。關東に由緒あり、日來これを重んぜらるるところなり。梶原はまた朝景・景時共にもつてかの恩澤に浴すと云々。景時は幕下の御吹擧によつて、近年美作國の目代となると云々。

とある。実定薨去に接したとき、二重施線で頼朝の慟哭さらに施線には景時と景季父子ともども往時に

実定の恩顧をうけていたと記載されている。景時の生年は不詳であるものの、正治二年（一二〇〇）正月二十日に景季（一一六二～一二〇〇）が父とともに討たれたのは三十九歳であったから、景時は頼朝より少なくとも十歳以上の年齢差があったと判断できよう。平治元年（一一五九）に配流される以前に廟堂で頼朝は颯爽としている景時と面識を持つ機会があったと思われる。

『吾妻鏡』元暦元年（一一八四）一月二十七日条には、

……巨細を聞しめすのところ、景時が飛脚また参著す。これ討亡・囚人等の交名の注文を持参するところなり。方々の使者參上すといへども、記録すること能はず。景時が思慮なほ神妙の由、御感再三に及ぶと云々。

とあり、囚人等の交名を景時だけは記録文書を作成して届けたので、その政治手腕は尋常でないと頼朝は感心したと記載されている。さらに『玉葉』同年二月八日条では、

八日　丁卯　未明人走り来たりて云はく、式部權少輔範季朝臣の許より申して云はく、梶原平三景時の許より、飛脚を進め申して云はく、平氏皆悉く伐ち取り了ぬと云々、

とあるように、平家一門の壊滅を景時に報告させている。国政上では最重要の事柄は、侍所別当の和田

義盛でなければならないはずなのに、当時、所司の景時があたった。徳大寺家に出仕して文化的素養も高いことを熟知していた頼朝は、廟堂との連絡交渉役に景時を任じている。(9) 若年の頃に廟堂にいた頼朝は、坂東武士でありながら「文」の側面をすでに弁えている景時は、京洛と鎌倉との政治を円滑に推し進めるうえで最も適任であると評価していたからに他ならない。景時は腹心の部下であった。

『源平闘諍録』（巻五・四）には「石橋の闘ひに負けて安房国へ越ゆる由、伝へ聞きにけり。京都を逃《に》げ出でて罷り下る程に、路次《ろし》にて旅人申しけるは、「右兵衛佐殿は上総介・千葉介を相ひ具し、墨田河を渉り、武蔵国へ踰《こ》えたまふ」由、語りければ、景時此れを聞いて、（中略）瀧の河へ馳せ参りにけり。右兵衛佐、景時を見たまひて、……」とあり、景時は旗揚げ以前から頼朝の許で活躍していたことになるはずである。それは東国で成立した『源平闘諍録』の独自の記事は「それなりの根拠のある伝承に基づくものであろう」とされていたからでもある。(10)

旗揚げ以前より頼朝に景時は仕えていた。それは前掲した『兵範記』保元三年二月三日条にみえるとおりである。これが実相であって『愚管抄』にも摘記されている。延慶本『平家物語』では石橋山合戦ではじめて出会った景時が頼朝に心を寄せて見逃したと語られている。その理由を窺っていこう。

二　歌人としての慈円から

慈円の述懐歌を散文にしていけば、『愚管抄』の文章になる。(11) 人口に膾炙されている保元の乱勃発を

見据えた『愚管抄』別帖の文章は、

保元々年七月二日、鳥羽院ウセサセ給ヒテ後、日本國ノ乱逆ト云コトハヲコリテ後ムサノ世ニナリニケルケリ。コノ次第ノコトハリヲ、コレハセンニ思テカキヲキ侍ナリ。（巻四――二〇六ページ）

である。この一節にある施線の「セン」すなわち「詮」とは、しばしば歌論に用いられている語彙で「重要な眼目」との意味が付与されている。[12]『愚管抄』付録の文章にも、「詩歌ノマコトノ道ヲ本意ニモチイル時ノコトナリ。（中略）コ、ロニウカブバカリハ、申ツ。ソレヲ又ヲシフサネテソノ心ノ詮ヲ申アラハサソントヲモフニハ、神武ヨリ承久マデノコト、…」（巻七―三二二ページ）とある。保元の乱勃発の直接の契機となった鳥羽院崩御を具体的にとりあげている『愚管抄』の文章のなかに、

マサシキ法皇ノ御閇眼ノトキナレバ、（中略）最後ノ御ヲモイ人ニテ候ケル光安ガムスメノ土佐殿トイヒケル女房ノ、「新院ノチカノリガ目ヲウチツブサセタマヒタルト申アイ候」ト申タリケルヲキカセヲハシマシテ、御目ヲキラリトミアゲテヲハシマシタリケルガ、マサシキ最後ニテヒキイラセタマイニケルトゾ人ハカタリ侍シ。（巻四――二一八ページ）

とある。文章の末尾の施線から鳥羽院から寵愛された「女房」の「口伝」といえよう。特に留意したい

のは二重波線である。副詞「キラリ」を象嵌し、鮮烈な印象を与えて臨場感のある場面になっており、その直後は、

其後チカノリ現存シテ民部卿入道トテ八十マデイキテアリシニ、「カク人カタルハイカナリシゾ」トトイ侍ケレバ、「目ハツブレ候ハズ。（中略）車ノスダレノ竹ノヌケテ候シガ、目ノ下ノカハノウスク候所ニアタリテ、ヌイザマニツラヌカレテ候シ血ノ、顕文紗ノシラアヲ、キテ候シカリギヌノ前ニカ、リテ候シヲミ候テ、メシツギドモウチヤミ候ニシ也。サ候ハズバ猶モウチフセラレモヤシ候ハマシ。ソノ血ノカ、リヤウハ、カヘリテ冥加トゾヲホヘ候ニシ」トゾカタリ侍リケル。

（巻四――一二八～一九ページ）

であるから、この鳥羽院から寵愛された「女房」の「口伝」には虚飾を含んでいることを八十歳の平親範を登場させて往時の模様を回顧させた。この文章の施線の回顧談から既存の『大鏡』等の「世継物語」の趣向に倣って慈円は叙述していよう。この別帖の言辞と類同するのが、皇帝年代記の跋文の、

又人語リツウタフル事ハ皆タシカナラズ、サシモナキ口辯ニテマコトノ詮意趣ヲバイヒノケタル事ドモノ多ク侍レバ、其ウタガヒアル程ノ事ヲバニエカキトヾメ侍ラヌ也。カク心得テ是ヨリツギ〳〵ノ巻共ドモヲバ此時代ニ引合セツ、見ルベキ也。

（巻二――一二八ページ）

である。施線で「おおむねは不確かなことである」とし、その一方、二重施線では「ちょっとした伝承のなかに「詮」すなわち眼目が多数が介在してもいる」と寸言した。「口伝」に対して神経過敏になっている。個別の事象に「人ハカタリ侍シ」・「語リ伝ヘタリ」等の語句を分析すると物語への傾斜が顕著である。[13]「武者ノ世」へ移行する枢要の結節の事象となった保元の乱であるからには、廟堂の動向だけではなく、源義朝・平清盛等の武士の群像をはじめとして各階層に人々を微に入り細を穿って説諭している。物語の場面と見まがう程に精彩を放つ。

「口伝」の「キラリ」とは擬態語であるが、別帖の保元の乱そのものへ及ばせる展開で、

法性寺殿御マヘニヒシト候テ、目ヲシバタ、キテ、ウチミアゲ〳〵ミテ物モイハレザリケルヲ、實能・公能以下コレヲマボリテアリケルホドニ、十一日ノ暁、「サラバ、トクヲイチラシ候ヘ」トイ、イダサレタリケルニ、下野守義朝ハヨロコビテ、日イダシタリケル紅ノ扇ヲハラ〳〵トツカイテ、「義朝イクサニアフコト何ヶ度ニナリ候ヌル。ミナ朝家ヲオソレテ、イカナルトガヲカ蒙候ハンズラントムネニ先コタヘテヲソレ候キ。ケフ追討ノ宣旨カウブリテ、只今敵ニアイ候ヌル心ノスヾシサコソ候ハネ」トテ、安藝守清盛ト手ヲワカチテ、三條内裏ヨリ中御門ヘヨセ参リケル。コノホカニハ源頼政・重成・光康ナド候ケリ。ホドヤハアルベキ、ホノ〴〵ニヨセカケタリケルニ、

……　（巻四――二二一ページ）

とやはり慈円は叙述している。後白河天皇、執政の「臣」の藤原忠通、頼朝・景時とも交わった徳大寺家の実能・公能らの面前で頼朝の父の義朝は、二重施線で擬態語を用いて日の丸の出ている扇を煽いでいるとし、はじめて公儀の許諾を得て武士の本領が発揮できる欣快にたえない義朝の心情を巧みに押し出したのであった。次の二重波線部には擬態語で東の空が白んでいく景観にとどまらず、戦闘態勢へ移っていく情況をも押し出したのであった。「武者ノ世」の到来を告げるにふさわしい場面となっている。歌人慈円の優れた措辞が看取されよう。

旗揚げした緒戦で山木兼隆を伐った頼朝は、しかし三千余騎を率いた大庭景親との戦闘では敗北を喫してしまった。頼朝が逃走する場面を延慶本は、

サルホドニ、夜モホノ〴〵トアケニケレバ、廿四日ノ辰時ニ上ノ山ヘ引レケレルヲ、荻五郎末重、同子息彦太郎秀光以下兄弟五人、兵衛佐ノ跡目ニ付テ追懸リテ、「此先ニ落給ハ大将軍トコソ見申セ。イカニ源氏ノ名折ニ、鎧ノ後ヲバ敵ニミセ給ゾ。キタナシヤ、返合給ヘ」トテ、ヲメイテカク。(中略)サテ、兵衛佐ハ山ノ峯ニ上リテ、臥木ノ在ケルニ尻打懸テ被レ居タリケルニ、人々跡ヲ尋テ少々来タリケレバ、「大庭、曾我ナンドハ山ノ案内者ナレバ、定テ山フマセムズラム。人多テハ中々悪カリナム。各是ヨリ散々ニナルベシ。我若世ニアラバ、必ズ尋来ルベシ。我モ又可レ尋」ト宣ケレバ、「我等既ニ日本国ヲ敵ニウケテ、イヅクノ方ヘマカリ候トモ可レ遁トモ覚候ハズ。同ハ、只一所ニテコソハ塵灰ニモ成候ワメ」ト申ケレバ、「頼朝思様アリテコソカク云ニ、猶シヒテ落ヌ

コソアヤシケレ。各存旨ノ有カ」ト重テ宣ケレバ、「此上ハ」トテ、思々ニ落行ケリ。北条四郎時政、同子息義時父子二人ハ、ソレヨリ山伝ニ甲斐国ヘゾ趣ケル。加藤二景廉ト田代冠者信綱トハ、伊豆三島ノ宝殿ノ内ニ籠リタリケルガ、夜ホノぐ〵トアケニケレバ、宝殿ヲ出テ、思々ニゾ落行ケル。（中略）兵衛佐具シ奉テ、上下只七騎ゾ有ケル。土肥ガ申ケルハ、「天喜年中ニ、故伊予入道殿、貞任ヲ責給シ時、纔ニ七騎ニ落成テ、一旦ハ山ニ籠給シカドモ、遂ニソノ御本意ヲ遂給ニケリ。今日ノ有様、少モ彼ニ違ワズ。尤吉例トスベシ」トゾ申ケル。

（二末・一三「石橋山合戦事」）

と描いている。後者の二重波線には三島社への平家打倒の祈願と直結する。二重施線では後冷泉天皇の時の頼義による奥州征伐の先蹤をあげて、感慨深げに土肥実平がこの度の戦闘行動は吉例であると頼朝に上申した。冥衆の加護により旗揚げをする頼朝を押し出す物語と「冥顕二法」の道理に則りながら、「武者ノ世」の真骨頂の武力衝突、そして「武威」を耀かす頼朝へ収束させる『愚管抄』とは同一構造である。しかも擬態語がともに有効に関与している。他方では、『愚管抄』と延慶本にみえる擬態語「ほのぼの」は『新古今集』では抒情の語彙として自然写景と繋がるとの指摘がある。[14]このことは刮目に値しよう。

『愚管抄』の「口伝」にあった擬態語の「キラリ」は物語にやはりある。既述したように石橋山合戦で敵将大庭景親が三千余騎を率いて頼朝軍三百余騎と戦闘したわけだが、頼朝は敗退を余儀なくされ、椙山へ逃走していくことになり、その後、大庭勢側にいる梶原景時が追撃してきた場面へ展開させて、大はの平三景時、後にはかぢ原と申もの、立寄てみるに、ふし木のそはにまろあなあり。まことにさもやあるらんとて、さしうつぶきて見入たれは、人六七人か程あり。其中にしも、兵衛佐殿の御目にきらりと見あわせたり。すでに思切たる御有様なり。（中略）あしをもて此あなをふみかくして、「なにものの此木のあなには有べきぞ。去なから、いで入てさがしてみむ」とて、ふし木の中に入、口にふさがつて人をいれじとて、弓矢むちをもて、からりからりとさがしめぐる。（中略）景時、此気色を見て、小声にてささめきて、「あな心うや。景時が候ぞ。なに事も有間敷候。御じがい思もよるべからず」と申て、はひ出て申けるは、「ありがたきふし木めかな。景時にほねをおらせつる。焼すつべけれとも、後には思ひしれよ」とて、伏木をあらかにたたきたり。兵衛佐殿、景時は、我に心をよする者にこそ、とておぼししづめ、「八幡大菩薩、たすけさせ給へ」と、きせい申給けるに、（中略）今は当国をしるべきいんゐんうたがひあらじ」とて、大にかんじ給ひけり。

（長門本・第十・一三「石橋合戦事」）

となっている。追い詰められた頼朝は、倒れた大木の梠の幹が朽ちてできた「まろあな」すなわち「空《うつほ》」に隠れた。「まろあな」へ景時が潜入し、二重波線にあるように擬態語を用いて頼朝と景時との目とが互いにあって閃光がはしったと鮮烈に描き、つづいて二重施線では自己に心寄せる者だと察知した頼朝を押し出す。我が守護神の八幡大菩薩に祈る頼朝を語った。施線では冥衆の加護の「因縁」の浅からぬものを感得した頼朝を象ったわけである。生涯を共にする決定的な二人の出会いが見事に浮上している。能・狂言での用語である主人公の「シテ」が景時で、「ツレ」は頼朝に擬えられる[15]。当該の物語の場面には幕府が開いた頼朝が御家人にするための重要な儀式である「面謁」という武士社会の実態が投影しているとの解釈が可能であって[16]、はじめての武士同士の出会いを「冥顕二法」の道理から慈円は叙述するのと類同している。

前掲した擬態語「きらり」は『平家物語』諸本の長門本の本文にある唯一の用例であり、延慶本・覚一本にはない[17]。しかも『岩波古語辞典』では『愚管抄』の「キラリ」の用例をもとに「瞬間的に光るさま。」と語釈し、さらに語彙数を誇る『日本国語大辞典』（小学館）も『愚管抄』のこの用例をまず掲出して、『史記抄』（室町時代成立）・尾崎紅葉の『多情多恨』（明治二六年作）・泉鏡花の『婦系図』（明治四〇年作）の用例をもとに「美しく、または鋭く光り輝くさまを表わす語。ぴかり。」と語釈している。これは看過できない。管見の範囲ながら、慈円が初めて用いた擬態語とも思われる。この擬態語「キラリ」をめぐって論究されていないようだ[18]。ただ「キラリト」との語彙をめぐって、『パヂエス日仏辞典』では「鮮」に相当する意味であり[19]、語根の「きら」から刀が「きらりと」と鋭く光る瞬間的に冷たい光を発する様をさし、「キラキラ」は冷徹な感じが指摘されている。「きらきらし」は『源氏物語』・『枕草子』等にあり、公の行事・法会等に多く用いられるとの見解もある[20]。本物語の「殿上闇討」で、節会の夜に平忠盛が刀を抜いて氷の刃のように見えたと語っている周知の場面が想起されよう。「忠盛朝臣大ノ刀ヲヌキテ、火ノホノグラカリケル所ニテ、鬢髪ニ引アテ、拭ハレケリ。余所目ニハ氷ナドノ様ニゾ見ケル。」（延慶本）の行間には「キラリ」と瞬間に光った刀が象られている。そして干戈を交える物語へ展開していくわけである。

『愚管抄』は、鳥羽院が目を「キラリ」と光らせて崩御したとの「口伝」を布置し、「武者ノ世」の具体的な「武」そのものの具体相を慈円は詳述していく。平治の乱後、池禅尼の「アレガ頸ヲバイカヾハ切ランズル。我ニユルサセ給へ」と流刑された頼朝を「世ノ主トナルベキ者」と把捉して、王法に参入していく頼朝を正面に据えはじめる。その始発の擬態語であった。物語ではすでに長門本にあったように「兵衛佐殿の御目にきらり見合わせた」ところの梶原景時が頼朝を救済し、その後には頼朝は坂東武士を糾合して平家一門と戦って勝利した顚末を語り、「伊豆国蛭ガ島へ被レ流給シ時ハ、カクイミジク果報目出カルベキ人トハ誰カハ思ヒシ」（延慶本・六末・三九「右大将頼朝果報目出事」）と括られた。この『平家物語』の展開と『愚管抄』の叙述の仕方と論理とは類同するであろう。

三　物語創出の西山の空間

物語では景時が率いる平家側に追撃された頼朝勢は「かの杉のまろふしのうつろの中に、七人こもり給ひぬ。」（長門本・巻十・石橋山合戦事）とある。椙の倒木の「空《うつほ》」に籠もった当該場面を『吾妻鏡』治承四年八月二十四日条には「この間、武衛御髻の中の正観音の像を取りて、ある巌窟に安んじたてまつらる。」とし、同年十二月二十五日条には「石橋合戦の刻、巌窟に納めらるるところの小像の正観音は

（中略）去月仰せ付けらるるところなり。数日山中を捜し、かの巌窟に遇ひて、希有にして尋ね出したてまつるの由、これを申す。武衛手を合わせて直に請け取りたてまつりたまふ。御信心はいよいよ強盛なりと云々。」と記載されており、頼朝の観音信仰に及んでいる。神奈川県真鶴町の「土肥椙山観音像群」と呼ばれている仙境にある「鵐巌《しとどのいわや》」に頼朝は潜んだのであった。(21)

近時、岩波書店の「新日本古典文学大系」で『宇治拾遺物語』の校注を担当した三木紀人は、その解説で『宇治拾遺物語』の編者を慈円に擬そうとしている。『宇治拾遺物語』の「鬼にこぶを取らるる事」（第三）を分析した工藤健一は、翁が入った夜の山中という場の大木の幹の「空《うつほ》」は宗教的聖性があり、「神仏との接点」の性格を有しているとして「翁の籠もるうつほの前で繰り広げられた鬼たちの「あそび」と、衝動をこらえきれず飛び出してしまう翁の行動とも関わる、中世社会における「芸能」の場の意味が暗示されているだろう。」と論じている。(22) この論点に則れば、頼朝の股肱の臣下になっていく景時との運命的出会いそのものが、倒木の「空《うつほ》」であったと語る長門本『平家物語』のような本文には『治承物語』の面影が看取され、西山の慈円圏での「あそび心」と関連してくる。(23) そこで、次に西山の宗教的空間からみていこう。

『山槐記』安元元年（一一七五）九月十八日条に、

後聞、横川根本椙為大風被吹仆、或山僧云、慈覚大師萬四十年歯落死相現給、仍避東塔飛寂寞之地至干此所、件地為體、向在三尾、彼中尾上有龍穴、彼穴上被建立横河之中堂、謂之三鈷峯、件峯隔谷西方南北亘有峯、是被埋如法経之所也、件三鈷峯北尾末辺谷路傍有此椙、其體高五丈許歟、南方有穴、其内一丈計也、高許尺、往年見始之時、其穴口切立格子、近年見之、立板二枚、其廻有針貫立鳥居、其内人不入、鳥羽院御幸之時、於針貫外令礼給、件樹々ノ程ヨリハ不高シテ枝ヲ指也、今不枯、有青葉、慈覚大師籠居此内、令行法華三昧給之間、夢服甘露、覚猶余味在口、其後命延、建立堂宇、入唐給也者、予令聞此事、佛法滅相染肝悲者也、大概計之、慈覚大師年四十満給者、天長九年歟、然者自彼年至于今年三百四十四年歟、其時此椙為舊樹、内有穴、居住給之程也、推量之、其以往經四五百歳歟、都合給(殆)及千歳歟、

とある。『山槐記』の本条に着眼して九死に一生を得た頼朝の行動を「神話」として論じた山本幸司の言説は留意せねばならない[24]。西山の善峯寺の北尾に草庵の往生院（後年には三鈷寺と称される。）に籠った源算は、世俗の名利を捨てて比叡山横川に隠棲した源信の弟子だった。その横川の地に下野国に生誕した第三代天台座主の慈覚大師の円仁（七九四〜八六四）は山岳性の伽藍を創立した。円仁が没したあと、荒廃した横川を源信（九四二〜一〇一七）は、新たに堂を造営していった。本条から判然とするように台風で根本中堂の側の椙が吹き倒された。二重施線にあるように、その椙は三鈷の峯の北尾の末辺りの谷の路傍にあり、その南面に椙の「空《うつほ》」が開いていた。波線には、円仁がこの「空《うつほ》」に籠って法華三昧を修した事蹟があるとしている。この仏事善行は、二重波線にあるように、円仁が四十歳の天長九年（八三二）の頃のことであった。つづく施線では、その時から今年まで三世紀余り時空間を回顧しながら旧

樹となった椙の「空《うつほ》」を跡づけている。それと近似した事態が現今の世にもあった。すなわち台風が横川を直撃して、

昭和四十年九月、台風二十四号は比叡山の立木に相当の被害を与えて遠く日本海上へと通過して行った。ことに、横川方面の風当たりのはげしい尾根筋は被害が大きかったらしいが、根本如法塔の付近でも相当な大木が十数本、土壌をつけたままの巨大な根株を天空に向け無残な姿をさらして横転した。

となった。(25) 横川の三鈷の峯、西山の往生院が三鈷寺と改名されていくことをも顧慮したならば、物語がとりあげた椙山の倒木の「空《うつほ》」とは一致しよう。七世紀半以前に本物語が創出したのは西山の空間であったからである。(26)

平安時代末期には寺辺の竹木を荘厳化して行者の修行地としての「祕所」にかなうように原生のままにしておくことが必要になり、檜や杉は小木であっても盗切を禁じ、山守には寺の堂の住僧があたることが定められて、山守は木樵と仲が悪かったのであった。(27) 今様には、

西山通りに来る木樵　を施を並べてさぞ渡る
桂川　後なる木樵は新木樵かな　波に折られて

尻杖捨ててかいもとるめり　（三八五）

と謳われている。すなわち、西山にやって来る木樵が桂川を渡り、新参の木樵は波に揺りあおられ、足をとられ、尻杖を捨ててもがいているとの内容であることに照らして、「鵐巌」から椙の「空《うつほ》」に頼朝は潜んだと変換されて潤色されたと思われる。

おわりに

『平家物語』諸本で最も古態とされる延慶本は延慶二年から三年（一三〇九～一〇）に書写されている。石橋山合戦を取り上げ、大庭景親の率いる軍勢によって敗走していく頼朝を描く。そして、「兵衛佐ハ山ノ峯ニ上リテ、臥木ノ在ケルニ、人々跡ヲ尋テ少々来タリケレバ」（二末・一三「石橋山合戦事」）とあるだけで、景時が頼朝を追い詰めながら見逃す場面はない。しかしながら、三日後の衣笠城を攻めた場面に、

山ノ峯ヨリ遙ニ見下シテ、「土肥ニ三ノ光アリ。第一ノ光ハ、八幡大菩薩ノ君ヲ守奉リ給御光也。……（中略）……」トテ、舞カナデケレバ、人皆咲ケリ。（延慶本・二末・一五「衣笠城合戦之事」）

とある。原『平家物語』の『治承物語』を取用している『愚管抄』に「タヾ八幡大菩薩ノ照見ニアラハレマカランズラン。」（巻六―三一八ページ）とある。景時による頼朝救済にはふれないが、本場面の背後に長門本の「大はの平三景時、（中略）兵衛佐殿の御目をきらり見あわせり。」のような場面が、原『平家物語』の『治承物語』にあったと想定される。[28]冥衆の加護のもとに旗揚げしてよりの王法の破綻からその回復をはかる「頼朝の物語」ともいうべき『治承物語』を別所の西山で慈円は企画・創出した。その後、『愚管抄』は「冥顕二法」の道理に則って平家一門を討伐した頼朝が「武」から王法を支える時運になったと広言し、『治承物語』を取用しながら、景時を「本體ノ武士カヂハラ」（巻六―三〇一ページ）すなわち真の武士と礼讃して把捉するからである。だが現存の延慶本は応永二十六年から翌年（一四一九～二〇）書写時に覚一本的本文によって改訂された。[29]十四世紀後半より十五世紀初頭成立の真名本『曾我物語』に顕著に語られる「判官びいき」から義経を讒言した景時への卑小化が覚一本をはじめとする語り本系『平家物語』諸本でもなされて顕著になっていく。そのため、長門本にある頼朝と景時との目が合い「兵衛佐殿の御目にきらりと見あわせたり」と閃光が強烈にはしった場面は現存の延慶本では捨象されたのであろう。

（1）「『治承物語』の藤原成親とその周辺（上）・（下）」（『熊本学園大学　文学・言語学論集』第二二巻第一号・第二二号・二〇一五年六月・一二月）。

（2）拙著「第七章　治承物語と西山の空間」（『愚管抄の言語空間』汲古書院・二〇一四年）。
（3）宮地崇邦は「徳大寺実定について――平家登場人物の謎――」の論稿で、この事実をもとに「頼朝に長官実定の姿が好ましいものに写ったのはたしかであろう」と指摘（『國學院雑誌』第八〇巻第一号・一九七四年一月）。
（4）野口実は「景時は弟の朝景とともにはやくから実定に仕えており、西行が実父の父、公能の歌人であったことからも知られるように、当時、徳大寺家は都における歌壇の一つの中心をなしていたのである。」『源氏と板東武士』（吉川弘文館・二〇〇七年）一四七ページ、その他、高橋一樹『東国武士団と鎌倉幕府』（吉川弘文館・二〇一三年）一九六ページ。
（5）久保田淳「二　1　頼朝と和歌」（『藤原定家とその時代』岩波書店・一九九四年）。
（6）註（2）同書「第二部　宇都宮入道蓮生の位置」。
（7）外村久江は、勅撰集には入らないのは不思議なくらいで「勅撰集に入らなくとも、後に入る機会もあった事であろうが、それがないのである。これは要するに、景時の活躍期は、いわゆる文学として彫り付られる程の時期ではなくて、歌い捨てられたのであろう。（中略）鎌倉きっての歌人」と評している「第一章　鎌倉武人と物語の世界」（『鎌倉文化の研究』三弥井書店・一九九六年）。
（8）註（2）同書「第二部　宇都宮入道蓮生の位置」。
（9）滑川敦子「和田義盛と梶原景時―鎌倉幕府侍所成立の立役者たち」（『治承～文治の内乱と鎌倉幕府の成立』清文堂・二〇一四年）一四九ページ。
（10）服部幸造「坂東武士の伝承」（『源平闘諍録（上）』解題（講談社・一九九九年）。
（11）谷山茂「第三章　寂風派に属する人々　前大僧正慈円」（『新古今集とその歌人』角川書店・一九八三年）二〇〇ページ。
（12）歌人としての慈円の筆致が『愚管抄』の文章には随所に看取されることは、拙著「第二部　愚管抄と治承物語の誕生」（『愚管抄の言語空間』汲古書院・二〇一四年）で論じたし、後述もする。

(13)拙著「I　第一章　第一部　口伝の意味」(『愚管抄とその前後』和泉書院・一九九三年)。
(14)石川常彦「「ほのぼの」考―新古今集的情景構成の論のために―」(『国語国文』第四七九号・一九七四年七月)。
(15)山下宏明は「その場におけるシテは梶原であり、頼朝はむしろツレの位置」と指摘している(「『平家物語』の諸本を考えること」『軍記と語り物』第三三号・一九九七年三月)。
(16)大喜直彦は「顔を会わすという行為は大変貴重な、重要なことであった。主従関係を約し御家人となるために、源頼朝に面謁する(初面識を初参という)儀式(見参の式)があることはよく知られている(中略)おそらく顔を会わせることは、支配・被支配の関係を意識・確認させる上で大きな役割を担っていたと思われる。」という武士社会の実態があったことも顧慮されてよいであろう(『神と仏に出会う時――中世びとの信仰と絆――』吉川弘文館・二〇一四年)。
(17)『長門本平家物語自立語索引』(勉誠出版)、そして『延慶本平家物語索引篇』(勉誠社)・覚一本の索引である『平家物語総索引』(学習研究社)にもみえない。
(18)『語彙研究文献語別目録』(明治書院・一九九〇年)なおその後、最近の研究でも管見には入ってこない。
(19)東節夫「形容詞「きら〳〵し」考」(『防衛大学校紀要』第一八輯・一九六九年三月)。
(20)木之下正雄「きらきらし」(『平安時代女流文学のことば』至文堂・一九六八年)。
(21)近代に入って現地踏査をした松本赳は「石橋山から眞鶴まで」(『頼朝会雑誌』第九号・一九三三年一二月)の論考で「頼朝が隠れた巌窟は現に眞鶴港内の南岸にある。(中略)臥木にあった山中のやうに記してある、眞鶴港内にある窟とは思へない。(中略)源平盛衰記の作者の創造かも知れない。」としていた。物語の倒木の「空(うつほ)」と『吾妻鏡』の「鵄巌(しとどのいわや)」とはそれぞれ別の空間なのである。「按スルニ、盛衰記、伏木ニ潜レシト云ハ誤ナラン。」(『新編　相模国風土記稿　第二集　巻之三十二』一九八五年五月)・倒木の「空(うつほ)」すなわち「臥木」の空間と巌窟の空間とは「別の状況の、別の場所である。」(『源平盛衰記(四)』三弥井書店・巻二一の補注一)。

(22)「異界・異人――「こぶとり」に見る怪異――」(『経世の信仰・呪術』竹林舎・二〇一二年)。
(23) 註(2)同書「第八章　補論「あそび心」と今様」。
(24)「第三章　神話復活の時代」(『頼朝の精神史』講談社・一九九八年)。同書の「第三章」の「微妙な食い違い――神話化の形」の節では、景時への過剰なまでの寵用に対する不可解さがくわわり、神仏の関与する「神話」が生まれたといい、次の「武者の命拾い」の節では『平家物語』には神仏の不思議な加護の類話には事欠かないとして、つづく「木の洞」・「イニシエーション」の各節では「洞に隠れ潜んだ」ことに「母の胎内を寓意的に表現」し、「一旦死んでしまい、新たな人間に生まれかわる」、そうしたなかで敗残者の頼朝・八幡大菩薩・聖なる隠れ場の木の洞・神の介助者としての景時を登場させる要因と論じた。これは別所の西山に慈円圏が組織されていることに配意したとき看過できない指摘であろう。
(25) 景山春樹『比叡山寺』(同朋舎・一九七八年)一一〇ページ。
(26) 註(2)同書。
(27) 瀬田勝哉「山林の開発と山岳寺院」(『木の語る中世』朝日新聞社・二〇〇〇年)。
(28) 佐伯真一「源頼朝と軍記・説話・物語」(『説話論集　第二集』清文堂・一九九二年)。
(29) 櫻井陽子『『平家物語』本文考』(汲古書院・二〇一三年)。

〔引用資料の典拠〕

『愚管抄』は『日本古典文学大系』(岩波書店)、『玉葉』は高橋貞一著『訓読玉葉』(高科書店)、『吾妻鏡』は『全釈吾妻鏡』(新人物往来社)、延慶本『平家物語』は『校訂延慶本平家物語』(汲古書院)、長門本『平家物語』は『平家物語　長門本延慶本　対照本文』(勉誠出版)、『兵範記』・『山槐記』は『増補史料大成』(臨川書店)、『梁塵秘抄』は『新日本古典文学全集』(小学館)。

第五章　甲斐武田氏の対足利氏観

谷口雄太

はじめに

日本中世史研究は、これまで、列島の分権性・多様性に焦点を当てて、豊かな成果を挙げてきた。だが、近年は、それらを踏まえた上で、日本の集権性・統合性に関心が移ってきている[1]。かくして、現在は、多様な社会を統合する契機として、天皇・将軍の存在がクローズアップされている。筆者は、このうち、中世後期の将軍＝足利氏に注目して、足利氏の持つ求心力の解明に挑んできた。なぜ、戦国期、事実上無力化したにもかかわらず、足利氏は大名たちの頂点として君臨し続けられたのだろうか。

かかる問題に対しては、昨今、「共通利益」という角度からの説明が試みられている。提唱者の山田康弘は、足利氏は有能な人材や全国的人脈を把握し、貿易の独占権なども保持していたため、そうした実利性を求めて大名は足利氏を支えたとする[2]。この足利氏・大名双方の「共通利益」からの説明は十分認められ、現在一つの有力な見解となっている。

しかし、秩序の安寧を「共通利益」だけで説明しうるのか。国際関係論の細谷雄一は、秩序の安定には諸国の間で「共通利益」と「共通価値」の二つが認識されていること、すなわち、価値観の共有が必要だと述べている[3]。だとすれば、足利氏を頂点とする秩序が維持されたのも、武家間に価値観の共有があったからとの説明が可能ではないか。

こうした展望のもと、筆者はこれまで複数の論文執筆・学会報告を行って、中世後期（南北朝・室町・戦国）の武家社会の中に、足利氏を頂点とし、足利一門を上位とする儀礼的・血統的な秩序意識・序列認識が広く見られたことを、複数の大名の自他認識の分析の中から解明してきた。確かに、武家の間に価値観の共有はあったのだ。足利氏・大名相互の「共通利益」に加えて、中世武家間の「共通価値」の存在もまた、戦国期、事実上無力化した足利氏の存立を支えていたといえよう[4]。

とはいえ、筆者はまだ全ての武家の自他認識の分析を終えられたわけではない。筆者の見通しをより確かなものとするためには、さらに多くの大名の自他認識を探っていく必要があるであろう。

そこで、本稿では、ある一つの武家に絞って検討を加えてみたい。本稿で取り上げる武家は、武田氏（甲斐武田氏）である。

武田氏は、周知の通り、源義光（新羅三郎）の流れである（図5-1参照）。義光は源義家（八幡太郎）の弟で、兄・義家の流れが足利氏をはじめとする一族となり、弟・義光の流れが武田氏をはじめとする一族となった。それゆえ、足利氏とその一門（義家の子である源義国流）からすれば、武田氏とその一門は外様である。

筆者は、これまで、有力な外様では、土岐・佐々木・赤松・織田・松平・小山・結城・北条・大友・

島津氏などを扱って、彼らの自他認識の分析の中から、足利氏を頂点とし、足利一門を上位とする儀礼的・血統的な秩序意識・序列認識（対足利氏・足利一門観）が、諸氏に広く見られることを明らかにしてきた。

これと同様の結果を、武田氏の自他認識の分析の中からも得られるかどうか、本稿は、以下、この問題の解明を中心に検討していくものである。

図5−1　『尊卑分脈』をもとに作成

源頼義┬義家（八幡太郎）…足利氏
　　　├義綱（賀茂次郎）
　　　└義光（新羅三郎）…武田氏

一　武田氏研究の現状から

まずは、先行研究から確認する。

武田氏（甲斐武田氏）といえば、周知の通り、膨大な研究史を誇る。だが、それらは戦国大名としての領域支配などに関する追究がほとんどで、自他認識・対足利観などに関する検討はまだ少ない。事実、近年、西川広平は、従来の武田氏をはじめとする甲斐源氏の研究を総括して、「由緒や系図を対象とした研究」は「まだ諸についたばかり」と結論している(5)。

そうした中で、この問題について注目すべき見解を示しているのが、平山優である。平山は、武田氏の自己認識・対足利氏観について、以下のように述べている(6)。

①〔武田〕信玄には、祖新羅義光を起点とする甲斐源氏であることへの強烈な自意識が存在する。

②それは、新羅三郎義光が、兄八幡太郎義家を助けて、東北の兵乱を勝ち抜いた故事にならい、その直系の子孫である信玄が、義光の兄義家の子孫室町将軍足利氏を援助するという自己意識を持ち、その実現に向けて京都を志向するという、武田氏の行動の正当性を根拠にしようとしたためではなかろうか。

③信玄は、室町幕府体制に連なろうとする自己認識を保持していた最後の段階における、最も有力な戦国大名の一人であ〔った〕。

つまり、平山は、①武田氏（信玄）には源義光の末裔という自己認識があり、②それは、弟・義光が兄・義家を助けたという故事にならってそれぞれの後裔である武田氏が足利氏を助けるという「現実」に根拠を与えるものであり、③かくして、武田氏は足利氏を頂点とする秩序・体制を護持する意識・認識を持っていた、と結論付けるのである。

この平山の指摘は、本稿にとってきわめて示唆的であり、すこぶる重要である。ただ、一般書という性格からか（或いは紙幅の都合からか）、平山はこれ以上の言及（例えば、根拠の提示など）は行っていない。

そこで、以下では平山のこの指摘をより確かなものとすべく（むろん、平山にとっては十分承知のことばかりであろうと思われるのだが）、まずは次節（第二節）で関係史料を明示して武田氏の自他認識を探っていく。そしてその上で次々節（第三節）にて甲斐武田氏の対足利氏観を明らかにしていくこととしたい。

二　武田氏の自他認識

はじめに、武田氏の自己認識（平山の指摘①）から確認していきたい。

例えば、武田信玄は、自らのことを「当家先祖新羅三郎義光已来、園城寺江由緒之事」[7]と記している。ここからは、源義光末裔としての意識が明瞭に見て取れる。

また、信玄は「当家守護之重代」で「智証大師御筆」（円珍御筆）という「霊像」「無動明王像」（不動明王像）のことを「於㆓三井寺新羅宝前㆒義光御元服、因㆑茲号㆓新羅三郎㆒、時別当為㆓鎮護国家㆒此本尊被㆑進㆓上義光㆒、従㆑其以来代々仰信異㆓于他㆒」と語ったという[8]。義光に進上された不動明王像が武田氏代々から崇敬の対象となったといい、義光の位置付けがよく分かる。

さらに、信玄の父・武田信虎（大泉寺殿泰雲存康菴主）の没後に描かれたその画像賛には、信虎が「新羅三郎後裔」「八幡太郎之弟有㆓義光公㆒、々雲孫瓜瓞綿々至㆓菴主㆒」と書かれてある[9]。また、同様に信玄の母・長禅寺殿の没後に描かれたその画像銘には、信玄の弟・武田信廉が「新羅後裔信廉」と書かれている[10]。これらはいずれも関係者の意が汲まれたものと見てよいであろう。

これらから、武田氏が自らのことを源義光の末裔であると認識していたことが分かる。それゆえ、平山の指摘①（信玄には義光末裔との自己認識がある）は妥当であることが判明する。なお、この点、平山も指摘するように、武田氏の「御旗・楯無」（旗・鎧）に対する意識もまた重要であると思われる[11]。

次いで、武田氏への他者認識のほうも確認してみたい。

例えば、鎌倉期に作成された『文机談』[12]には、武田氏が「源義光」「これも清和の後胤、いまの武田・小笠原、この先祖とぞみえ侍る」と記されてある。同様に、戦国期にまとめられた『見聞諸家紋』[13]にも、同氏が「頼義男新羅三郎義光之末孫」「義光末裔」と記されている。

これらから、武田氏が外部から源義光の後裔であると認識されていたことが分かる。

以上、武田氏が自他ともに源義光の苗裔と見做されていた事実を確認した。

三　武田氏の対足利氏観

右の検討を踏まえて、次に、武田氏の対足利氏観（平山の指摘②・③）について確認していきたい。

ここで注目されるのが、武田信玄が死去したときの法語・「天正玄公仏事法語」[14]である。本史料は甲斐恵林寺（信玄菩提寺）住持・快川紹喜の手になるものであり、その中身は武田氏の意が十分に反映されたものであると考えてよい。大変重要だが、かなりの長文のため、以下、関係部分を適宜抜粋しながら見ていくことにしよう。

なお、本法語の一部は若狭守護・武田国信の二十五年忌仏事法語[15]からの引用であり、多くの故事や逸話などを含んでいるが[16]、管見の限り、まだ深くは検討されていないようであるから、以下、かかる説話と歴史的事実との関係についても具体的に追究していくこととしたい。

（一）足利氏と武田氏

まず、武田氏については以下のように記されている。

清和皇帝第六世頼義公生二三子一、伯曰二八幡太郎義家一、今相公為二其孫謀一、仲曰二賀茂次郎一、近代不レ聞下其為二後裔一者上、季曰二新羅三郎義光一、是乃武田氏所二権輿一也、

すなわち、源頼義には三人の子があり、一人目が源義家で、現在の足利氏がその子孫にあたり、二人目は源義綱だが、最近はその後胤の存在を聞かず、三人目が源義光で、彼こそが武田氏のはじまりである、ということである。

（二）源義家と源義光

次に、源義家と源義光の関係が以下のように記されている。

天喜中、有二兇徒安倍貞任者一、割二拠山東一、久忤二朝命一、於レ是義光公、与二阿兄八幡太郎一戮力、往而討レ之、城堅兵強、箭鋒相拄、不レ屈者前後十余年矣、雖二楚漢七十二戦一莫レ大レ焉、一朝天意助レ順、遂滅二其三族一、

すなわち、平安期、安倍貞任は東国に勢力をはり、朝廷からの命令に逆らっていた。そこで、弟・源義光は兄・源義家と合力して安倍氏の討伐に向かった。しかし、安倍氏の城は堅固にして兵も屈強であったため、十年ほど勝負はつかなかった。古代中国（秦滅亡後）の楚漢戦争（項羽と劉邦の戦い）といえどもこれには及ばない。けれどもその後、天が正しいほうを助けたため、安倍一族は滅びた、ということである。

右は「前九年合戦」における義家・義光兄弟の協力関係を示しており、「天正玄公仏事法語」と同時代の史料である「見桃録」[17]も、かかる故事を「如二魯兄衛弟一、無レ鬩レ牆」、つまり、魯・衛の政（「論語」）と同じように兄弟同士で相争うようなことはなかった、と「美談」（兄弟愛）としてまとめている。けれども、実際には義光の参陣はいうまでもなく（前九年合戦ではなく）「後三年合戦」であり、加えてその参戦理由も「義光は、戦争を利用して東国への勢力扶植を企図した」[18]とも、「義家の東国進出に対する牽制」[19]ともいわれるなど様々である。いずれにしても、総じて「義光の行動を麗しい兄弟愛の発露などとみること」は「困難である」[20]と整理・結論されており、事実、義家（兄）と源義綱（弟）の抗争、源義国（義家の子。甥）と義光（叔父）の対立など[21]、当該期の義家・義光周辺は、むしろ兄弟が牆に鬩いでいたのであるから、およそ「美談」などからはほど遠いというのが実態といえる。

その上、そもそも義光についても中世の段階から「兄弟愛に厚い温和な好人物」像と「猜疑心にも富み自己の勢力伸長の為には手段を選ばなかった果断な武人」像との二つが語られており[22]、義光像（イメージ）も決して一枚岩ではなかった。

しかし、かかる事実関係や複数のイメージが同居するなかで、「天正玄公仏事法語」（や「見桃録」）は、義家・義光兄弟の協力関係（という側面）を強調・提示したのであり、かかる記述が以後の足利・武田両者の関係を語る上での前提となっていくのである。

（三）足利尊氏と武田信武

その後、「義光公第四世孫、曰二信光一」（武田信光）による「南都東大教寺盧舎那殿」の「修造」や「多聞天王像」の「彫刻」などといった鎌倉期の話が続いた後、南北朝期の話が以下のように記される。

信光公第六世孫信武、在二尊氏将軍幕下一、建武初、洛中逆虜蜂起、公隔二淀河一道水一、布二陣於城南男山一、不二是淮陰侯嚢沙背水英略也一哉、数戦兵尽、纔従二七騎一、常得二勝利一、時謂二之七騎武者一也、将軍且退、息二兵於関西筑之前州一、公亦去在二芸州一、居レ之亡何、将軍再起二義兵一入洛、公将二三軍一発二芸州一、亦応レ焉、悉平二残寇一、四海帰レ一、信武公者、清浄心院是也、継統院殿雪窓公之慈父也、自三義光公討二貞任一至二信武公一、代々於二将軍家一有二大功一者、無レ有レ過二当家一矣、

すなわち、南北朝期、武田信武は足利尊氏の配下にあって、建武の初めに敵が京都で蜂起したとき、淀川を隔てて男山（石清水八幡宮）に布陣した。これは韓信（淮陰侯。劉邦の将）による「背水の陣」ではないか。何度も戦って兵は尽き、僅か七騎となったものの、常に勝利を得た。ときにこれを「七騎武

者」という。尊氏はいったん京都から退いて、筑前で兵を休ませた。信武もまたしばらく安芸にあった。尊氏が再び九州から上洛すると、信武もまた大軍を率いて安芸から出陣し、尊氏に呼応した。かくしてことごとく敵は倒れ、国内は統一された。信武とは清浄心院のことで、甲斐守護・武田信成（継統院殿雪窓公）の父である。源義光が安倍貞任を討ってから信武にいたるまで、代々、将軍家（足利氏）に対する功績において、武田氏を超える家はない、ということである。

右は南北朝期における武田氏の足利氏への忠節を示しており、実際、信武が建武三年（一三三六）正月から翌二月まで男山（八幡山・八幡城）を防衛していたことは、同時代の史料から確認される[24]。但し、このとき、信武が本当に「背水の陣」を敷いていたかどうかは定かではない。

また、「七騎武者」云々の話は、例えば、『梅松論』[25]の尊氏の九州落ち（建武三年二月）の場面において、「治承ノ昔、頼朝起兵ノ始、（中略）主従七人、安房・上総ヲ心サシテ渡海、（中略）東八ケ国残ラス従テ御本意ヲ達セラル」或いは「頼義・々家、奥州征罰ノ時モ七騎ニナリ給事アリシ也、始ノ負軍ハ当家ノ佳例也ト中輩多カリケリ」などと書かれているような、源氏（源頼義・源義家・源頼朝ら）ゆかりの七騎武者の話がベースとなっているものと考えられ、今回（建武三年二月、男山敗戦時）の信武の動き（実態）と直接関係するかも不分明である。

その他、尊氏の在九州〜上洛時（建武三年二月〜六月）に、信武が本当に安芸に在国していたかどうかについてもなお議論の余地があるとされているなど[26]、詰めていくべき課題は数多い。

しかし、「天正玄公仏事法語」が最も主張したかったことは、おそらく事実というよりは、むしろ

「源義光が安倍貞任を討ってから信武にいたるまで、代々、将軍家（足利氏）に対する功績において、武田氏を超える家はない」という部分であって、信武の活躍が尊氏の天下につながったというストーリーであったと思われる。

図5−2

源頼義┬（兄）源義家─足利尊氏─足利義昭
　　　└（弟）源義光─武田信武─武田信玄

そして、それは義光が義家を助けたという「過去」の話（二）をうけてのものであると同時に、まさに次に見るように、武田氏（武田信玄や武田勝頼）が足利氏（足利義昭）を助けるという「現在」の話（四）にまで一挙につながっていくものである（図5−2参照）。それゆえ、平山の指摘②（武田氏の義光末裔意識は弟・義光が兄・義家を助けたという故事にならってそれぞれの後裔である武田氏が足利氏を助けるという「現実」に根拠を与えるものである）は妥当であると考える。

（四）足利義昭と武田信玄

かくして、「自㆓信武公㆒至㆓恵林寺殿機山玄公大居士㆒十代、至㆓当府君勝頼公㆒十一代、々々猶昌」と、戦国期の現在（武田勝頼）にいたるまで繁栄を極め続ける武田氏の来歴が宣揚されるのである。なお、武田信玄が足利義昭からの要請を受けて上洛を宣言したことは周知の通りで[27]、武田氏の足利氏に対する「大功」は、この時点でも確認できる。

この点、勝頼についてはなお検討を要するとされているものの[28]、信玄については対京都の他、対関東においても足利氏（関東足利藤政）を奉じて北条氏・上杉氏との戦いに臨んでいる以上[29]、信玄が足利氏を頂点とする儀礼的・血統的な秩序意識・序列認識を抱いていたことは確実である。それゆえ、平山の指摘③（武田氏は足利氏を頂点とする秩序・体制を護持する意識・認識を持っていた）は妥当であると考える。

なお、右に関しては、中世の成立と考えられている武田氏系図[30]の中に、武田氏に加えて、足利氏（京都将軍家・関東公方家）の系譜までもがきちんと書き込まれている事実も注目される。武田氏にとっての足利氏の重要性・必要性のほどが看取されるからである[31]。

以上、武田信玄が死去したときの法語である「天正玄公仏事法語」の分析を通して、武田氏の対足利氏観を検討してきた。結果、平山の指摘の妥当性を、史料的に確認する作業を行った上で、戦国期、武田氏もまた、他氏と同様に、足利氏を頂点とする儀礼的・血統的な秩序意識・序列認識（対足利氏観）を共有していた事実を明らかにした。

おわりに――織田信長と穴山梅雪

以上のように、本稿では「なぜ、戦国期、事実上無力化したにもかかわらず、足利氏は大名たちの頂点として君臨し続けられたのか」との問いに対して、「足利氏・大名相互（中世武家間）の共通価値（足利氏を頂点とする儀礼的・血統的な秩序意識・序列認識）の存在（価値観の共有）によって、戦国期において事実上無力化してもなお、足利氏の権威は認められていたから」との答えを示し、甲斐武田氏の意識・

認識もまたその例外ではなかったことを述べた。

天正十年（一五八二）、武田氏（勝頼）は滅亡した。だが、その際、本稿との関係の中で、とりわけ注目されるのは、穴山氏（甲斐穴山氏・穴山武田氏）の意向、及び、動向であろう。以下、穴山氏の動きを確認しながら擱筆していきたい。

穴山氏は、武田一族（御一門衆）の筆頭、すなわち、当該期、武田氏（本宗家）に次ぐような家格を占めた有力者にして、「武田」名字の使用が許されるほどの実力者でもあり、ときの当主・穴山梅雪（信君）は、滅亡した本宗家にかわって武田氏の再興を目指したといわれている(32)。

事実、穴山氏は、永禄十年（一五六七）、「義家・義光、智名勇功、伝二喧華夷一、的々相承而至二今之豆州太守一(33)」と、源義光から梅雪（今之豆州太守）にいたるまでの流れを正統（的々相承）としているが、そのことについては「宗家武田家が全盛を極めている永禄十年の時点で、この武田家を憚らないような文章表現は、穴山信君のある意志を反映してなされたもので」、それは、つまり、「万一宗家に事ある時は、穴山氏が甲斐源氏の社稷を承け、宗祀を嗣ぐの自信を持っていた」ことのあらわれである、とも評されているものである(34)。

このような自己認識を持つ穴山氏が、武田氏の滅亡後に、自ら名乗りを上げるのは、むしろ当然のことであって、実際、同氏は、天正十年、「武田中興、吾門大檀、他時異日、承二将軍之命一、称二吾邦府君一者、蹻足俟レ之而已(35)」と主張している。つまり、穴山氏は、「将軍」の命をうけて、（勝頼にかわって）武田氏を中興し、甲斐の太守となることを期待していたのである。

この「将軍」であるが、彼は足利義昭の可能性もあるが、やはり織田信長と見るのが妥当だろう。梅雪が頼ったのは（義昭ではなく）信長であるし、当時、信長が「将軍」とあることは、例えば、天正十年の奥書を持つ大村由己『惟任退治記』[36]にも見えている。さらに、同年のいわゆる「三職推任（問題）」でも信長が正式に将軍に補される可能性が示されていた[37]。以上の諸点から考えるに、この「将軍」とは、信長のことと見てよかろう[38]。

とすると、このとき、源義光末裔（穴山氏）が忠誠を誓うべき相手は、もはや源義家後裔（足利氏）などではなく、他氏（織田氏）であった、ということになるであろう。武田氏の滅亡後、梅雪の段階では、既に足利氏を頂点とする秩序・体制を護持する意識・認識は相対化されていたものと思しい[39]。いずれにしても、勝頼を滅ぼした信長が本能寺の変で斃されると、梅雪もその後すぐに死んでしまい、結局穴山氏の夢が叶うことは終になかったのである。

（1）桜井英治「中世史への招待」『岩波講座日本歴史』六中世一、岩波書店、二〇一三年、三頁～一八頁などを参照。
（2）山田康弘『戦国時代の足利将軍』吉川弘文館、二〇一一年、四二頁～一二一頁などを参照。
（3）細谷雄一『国際秩序』中央公論新社、二〇一二年、二四頁～二七頁などを参照。
（4）谷口雄太「足利時代における血統秩序と貴種権威」『歴史学研究』九六三、二〇一七年などを参照。
（5）西川広平「序—甲斐源氏研究の現在—」同編『甲斐源氏』戎光祥出版、二〇一五年、六頁。

(6)平山優『武田信玄』吉川弘文館、二〇〇六年、二〇七頁～二二一頁。括弧内引用者。
(7)武田信玄条目「真如苑所蔵文書」『戦国遺文』武田氏編、一九二一号。以下、『戦武』〇号と表記。
(8)法善寺不動明王画像銘「法善寺旧蔵」『戦武』一五三八号。
(9)「大泉寺所蔵」『戦武』二二九〇号。
(10)「長禅寺所蔵」『戦武』三七四号。
(11)平山前掲書『武田信玄』二一三頁～二一四頁。
(12)岩佐美代子『文机談全注釈』笠間書院、二〇〇七年、八五頁。
(13)『群書類従』二三、四一一頁。
(14)「恵林寺所蔵」『山梨県史』資料編六中世三上県内記録、二五七頁～二九三頁。
(15)『大日本史料』延徳二年六月二十一日条。
(16)山家浩樹「仏事法語にみる引用二題」『山梨県史のしおり』資料編六中世三上県内記録所収、二〇〇一年、四頁～六頁。
(17)武田信玄母の十七年忌仏事法語。「恵林寺所蔵」『山梨県史』資料編六中世三上県内記録、二九四頁～三〇五頁。
(18)元木泰雄『河内源氏』中央公論新社、二〇一一年、八三頁。
(19)小野真嗣「後三年合戦と源義光」『駿台史学』一四六、二〇一二年、一頁。
(20)元木前掲書、八三頁。
(21)元木前掲書、八五頁～一〇四頁。
(22)庄司浩「新羅三郎源義光」『古代文化』二八―八、一九七六年、二八頁。
(23)『太平記』の諸本―西源院本・神宮徴古館本他―によれば、その後「降人」になったともある。
(24)『大日本史料』建武三年正月十九日条・同年二月七日条。
(25)寛正本、現代思潮社、一九七五年、二八五頁。傍線引用者。

(26)漆原徹「篠村軍議と室津軍議」同『中世軍忠状とその世界』吉川弘文館、一九九八年、初出一九九〇年、二六〇頁～二七五頁、堀川康史「北陸道「両大将」と守護・国人」『歴史学研究』九一四、二〇一四年、二九頁などを参照。

(27)近年の理解は柴裕之「足利義昭政権と武田信玄」『日本歴史』八一七、二〇一六年、一頁～一七頁などを参照。

(28)丸島和洋『武田勝頼』平凡社、二〇一七年、一六頁～一八頁。

(29)武田信玄書状写「太田家文書」『戦武』一四二二号。

(30)例えば、「円光院武田系図」・「成就院武田系図」『山梨県史』資料編六中世三上県内記録、五一六頁～五二五頁。

(31)清水敏之氏御教示。

(32)秋山敬「穴山氏の武田親族意識」同『甲斐武田氏と国人』高志書院、二〇〇三年、初出一九八八年、一七五頁～二一九頁、平山優『穴山武田氏』戎光祥出版、二〇一一年、初出一九九九年、二二九頁～二三五頁などを参照。

(33)穴山信友画像賛銘「円蔵院所蔵」『戦武』一〇九七号。

(34)佐藤八郎「南部町円蔵院所蔵穴山信友画像の賛について」同『武田信玄とその周辺』新人物往来社、一九七九年、初出一九六七年、二〇一頁。

(35)南松院殿十七年忌香語「南松院所蔵」『山梨県史』資料編六中世三上県内記録、一〇二六頁～一〇二八頁。『続群書類従』二〇下、二四〇頁～二四九頁。柴裕之氏御教示。

(36)『続群書類従』二〇下、二四〇頁～二四九頁。柴裕之氏御教示。

(37)堀新「『平家物語』と織田信長」同『織豊期王権論』校倉書房、二〇一一年、初出二〇〇二年、二六九頁～二九〇頁などを参照。

(38)例えば、平山前掲書『穴山武田氏』二三三頁も「将軍」を信長としている。

(39)かかる意識・認識が十六世紀後半に全国的なレベルで絶対性を失っていったことは前掲拙稿「足利時代に

おける血統秩序と貴種権威」などを参照。

【付記】本稿執筆に際しては、柴裕之・清水敏之・平山優の各氏、及び、国際日本文化研究センター共同研究「説話文学と歴史史料の間に」の諸氏から多くの御教示を賜った。深く感謝申し上げる次第である。

第六章　転生する『太平記』
――吉村明道編『近世太平記』を中心に

樋口大祐

はじめに――『近世太平記』以前

本論は、幕末維新の政治史を叙述したテクスト『近世太平記』の分析を通して、一四世紀成立の歴史叙述である『太平記』が別の歴史的文脈においてどのような転生を遂げたかという問題を追及するものである。

『太平記』は後世、その影響を受けた膨大な作品群を派生させている。つとに研究者たちは、テクストに内在する複数の位相について様々な位置づけを試みてきた。黒田俊雄[1]は「教訓的」／「叛逆的」／「てんやわんや」という言葉で表される三種の異なる世界感覚を『太平記』に見出した。大森北義[2]はその歴史叙述の方法を「序の方法」／「不思議の方法」として定義づけようとし、兵藤裕己[3]は「武臣」vs.「あやしき民」の対立を統合する天皇に向かうエートスと、そのエートスを失効させる「浮遊する言葉」という異なる位相を見出している。また、大津雄一[4]は『太平記』の基本的骨格を「王権の反逆者の物語」＝「王権の絶対性の物語」と規定した上で、物語を解体する断片的な記述に意義を見出そうとしている。それら相矛盾する複数の要素を併せ持っていることが、後世への多角的な影響を可能ならしめたものと思われる。

例えば一五世紀後半の応仁の乱を扱った『応仁記』は、その未来記的な体裁、天狗流星記事等の存在、落首、「展望のきかない時代」としての時代認識等の点で『太平記』を強く意識したテクストであることが明らかである。(5) その後一六世紀前半の畿内の状況を叙述した『細川両家記』になると、書き継ぎによる〈終わり〉の先送り、記述の中心軸となるべき権力枠組みが不断にずれていく傾向（足利将軍家→細川京兆家→阿波三好一族）、堺や尼崎等の都市を基盤とする眼差しの在り方等、枠組みとしての「日本」を維持していた『太平記』からはかなり遠い地点まで来ており、そこに一六世紀—戦国時代という時代の、前時代との決定的な断層を見出すことは不可能ではない。(6)

とはいえ、その後の織豊政権による天下統一は『太平記』への関心を呼び起こし、五十川了庵による慶長古活字本の版行（流布本）やキリシタン版『太平記抜書』の成立を見ており、『太平記』がこの時代、影響力のあるテクストとして認知されていたことがわかる。(7) その後「徳川の平和」の下で、『太平記』の影響はさらに顕著になる。まず、正保二年（一六四五）頃成立の『太平記評判理尽鈔』は『太平記』に対する「評」「伝」からなり、政道・兵法を論じ、『太平記』本文に見えない楠正成等に関する異伝を豊富に収載、後の講釈の種本となり、林家編纂の『本朝通鑑』においても受容されている。(8) 一七世紀後半から享保七年（一七二二）の八代将軍徳川吉宗による出版取締令までの時期には、『北条九代記』『後太平記』『西国太平記』『前太平記』『前々太平記』『陰徳太平記』等、『太平記』前後の時代を記述する長編歴史叙述が陸続と編纂され、刊行された。[9]一七世紀後半以降には、他にも『魚太平記』『獣太平記』『貧人太平記』等のパロディ的な仮名草子が成立している。[10]ちなみに時代は下るが、江戸後期の草双紙の『太平記』物にも、大塔宮護良親王ならぬ「放蕩宮無理押し親王」の冒険を描く『太平記万八講釈』（天明四年〈一七八四〉）等、同様の傾向を有したテクスト群の成立が認められる。[11]

『太平記』の影響はもちろん浄瑠璃や実録写本においても顕著であり、江戸時代の諸事件を物語化する際の叙述の枠組みを構成している。『碁盤太平記』（近松門左衛門）や『仮名手本忠臣蔵』（竹田出雲等）では、『太平記』巻二一「塩谷判官讒死事」を踏まえた、無実の罪と権力に対する復讐のモチーフが表現されており、『太平記』は一つの「世界」となっている。[12]また、慶安四年（一六五一）の由比正雪の乱に取材した『慶安太平記』ものの実録は『碁太平記白石噺』等で演劇化を遂げる。[13]山本卓[14]は都の錦自筆片仮名本『内侍所』（正徳四年〈一七一四〉）を赤穂義士小説の主流の基礎をなすものと位置付け、太平記講釈を触媒としての、表現・論理・人物像・箇条列挙の叙法・作品構造・テーマ（復讐譚）等の摂取を読み取っている。御家騒動物の実録も多く、柳沢騒動に取材した『護国女太平記』等が著名である。[15]

また、一揆に取材した実録も存在する。田中則雄[16]は鳥取藩元文一揆に取材した『因伯民乱太平記』について「作者は事件周辺にあった人々と見聞を共有する中で、この一揆全体を貫くものは何であったかを考えた、その時見えてきたのが、次第に高まっていき、大目付らとの対峙において極限に達した一団の精神の在りようであったのではないか」と論じている。一揆物の主人公は武士ではないが、黒田氏の所謂「叛逆的」なモチーフにおいて『太平記』の影響を受けているということができよう。

さらに、近世後期の読本への影響も甚大である。つとに享保四年（一七一九）岡島冠山が『水滸伝』を意識した、『太平記』の白話訳『太平記演義』を完成しているが、[17]山本卓[18]は後期上方読本の『絵本忠臣蔵』（寛政十二年〈一八〇〇〉）について、『太平記』の世界を借りて赤穂事件を〈歴史〉化したものであり、「公儀を憚り密やかにアンダーグラウンドに享受されていたものを、公に流布・享受可能な正規の〈ヨミモノ〉」に転換したと評価している。さらに、『太平記』を活用した巨匠に曲亭馬琴がいる。後藤丹治[19]は『南総里見八犬伝』を含む馬琴のテクスト全般にわたる『太平記』の影響について言及しているが、特に『松染情史秋七草』（文化六年〈一八〇九〉）および『開巻驚奇俠客伝』（天保三年〈一八三二〉～）が注意すべきであろう。前者は〈お染・久松〉の情話を南朝の楠・和田両家の子女が離散の後再会して家名を守り継ぐ物語に加工したものであり、〈巷談〉＋〈史伝〉という形式をとっている。[20]後者は後南朝の子孫の男女が最後に邂逅する続き物（未完）であり、『読史余論』と中国白話小説の影響、中国由来の「俠」と「南朝」の連結等が指摘されている。[21]さらにこの時期には楠正成を主人公とする楠公物の集大成として『絵本楠公記』（寛政一二～文化六年〈一八〇〇～一八〇九〉）が成立しており、明治三〇年代頃まで流行した。[22]権力とその手先の横暴と闘う主人公達という構造は読者の感情移入を誘う。一九世紀半ば以前の知識人がこれら軍書・浄瑠璃・実録・読本に至る広範な『太平記』物の影響のもとで知的形成を遂げたことの意義は想像を絶するものがあったと思われる。

以上、近世文学における『太平記』の影響について概観してきたが、ここには教訓・知の権力（軍書）／叛逆・復讐的情念（実録・読本？）／パロディ的遊戯（草双紙）の三つの位相が共存していたということが言えよう。しかしこれらの一見華やかな状況の前提に、江戸幕藩体制の現実があったことはいくら強調しても強調しすぎることはない。近世の『太平記』物が、基本的に平和な時代においてオルタナティヴな現実を志向する想像力の賜物であった点が、実際に動乱に明け暮れた南北朝時代を記述した『太平記』そのものとの最大の差異であった。その意味で、幕末維新期は、日本列島に数百年振りに訪れた転形期だったのである。

一　『近世太平記』の構成と『太平記』との比較

幕末維新期の代表的な物語的歴史叙述には、以下のテクストがある。著作権の概念が未確立の当時、後続テクストは多少とも先行テクストの本文を流用する形で成書されている場合が多い。

○馬場文英『元治夢物語』　黒船来航（一八五三年）から禁門の変（一八六四年）まで
○山口謙編『近世史略』　黒船来航から函館戦争（一八六九年）まで
○松村春輔編『復古夢物語』　黒船来航から鳥羽伏見戦争（一八六八年）まで
○吉村明道編『近世太平記』　黒船来航から西南戦争（一八七七年）まで
○條野有人・染崎延房編『近世紀聞』　黒船来航から実質函館戦争（一八六九年）まで[23]
○村井静馬編『明治太平記』　大政奉還（一八六七年）から西南戦争まで

本論ではこれらの中、書名に『太平記』を含む『近世太平記』について分析する。『近世太平記』は全十二冊（初〜四篇それぞれが上中下の三分冊に分かれている）、吉村明道編輯、初篇は明治六年十月官許、明治七年十月発兌、明治八年十二月版権免許、片野氏蔵板として刊行されている。(24)

まず、初篇の構成について、長くなるが、以下全目次を引用する。

巻之上

外国人渡来の事／井伊中将関東に威を振ふ事／水戸浪士等井伊中将を害する事／蓮田市五郎が懐中せし桜田始末の事／蓮田市五郎遺書の事／吉田寅二郎斬首に遭ふ事／吉田寅二郎遺書の事／堀織部安藤侍従に書を遺る事／安藤侍従刺客に遭ふ事／薩州人英人を斬り遂に戦争に及ぶ事／藤田小四郎等筑波山に楯籠る事／藤田小四郎幕府の兵と干戈を交る事／藤田小四郎等二本松の兵と戦ふ事／武田伊賀等市川三左衛門等と争ふ事／武田伊賀等加州藩に降り斬首に遭ふ事

巻之中

長藩士洛中を退き三条家以下西に奔る事／長藩士洛中に乱を作す事／藤本伊之助等和州に兵を起す事／尾張大納言長州追討の命を被る事／薩藩長藩と和解の事／尾張大納言将軍家茂を諌る事／長州奇兵隊の事／幕府の兵長州と戦争の事／長兵幕軍に勝て漸く東に進む事

／松平伯耆宍戸備後が禁錮を解く事／将軍家茂薨じ西州の軍事平ぐ事
／徳川慶喜宗家に入る事／将軍徳川慶喜政権返上の事／徳川慶喜二条より大坂に退く事
／伏見戦争の事／朝廷徳川家を処置したまふ事／彰義隊を追討せしめたまふ事
／庄内浪士東国の諸城を侵す事／徳川家の臣属等兵端を開く事
／徳川家の臣属東国に栖籠る事／徳川家脱走の徒退散する事

巻之下
会津御追討の事／白川口責入の事／仙台藩以下叛き官軍危難の事
／官軍若松城下へ進入の事／会津降伏の事／榎本鎌次郎初脱走の事
／榎本鎌次郎函館にて戦端を開く事／函館御追討の事／王室隆盛の事

以上の如く、初篇は嘉永六年（一八五三）の黒船来航に始まり、万延元年（一八六〇）の桜田門外の変、翌年の坂下門外の変、文久三年（一八六三）以降の天狗党の乱、文久三年八月政変、天誅組の乱、禁門の変等を叙述し、慶応元年（一八六五）～翌年の長州戦争を経て慶応三年（一八六七）の大政奉還・王政復古をはさみ、さらに明治元年（一八六八）の鳥羽伏見戦争、戊辰戦争、最後に明治二年（一八六九）に収束した函館戦争の終焉までを叙述しており、まさに黒船以降、明治新政府の統治が確立するまでの諸事件を一括して叙述する姿勢を示している。まさに諸事件の連続体として歴史をとらえている反面、その社会的経済的背景に対する目配りは深くない。また、現在、幕末史の画期をなす事件と見なされることの多い薩長同盟等に関する言及がなく、文久・元治年間に盛りあがった尊皇攘夷運動の頂点にあたる天狗党事件、禁門の変、天誅組事件に多くの文字を割いていることが注目される。

なお、以上の初篇に続く二編は太陽暦頒布の記事を除くと、明治初年の諸改革（廃藩置県、地租改正等）に関する記述がなく、いきなり明治六年政変以後の佐賀の乱から記述が始まる点が特徴的である。佐賀の乱終息後も、台湾出兵（台湾危機）、朝鮮（江華島）事件、神風連・秋月・萩の乱と国内外の戦争的事件に関する記述がオムニバス的に配列され、それをもって明治一〇年（一八七七）までの九年間の歴史叙述を埋め尽くしている。[25]

そして後半の三編・四編では、西南戦争の発端から熊本城攻防戦、田原坂以下の各地の激戦が叙述され、西郷軍の壊滅、戦後処理、戦死者に対する招魂祭、官軍兵士の凱旋、天皇の慰問、兵士に対する論功行賞で締めくくられている。形式上、西南戦争の終結をもって明治国家の一大盛事とし、明治の御代を官民一体で寿ぐ形で終結しているのである[26]（第四編が刊行された明治一三年〈一八八〇〉は西郷隆盛が天皇の恩赦を得る以前であった）。この意味で『近世太平記』が、明治政権を正当化する形式を具えていることは明らかである。また、国内外戦争の連続として歴史を叙述する手法の持つ射程距離についても別途考察する必要があるが、本論ではとりあえず初篇の幕末史叙述に関する分析に的を絞りたい。

次に、『太平記』（西源院本）第一部（巻一〜巻十一）の目次を以下に掲げてみる。[27]

巻一

序／後醍醐天皇武臣を亡ぼすべき御企ての事／中宮御入内の事／皇子達の御事／関東調伏の法行はるる事／俊基資朝朝臣の事／土岐十郎と多治見四郎と謀叛の事、付無礼講の事／昌黎文集談義の事／謀叛露顕の事／土岐多治見討たるる事／俊基資朝召し取られ関東下向の事／主上御告文関東に下さるる事

巻二

南都北嶺事／為明卿歌の事／両三の上人関東下向の事／俊基朝臣重ねて関東下向の事／長崎新左衛門尉異見の事／阿新殿の事／俊基朝臣を斬り奉る事／東使上洛の事／主上南都潜幸の事／尹大納言師賢主上に替はり山門登山の事／坂本合戦の事

巻三

笠置臨幸の事／笠置合戦の事／楠謀叛の事、并桜山謀叛の事／東国勢上洛の事／陶山小見山夜討の事／笠置没落の事／先帝六波羅還幸の事／赤坂軍の事、同城落つる事／桜山討死の事

巻四

万里小路大納言宣房卿の歌の事／宮々流し奉る事／先帝遷幸の事、并俊明極参内の事／和田備後三郎落書の事／呉越闘ひの事

巻五

持明院殿御即位の事／宣房卿二君に仕ふる事／中堂常燈消ゆる事

／相模入道田楽を好む事／犬の事／弁才天影向の事／大塔宮大般若の櫃に入り替はる事
／大塔宮十津川御入りの事／玉木庄司宮を討ち奉らんと欲する事
／野長瀬六郎宮御迎への事、并北野天神霊験の事

巻六

民部卿三位殿御夢の事／楠天王寺に出づる事／六波羅勢討たるる事
／宇都宮天王寺に寄する事／太子未来記の事
／大塔宮吉野御出の事、并赤松禅門令旨を賜る事／東国勢上洛の事／金剛山攻めの事
／赤坂合戦の事、并人見本間討死の事

巻七

出羽入道吉野を攻むる事／村上義光大塔宮に代はり自害の事／千剣破城軍の事
／義貞綸旨を賜る事／赤松義兵を挙ぐる事／土居得能旗を揚ぐる事／船上臨幸の事
／長年御方に参る事／船上合戦の事

巻八

摩耶軍の事／酒部瀬川合戦の事／三月十二日赤松京都に寄する事
／主上両上皇六波羅臨幸の事／同じき十二日合戦の事／禁裏仙洞御修法の事
／西岡合戦の事／山門京都に寄する事／四月三日京軍の事／田中兄弟軍の事
／有元一族討死の事／妻鹿孫三郎人飛礫の事／千種殿軍の事／谷堂炎上の事

巻九
足利殿上洛の事／久我縄手合戦の事／名越殿討死の事／足利殿大江山を打ち越ゆる事
／五月七日合戦の事／六波羅落つる事／番馬自害の事／千剣破城寄手南都に引く事
巻十
長崎次郎禅師御房を殺す事／義貞叛逆の事／天狗越後勢を催す事／小手指原軍の事
／久米川合戦の事／分倍軍の事／大田和源氏に属する事／鎌倉中合戦の事
／相模入道自害の事
巻十一
五大院右衛門並びに相模太郎の事／千種頭中将早馬を船上に進せらるる事
／書写山行幸の事／新田殿の注進到来の事／正成兵庫に参る事／還幸の御事
／筑紫合戦九州探題の事／長門探題の事／越前牛原地頭自害の事／越中守護自害の事
／金剛山の寄手ども誅せらるる事

この『太平記』第一部の構成と『近世太平記』初篇の構成を比較すると、幾つかの類似点を発見することが出来る。

まず第一に、両者とも、勤皇の志を抱いて蜂起した（あるいは蜂起を計画した）人々の挫折、敗北、死の記述から激動の叙述が始まる。『太平記』では正中の変（一三二四年）とその顛末を描いた巻一、『近世太平記』初篇巻上では安政大獄（一八五九年）を記した「井伊中将関東に威を振ふ事」「吉田寅二郎斬首に遭ふ事」「吉田寅二郎遺書の事」、桜田門外の変（一八六〇年）を記した「水戸浪士等井伊中将を害する事」「蓮田市五郎が懐中せし桜田始末の事」「蓮田市五郎遺書の事」、堀織部の自害（一八六一年）を記した「堀織部安藤侍従に書を遺る事」、坂下門外の変（一八六二年）とその顛末を記した「安藤侍従刺客に遭ふ事」辺りまでがそれに対応していると言える（『近世太平記』では吉田松陰の処刑が桜田門外の変の後に記述されており、現実の時系列の逆になっている）。

第二に、討幕勢力の二度目の挑戦とその失敗が描かれる。『太平記』で言えば元弘の変（後醍醐天皇の南都潜幸計画から笠置山行幸、楠正成との対面、笠置落城と後醍醐の隠岐流島まで）を描いた巻二～巻四がそれに該当する。他方、『近世太平記』初篇では、天狗党を描いた巻上「藤田小四郎等筑波山に楯籠る事」「藤田小四郎幕府の兵と干戈を交る事」「藤田小四郎等二本松の兵と戦ふ事」「武田伊賀等市川三左衛門等と争ふ事」「武田伊賀等加州藩に降り斬首に遭ふ事」、文久三年（一八六三）夏の孝明天皇大和行幸計画の公表から禁門の変に至る長州藩を中心とする京都での動きを描いた巻之中「長藩士洛中を退き三条家以下西に奔る事」「長藩士洛中に乱を作す事」、天誅組を描いた「藤本伊之助等和州に兵を起す事」辺りがそれに該当するであろう。ただし、ここでも文久三年（一八六三）の天誅組関連の記事が後に、元治元年（一八六四）の天狗党の記事が先に記される等、時系列は混乱している。

第三に、再起を図る宮方が勢力を盛り返し、持久戦的な膠着状態が続く状況が描かれる。『太平記』においては巻五から巻八、後醍醐が隠岐を脱出し、宮方の赤松・千種等と六波羅軍が京都近郊で合戦を繰り返すあたりまでがそれに該当する。『近世太平記』初篇では、巻之中の長州戦争辺りの記述が該当するだろう。

そして第四に、形勢が逆転し、大規模戦争を経て討幕の成功と王政復古が決定的になるまでの記述がある。『太平記』では巻九の足利高氏の登場から六波羅探題の滅亡、新田義貞の鎌倉攻めと鎌倉の炎上を経て、巻十一で各地の幕府勢力が滅ぼされる辺りまでであろう。『近世太平記』初篇では、これが巻之中「伏見戦争」のあたりから、戊辰戦争、函館戦争を経て、巻之下「王室隆盛」に至るまでの記述が対応している。

換言すると、『太平記』は鎌倉幕府滅亡に至る後醍醐天皇方の苦闘を、正中の変、元弘の変という二度の挫折を経て、持久戦・形勢逆転（六波羅合戦、鎌倉合戦等）による最終的な勝利に至るサクセス・ストーリーとして描いている。他方、『近世太平記』初篇は、そのような『太平記』を踏まえて、江戸幕府滅亡に至る尊皇勢力の苦闘を、安政大獄と禁門の変に代表される文久元治年間の挫折を経て、長州戦争を経て形勢逆転（戊辰戦争、函館戦争）による勝利に至るサクセス・ストーリーとして描いている。『近世太平記』は、幕末維新の歴史的推移を、『太平記』の物語的認識枠組を通して叙述しているのである。

二　文久三年大和行幸勅旨と『太平記』、そして「始原幻想」

このことをもう少し具体的な記述に即してみていきたい。たとえば、上述の物語的枠組みの第二段階は、『太平記』では巻二「南都北嶺行幸事」が契機となっている。以下引用する。

元徳二年二月四日、別当万里小路中納言藤房卿を召し、来月八日、東大興福両寺に行幸あるべしと、仰せ出ださる。則ち古へを尋ね、例を考へて、供奉の行粧、路次の行列を定めらる。三公九卿相随ひ、百司千官列を引く、言語道断の厳儀なり。東大寺と申すは、聖武天皇の御願、閻浮第一の盧舎那仏、興福寺は、これ大職冠、淡海公の御願、藤氏尊崇の大伽藍なり。されば、代々の聖主、御志ありと云へども、一人の御幸容易ならざるによつて、多年臨幸の儀もなかりしを、この御代に至つて、絶えたるを継ぎ、廃れたるを興して、鳳輦を廻らされしかば、衆徒歓喜の掌を合はせ、霊仏威徳の光を耀かす。されば、春日山の嵐も、今より万歳を呼ばふかと怪しまる。北の藤浪千代かけて、花を折る春の景深し。同じ木三月二十七日に、比叡山に行幸なつて、大講堂供養あり。（中略）そもそも元亨以後は、主愁へ、臣辱かしめられて、天下安からざる時に、折節こそ多かるに、今、南都北嶺の行幸、叡願何事ぞと尋ぬるに、近年、相模入道の振る舞ひ、日来に超過せり。蛮夷の輩は、武命に順ふものなれば、召せども勅定に応ずべからず。ただ山門、南都の大衆を語らひて、東夷を征罰せられんための御謀とぞ聞こえし。これによつて、大塔の二品親王は、時の貫首にておはせしかども、今は行学ともに捨てはてさせ給ひて、明け暮れは、ただ武勇の御嗜みの外は他事なし。（中略）後に思ひ合はするにぞ、ただ東夷征罰のために、御身を習はされける武芸の道とは知られける。

『太平記』では、このことを知った「相模入道」北条高時が、「さては、この君御在位の間は、天下静まるまじ。所詮承久の例に任じて、君を遠国に遷し奉り、大塔宮を死罪に処し奉るべし」と決断し、ここから元弘の諸事件が展開していくのだが、その事の始まりとして重視されているのが後醍醐の南都行幸という出来事なのである。

他方、文久三年に尊王攘夷派が孝明天皇の大和行幸を攘夷決行の契機としようとしたことは諸書に記述されている。たとえば、年代記的歴史叙述である山田俊蔵『近世事情』（一八七三年）二篇巻四は、文久三年八月十三日条に「朝廷大和ニ行幸シテ、神武天皇陵ヲ拝シ、春日山ニテ攘夷親征ノ軍議ヲナスベキ旨ヲ天下ニ令ス、是レ先ツ大和ニ行幸シテ、攘夷親征ノ朝旨ヲ天下ニ示サント、萩侯ノ請ヘル所ナリ」とある。しかし続けて十八日条には「朝廷大和行幸ヲ止ム旨ヲ令ス、是夜在京ノ萩藩悉ク本国ニ帰ル、三条中納言、東久世少将、壬生修理大夫、四条侍従、澤主水正等七卿萩藩ト同論ナレバ、之ニ従フテ走ル」という形でいわゆる八・一八クーデタが起き、長州勢が排斥されたことが語られる。さらに同月二十六日条には「天下ニ詔シテ曰、近来真偽不分明ノ令錯出シテ、人心ヲ惑スモノ頗ル多シト雖、本月十八日以来ハ実ニ朕カ意ニ出ツ、四方夫レ之ヲ体セヨ、蓋シ是レ朝廷萩侯等ノ朝命ヲ矯テ、天下ニ号令セシト疑ヘバナリ」とあり、孝明天皇自らが大和行幸計画が自身の意思ではなかったと説明するに至るのである。(28)

『近世太平記』初篇においても、この大和行幸計画は特筆されている。巻之中「長藩士洛中を退き三条家以下西に奔る事」には

爰に長藩は。攘夷　親征の　朝旨を。天下に示さんと先づ大和に行幸あらんことを請ひしが。　朝議これを聴され。即ち　親征行幸の令を。天下に布つたふ。然るに或はこれを諫むる者ありて曰く。これ長藩　至尊を挟みて。天下に号令せんと欲するなりと。是におゐて。　朝廷並に幕府。終に長藩を疑ひ。乃ち長藩の　朝議に与かるを欲せず。爰に文久三年癸亥の八月十八日。中川宮及び会津中将。その余縉紳武弁等参朝して。三条家以下の七卿及び長藩を斥くるの令を発せんとせしが。又変の或は起らんを慮り。急ぎ在京の諸藩に命じ。厳に九門の警備をさせり。

とある。『太平記』の南都行幸が後醍醐の意志であるのに反して、今回の大和行幸は孝明天皇の意志ではなかった。しかしこの尊攘派の強引な手法の背景には、『太平記』の南都行幸の「記憶」を強引に喚起することで、新しい時代の始まりを世に知らしめようとする隠れた意図があったのではないだろうか（少なくとも『近世太平記』はそのように読まれることを想定しているのではないか）。そのことは同「藤本伊之

助等和州に兵を起す事」の傍線部（傍線は筆者による）のくだりに明らかである。

あし曳の。大和の国々。むかし南朝の。北条高時を　御誅伐あらんとてこの処に　御幸ありしが。この度又長藩等。大和行幸の事をすすめ奉り。　朝廷これを容れ既に　行幸あるべきよしを天下に御示しあれば。爰に文久三年癸亥の晩春比より備州の人藤本伊之助。江戸の人安積五郎。三州刈谷の人松本謙三郎等。素より尊　王攘夷の説を唱ふるものなれば。大ひに喜び。終に大事を挙げんと。大和国に騒擾なし中山忠光を推して。将たらしむ。
この忠光は。攘夷を主とし。常に幕府の因循を怒り。既に京を去て大和に在り。この度藤本等が説を用ひて。首将となる。その兵凡そ千余人。なづけてこれを天忠組と云ふ。かくてその年の秋にあたり。河州狭山。丹南。白木等へ。兵を分つて入り。　勅命を矯めて。近傍の藩主を説き。砲器馬具などを借受け。千窟を踰へ。和州の五条に低り。県令鈴木源内に。この挙の趣意を陳べ尊　王攘夷の説を講じけれども。源内その意に屈せざるをもつて。遂にその邸を襲ひ。源内及び小吏五人を打殺し。米穀火薬等を奪ひ。乃ちこの処に拠り。土地の人民を集めて。今度この地へ　天子行幸あるべきよしを言声らし。五条辺の地を　天朝領と唱へ。田祖の半を免し。務めて民を恵み。その心を喜ばしめんとせり。かかるところに。　朝廷既に長藩を斥け。　朝議一変せりと聞へければ。松本等相謀て云やう。事已にここにいたる上は。我輩幕府のために罪せられんとしるべきなり。徒らに坐して苛責を受けんより。寧ろ戦に死んと。先づ兵五百人を分ちて。同州なる高取の城を襲ふ。

（中略）かくてそののち。藤堂天の川辻の砦を陥き。又紀州。彦根。郡山等の兵も。並び進んで。遂に天忠組を平げ。松本謙三郎。藤本伊之助等は討死し。中山忠光は。大坂に奔り。安積五郎以下の者ども。五十余人は虜となれり。

「天朝領と唱へ」年貢半減を約束することは、戊辰戦争の初期、明治新政府の民衆工作の中で多用された標語であり、その代表的存在が江戸薩摩藩邸にスカウトされた赤報隊相楽総三であった。相楽が江戸開城等の情勢変化による新政府の方針転換後「偽官軍」とされ、失脚・処刑されたことは有名である。[29]相楽の同志に落合直亮（直文の養父、「魁塚」建立）、相楽の共鳴者に島崎正樹（藤村の父親）がおり、赤報隊の「記憶」は近代文学の隠れた流れの一つとなっている。[30]そこには「草莽の志士」の「世直し」幻想とその挫折の過程が読み取れるが、文久三年の天狗党の乱にも、そのような幻想は一部共有されていたのである。そしてそれを（おそらく意識的に）誘発しようとしたのが、文久三年の大和行幸勅旨の渙発であったのではないだろうか。[31]

元弘の変の挫折と同様、文久元治の諸事件も多くの「義挙」とその犠牲者を生み出したが、王政復古史観に立つ者から見れば彼等は楠正成や児島高徳の生まれ変わりであり、そこから楠公を祀る湊川神社と共に彼等「志士」達を祀る靖国神社[32]が建立される論理が導かれてくるのである。

三　死者の記憶を背負う長州戦争

また、尊攘派の死者の記憶は、生き残った人々に鎮魂の意識を抱かせ、死者の鎮魂と政治目標の実現が一直線に結ばれるような認識枠組を形成することになった。『近世太平記』初篇巻之中「長州奇兵隊の事」には、高杉晋作が慶応元年（一八六五）圧倒的不利の状況下で蜂起し、俗論派を駆逐して藩論を統一した後の言動について以下のように記している（傍線部は筆者による）。

爰に長州の高杉晋作といふもの。藩内に兵を挙げて。騒擾せしむる事あり。その発端を尋ぬれば。（中略）高杉等。俗論党の首謀数人を斬て。軍門に徇ふ。ここに於て一藩向ふ所を一に帰せり。晋作等は。藩主父子を防州山口に奉じ。相謀て曰く。徳川の我藩を罪するは。思ふに家老以下を殺すに止まらず。且このたび。我輩の挙を聞かば。再たび兵を出さんこと必せり。若しかるべきは。我輩諸君と力を合せ。これと死戦し。もつて死者の霊魂を慰めん。諸君等それこれを務めよと。衆人勇を踴てその用意をぞ。為したりける。

この場面について『近世太平記』に先行する『復古夢物語』七編上[33]には「祖先豊栄杜の神前に一藩の士族を会同せしめ」「死者と倣りにし同謀有志の怨魂を慰めまくほりす」とあり、おそらく同年二月、毛利敬親・元徳父子が藩祖・元就の廟（後の豊栄神社）前で臨時祭を執り行った際[34]の状況を指しているものであろう。その前後、高杉は『回復私議』という論策を著し、同志に回覧させている[35]。そこには「雖然今日之回復、則非諸隊忠士所為、而先靈鬼神使諸隊之忠士為回復也」「転禍為幸古今之通理、御両殿様御再興防長之人民安堵、士兵日強士民日富、先霊鬼神之御威光ヲ地下御慰被遊候義ハ、嗚呼是此秋歟」等の文言が躍動しており、彼の闘いが死者の記憶を背負うものであったことがわかる。また、彼は同年八月、白石正一郎による桜山招魂社建立の場に参列し、「弔むらわる人に入るべき身なりしに弔むらう人となるそはつかし」「後れても後れても又君たちに誓し言を吾忘れめや」等の和歌や漢詩を詠んでいる[36]。「君たち」とは一義的には禁門の変や生野の変等で倒れた尊攘派の同志たちを指しているのであろう。『近世太平記』初篇に関連して注意すべきは、同書が巻之上で安政大獄の犠牲者として吉田寅二郎（松陰）を特筆し、「吉田寅二郎斬首に遭ふ事」「吉田寅二郎遺書の事」の章段まで設けていることである。安政大獄は将軍継嗣問題や勅許問題で大老井伊直弼に敵対した水戸藩の安島帯刀や京で活動した簗川星巌、梅田雲浜、頼三樹三郎、橋本左内等が主な弾圧の対象であったのであり、吉田松陰はこれらの動きの中心人物ではなかった[37]。にもかかわらず、『近世太平記』は他の志士達の死をほとんど無視し、松陰のみを特筆しているのである。ちなみに、松陰は楠正成の遺趾を訪れた時に感じたことを「七生説[38]」に記している。彼は親族でもないのに楠公の「気」に触れ得たことを確信し、『太平記』の楠正季の言葉「七たび生まれ変わって朝敵を亡ぼさん」を想起するのだが、『近世太平記』における高杉のこの演説は、まさに聴衆に吉田松陰の「記憶」を喚起する効果を持ったことであろう。高杉の言説は、吉田松陰が『太平記』から引き出してきたその死生観と価値観を引き継いでいる。その意味で高杉もまた『太平記』の子供たちの一人だったのである。

まとめ

『太平記』では第二部以降、後醍醐天皇の建武政権が崩壊し、足利尊氏が北朝をいただく室町幕府を樹立するものの、観応の擾乱を始めとする混乱が長く続く状態が叙述される。他方、『近世太平記』でも二篇以降、佐賀の乱、台湾出兵、江華島事件と国内外の紛争が連続的に叙述され、三編四編では西南戦争の経過が詳述されるというように、天下泰平（平和）とは程遠い状況が描かれる（外交関係史を重視する『近世史略』と異なり、戦争の連環のみで幕末明治史を叙述している）。とはいえ、『太平記』が最後、応安元年（一三六八）足利義満の将軍就任をもって終焉するのに呼応するかのように、『近世太平記』においても明治一〇年（一八七七）の西南戦争が最終的に官軍の勝利に終わり、明治天皇の威光が再確認される形で終わる。そこでは、『太平記』が本来持っていた二重性（体制化・神話化のヴェクトルに牽引されながらも、それに反発する情念をすくい取る受け皿としても機能）がある程度受け継がれている。しかしながら、『近世太平記』で記述される台湾出兵や江華島事件等の対外的な紛争は、初篇で描かれた「攘夷」の延長線上にあると同時に、ほぼ完全に明治新政府側の視点から、それらを日本国の勝利のプロセスとして描かれている。この点において『近世太平記』二篇以降は『太平記』第二部以降よりも時の権力に対してナイーヴであり、明治政権を正当化する効果を有していると言わざるを得ない。そしてそれは後続の『増補明治太平記』[39]の朝鮮壬午事変、『明治太平記』[40]等の日清・日露戦争の描かれ方に接続しており、楠正成を神に祀り上げてしまった明治という時代の『太平記』享受の限界を示す現象でもあるだろう（ちなみに、一八八五年生まれの中勘助は大正一〇年〈一九二一〉刊行の『銀の匙』後篇[41]で「嗚呼忠臣楠氏の墓」という言葉を、誰からも見捨てられてしまった蚕たちに対する自らの愛情を確かめる言葉として用いている。『銀の匙』では、日清戦争に同調せず「日本は支那に負けるだらう」と宣言して教室で孤立し、教師から「大和魂がない」と非難される主人公の少年の姿も描いており、明治の『太平記』享受がナショナリズム以外の形で散種される貴重な例といえるが、それはやはり稀有なことであったのであろう[42]）。

そして『太平記』の後醍醐とは異なり、『近世太平記』初篇で確立された明治以降の天皇制は、その後一五〇年を経た現在も、その男系の子孫によって受け継がれている。その意味で我々は『近世太平記』が提出した明治維新史の枠組みから切れておらず、その「呪縛」から未だに抜けだしていないのである。従って『近世太平記』の歴史叙述としての構成的効果を問い直すことは、とりもなおさず、現在の日本「国民」のアイデンティティや歴史的合意を問い直すことに他ならないように思う。

（1）黒田俊雄「太平記の人間形象」（『文学』二二―一一、一九五四年）。
（2）大森北義『「太平記」の構想と方法』（明治書院、一九八八年）。

(3)兵藤裕己「『太平記』の歴史と思想」(岩波文庫『太平記』(三)、解説、二〇一五年)。
(4)大津雄一「『太平記』あるいは〈歴史〉の責務について」(『国文学研究』一二二、一九九七年)。
(5)松林靖明「「応仁記」と「太平記」」等(『室町軍記の研究』和泉書院、一九九五年、大津雄一「〈終わり〉の後の歴史叙述」(『早稲田大学教育学部学術研究』(国語国文学編)五二号、二〇〇四年)。
(6)樋口大祐「一六世紀の歴史叙述と畿内港町」(隔月刊『文学』一三―五、二〇一二年)。
(7)小秋元段「流布本『太平記』の成立」(長谷川端編『太平記の世界』汲古書院、二〇〇〇年)、青木晃「『太平記』の古注釈・抜書」(同上)参照。
(8)今井正之助『『太平記秘伝理尽鈔』研究』(汲古書院、二〇一二年)等。
(9)井上泰至『近世刊行軍書論―教訓・娯楽・考証―』(笠間書院、二〇一四年)。
(10)和田琢磨「太平記を纏う物語―『草木太平記』『諸虫太平記』を中心に―」(『古典遺産』五九、二〇〇九年)等。
(11)木村八重子ほか校注『草双紙集』(岩波新日本古典文学大系、一九九七年)。
(12)今尾哲也「『太平記』と『忠臣蔵』―世界の形成についての覚書」上(『文学』五五巻四号、一九八七年)、同下(同五五巻九号、一九八七年)参照。
(13)岡本勝・雲英末雄編『新版近世文学研究事典』(おうふう、二〇〇六年)「慶安太平記」の項参照。
(14)山本卓「都の錦自筆片仮名本『内侍所』考と論」(『舌耕・書本・出版と近世小説』清文堂、二〇一〇年)。
(15)『中村幸彦著述集』第一〇巻「舌耕文芸談」(中央公論社、一九八三年)。
(16)田中則雄「地方における実録の生成」(隔月刊『文学』一六―四、二〇一五年)。他方、若尾政希『百姓一揆』(岩波新書、二〇一八年)は同書が藩主の裁決によって秩序が回復され、「四民の心広くして寛に保つ春迄に太平国とぞ治りぬ」という文言でしめくくられることについて、「一揆の勃発により一時は破綻しかけた「仁政イデオロギー」が、回復していくプロセスを叙述している」と評している。
(17)中村綾『日本近世白話小説受容の研究』(汲古書院、二〇一一年)。

(18)山本卓「義士伝実録と絵本忠臣蔵」(前記『舌耕・書本・出版と近世小説』)。
(19)後藤丹治『太平記の研究』(河出書房、一九三八年)。
(20)石川秀巳「〈巷談物〉の構造—馬琴読本と世話浄瑠璃—」(東北大学文学部国文学研究室編『日本文芸の潮流』、おうふう、一九九四年)。
(21)大高洋司「『開巻驚奇侠客伝』の骨格」(岩波新日本古典文学大系八七『開巻驚奇侠客伝』「解題」、一九九八年)。なお、坪内逍遥は「新旧過渡期の回想」(十川信介編『明治文学回想集』岩波文庫、初出一九二五年)で、『開巻驚奇侠客伝』や『松染情史』を想起しつつ、「山陽のあの叙事詩的歴史に大義名分を鼓吹する感化力があったというのを仮に事実だとすると、馬琴の歴史小説も後の活きた勤王劇の前奏曲ぐらいの用をなしていたかも知れない」と位置づけている。
(22)今井氏前掲書。
(23)馬場文英『元治夢物語』(徳田武編、岩波文庫、二〇〇八年)、山口謙編『近世史略』(国会図書館デジタルコレクション)、松村春輔編『復古夢物語』(国会図書館デジタルコレクション)、吉村明道編『近世太平記』(国会図書館デジタルコレクション)、條野有人・染崎延房編『近世紀聞』(春陽堂、一九二六年)、村井静馬編『明治太平記』(国会図書館デジタルコレクション)等。柳田泉『政治小説研究』上(春秋社、一九六七年)「政治小説以前の政治的文学」参照。
(24)『近世太平記』の引用は国会図書館デジタルコレクションによる。なお、磯部敦「歴史を「編輯」する」(隔月刊『文学』一六—四、二〇一五年)が指摘するように、明治一九年(一八八六)から同二一年にかけて、福井淳編等、複数の『近世太平記』を称する書物が刊行されている。が、吉村明道編のものとは構成・分量ともに大きな隔たりが存在する。
(25)『近世太平記』第二篇目次等参照。
(26)同第三篇等参照。
(27)引用は古写本である西源院本を底本とする兵藤裕己校注『太平記』(一)(二)(岩波文庫、二〇一四年)によった。近世期に版本として流通したテクスト等においても、基本的な流れは共通している。
(28)『近世事情』（橋本博編『〈改訂〉維新日誌』第八巻、名著刊行会、一九六六年）。徳富蘇峰『近世日本国民史』「攘夷実行篇」（民友社、一九三五年）等参照。
(29)長谷川伸『相楽総三とその同志』（『長谷川伸全集』第七巻所収、朝日新聞社、一九七一年）等。なお、時代劇映画等では清水次郎長の敵役としてのみ知られる甲州の博徒・黒駒勝蔵も赤報隊に参加したが、明治四年（一八七一）、処刑されており、その真相は謎のままである。高橋敏『博徒の幕末維新』（ちくま新書、二〇〇四年）参照。
(30)芳賀登『草莽の精神』（塙新書、一九七〇年）。芳賀氏も引用するように、島崎藤村『家』下巻（『藤村全集』第五巻、新潮社、一九四八年）には、藤村の父をモデルとする人物が晩年狂気を発して座敷牢に閉じ込められながら、「正成の故事に倣って」「糞合戦」を計画し、実行したことが記されている。
(31)天誅組に参加した伴林光平『南山踏雲録』（保田与重郎文庫一三、新学社、二〇〇〇年）や松本謙三郎に筆者を仮託した『大和日記』（別名「大和戦争日記」、『維新日乗纂集』第三、日本史蹟協会、一九二六年）には、南朝の故事と自身の置かれた状況を重ね合わせようとする筆者の心情を読み取ることができる。さらに、城兼文『近世野史』（一八七〇年）初篇巻五「和州吉野郡山庄北白川村ニ建札之写」には、「是ヲ古往ニ譬レハ楠正成千早ニ籠城致シ賊徒ノ謀ヲ廻ラシ忠力シテ天地ニ有生人気一致シ新田児島菊池ノ如キ英雄勤王ノ義兵速ニシテ天下ニ起ラン事疑ヒナシ既ニ丹波丹後但馬ヘモ義兵起リ長州又大挙シテ不日ニ上京ノ趣キ相聞ヘ」等の煽情的な言説が紹介されている。また、谷川恵一は、文久三年の足利三代将軍木像梟首事件の関係者を父に持つ小室信介の政治小説『新編大和錦』が、天誅組事件に参加した主人公の一人が後半生で「北方の守り」を志し、竹島に流れ着いて死ぬまでの経過を絡めたものであること、「前編の中は勤王のみを主義とすれども。中篇の半よりは。民権の事に書き及ぼ」そうとして中絶した作品であることを指摘している（『歴史の文体　小説のすがた』（平凡社、二〇〇八年）「歴史の彼方」）。
(32)小島毅『増補　靖国史観』（ちくま学芸文庫、二〇一四年）第二章「英霊」等参照。

(33)『復古夢物語』の本文は国会図書館デジタルコレクションによる。
(34)末松謙澄編『防長回天史』下巻(柏書房、一九六七年)第五編上第三章。
(35)一坂太郎編『高杉晋作史料』第二巻(マツノ書店、二〇〇二年)所収。
(36)同書「捫蝨処草稿」所収。
(37)海原徹『吉田松陰』(ミネルヴァ書房、二〇〇三年)、宮地正人『幕末維新変革史』上(岩波書店、二〇一二年)等参照。
(38)『吉田松陰全集』第三巻「丙午幽室文稿」所収(岩波書店、一九三五年)。
(39)福井淳編『増補明治太平記』(国会図書館デジタルコレクション、初出一八八六年)。明治一九年(一八八六)から同二一年にかけての『近世太平記』『明治太平記』の群生状況については、注(24)磯部論文を参照。
(40)薄田斬雲『明治太平記』上下(早稲田大学出版部、一九一三年)等。
(41)『銀の匙』後篇(『中勘助全集』第一巻、岩波書店、一九八九年)。樋口大祐「日清戦争と居留清国人表象」(小峯和明監修・金英順編『東アジアの文学圏』、シリーズ『日本文学の展望を拓く』①、笠間書院、二〇一七年)参照。中勘助は前述の『絵本楠公記』が流行していた時代に幼少年期を送った最後の世代ともいえようが、詳細な分析は別稿に譲ることとする。
(42)一八八〇年代には、宮崎夢柳『仏蘭西太平記鮮血の花』(『自由燈』に連載、明治一七年。柳田泉『政治小説研究』上、春秋社、一九六七年参照)や福井淳編『志士感激欧米太平記』(與民社、明治二〇年)のように、フランス革命史やフランス・イギリス・アメリカ各国の革命史の叙述に「太平記」の名を冠したものも現れており、変革的・叛逆的な『太平記』イメージの新たな展開がなかったわけではないことも付記しておきたい。

第七章　説話の第三極・話芸論へ
――〈説話本〉の提唱

小峯和明

一　問題の前提、問題の所在

説話研究と史料研究の問題点についてはすでに前稿「歴史叙述としての説話」で述べたが、史実と虚構の二元論から一元論への転換が至上命題といえ、説話そのものが歴史史料であり（史料としての説話）、歴史史料も説話である（説話としての史料）という双方向からの視座が起点にすえられるべきである。また、史学は「史料」、文学は「資料」という用語の相違が学の指向性の差異にもとづくことについても前稿で言及した。同じ対象でも、そのとらえ方は視点や方法論の立脚点によっていくらでも変わってくる。

ついで、説話研究のゆく立てについても前稿でふれたが、すでに個別作品論は黄昏の時代を迎え、A：対象領域の枠組み、B：時代の枠組み、C：地域の枠組み、という三方位において大きな変革期に到っている。Aは説話集の作品論から説話言説論の時代に入り、説話はあらゆるものの基盤としてあらゆる文物、事象すなわち「世界」そのものに関わり、すべては説話に包含されるわけで、テクスト・ジャンル論から言説・メディア論に転換した、といいうる。

Bは、説話集中心史観による平安・鎌倉期中心から室町・近世・近代へ、時代が拡張している。『三国伝記』で説話集は終わるというかつての誤謬史観は破産し（これは近世の版本中心史観による）、室町期以降の『因縁集』など唱導系を主とする説話集写本（孤本多し）、『榻鴫暁筆』など説話類書、故事説話集の編纂の飽和状況、近世における中世説話の再編や変容、風聞、風説集なども合わせた近世説話集、近代説話集などへ展開する。説草、聞書、刊本、錦絵、瓦版、新聞、雑誌等々の表現媒体に関わるメディア論が不可欠な研究情勢になった。

Cは主に東アジアの説話への観点で、琉球、中国、朝鮮、越南（ベトナム）などの漢字漢文文化圏が主体で、あるいは東西交流文学をはじめ異文化、多文化交流における地域間の共有、重層と偏差が追究されている。

二　東アジアの共通語としての「説話」

これも以前検討したことがあるが、「説話」という語彙は東アジアの共通語としてある。現代中国語でも「説話」は普通に「話をする」意味で使われるが、本来は「話芸」を指す文学用語であった。八世紀の唐代小説『高力士外伝』にみる例が初例とされる（以下、引用の傍点はすべて引用者）。

太上皇移仗西内安置、毎日上皇与高公、親看掃除庭院、芟薙草木。或講経、論議、転変、説話。雖不近文律、終冀悦聖情。

名高い玄宗皇帝が退位し、側近の宦官の高力士が芸能などで慰める一節に、「講経」「論議」「転変」についで「説話」をみる。

さらなる中国の例は後述するが、朝鮮半島でも、以前ふれた例で新羅時代（八世紀前半か）の道倫（遁倫）撰『瑜伽論記』巻四上に、

以為非食笑者、謂如有一。或因開論、或因合論等者、顕説話名開論、隠密約喩説話合之令解名合論。開口而笑名現歯、喉中出声名唖唖。

がある。やや文意が分かりにくいが、説話をそのままあらわすのを「開論」、隠喩的にするのを「合論」とするのであろう。

ついで高麗時代も『高麗史』巻一三六・列伝四六・禑王二年（一三七五）六月条に、「或奉上之馬、幷總兵官靖海侯等大官人處來說話。趂此之機、不可失期」「恁再如何說話、克日大軍殄滅納哈出等後、恁便將無萬的馬來何用」をはじめ、同・巻一三六・列伝四九・禑王一三年（一三八六）五月条にも、「長壽叩頭、聖旨、如何、你有甚說話麼」とある。

あるいは朝鮮王朝時代も、『朝鮮王朝実録』中宗一六年（一五二一）一〇月二九日条に、

翌朝、持酒一器還來、臣不得已出見。飲酒説話次、億濟云、「近來、國事大毀、小人用事、君子貶斥等事、抗憤説話、因言「金湜逃亡、合於事理」」、「反覆論説次、億濟卽愧赧俯伏、不出他語。臣亦不更問金湜去處、又不問汝之知不知柳仁淑等説話、節目首尾、竝皆不問、仍饋朝飯、警戒送之」、「然大概不外于此、若問億濟則柳仁淑等説話及臣之爲心、一一灼知」。

などがあり、同・仁祖三年（一六二五）九月一七日条に「而乃反従容酬酢、有若閑説話者然、其不思甚矣」、同・粛宗六年（一六八〇）三月一二日条に「斥之、無乃未詳伊日筵中説話而然耶、予未曉也」等々の用例がみられる。おおよそは談話や座談の何か話をする意で、特定の人物などをめぐる話題性をもつ内容も含まれるようだ。

　また、すでに紹介した東国大学図書館所蔵『説話中出』なる写本があり、『経律異相』『法苑珠林』などの漢訳仏典類書をはじめ中国の『太平広記』等々からの抜書がみえる（ただし、この外題が当初からのものか不明）。これとは別に国立中央図書館所蔵『閑説話』という写本もあり、禅宗系の著述に用例が多い。『禅門拈頌説話』をはじめ、有炯『禅源遡流』「説話云」などの引用の型があり、洪基『優曇林下録』「上虚舟師主書」に、

故未遂素志、愧恨之至、説話一巻命索故、上送而或恐中間墜失。

とみえ、同『禅門証正録』「初三処伝心説」に「作説話三十巻　釈拈頌三十巻」とある。禅宗系の書物の確たる言説として「説話」があったことをうかがわせる（『韓国仏教全書』より）。

さらに韓国では、植民地時代からの影響で民俗学系の学術用語として「説話」が定着しており、「説話」を銘打つ研究書や論文も多い。文献説話、仏教説話、風水説話など、〝〜説話〟を冠する研究書も少なくない。

孫晋泰『韓国民族説話研究』一九四六年（『孫晋泰先生全集』太学社、一九八一年復刊）
張徳順『韓国説話文学研究』ソウル大学校出版部、一九七〇年
黄浿江『新羅仏教説話研究』一志社、一九七五年

等々は初期の代表的研究である。

ついで、ベトナム（越南）をみると、ハノイの漢喃研究院所蔵『伝奇新譜』表紙の書き付けに「松柏説話」とある。本文にも「実権輿於松柏説話」（『越南漢文小説叢刊』伝奇類二巻、台湾・学生書局）、十八世紀前半の『伝奇新譜』刊本（一八一一年）の付録・短編の漢文である。

十五世紀前半、黎利が明の支配を排除し、大越国を建て黎太祖となり、後期黎朝を開く過程を描く『皇越春秋』は、『三国志演義』の影響下になる章回小説で、第一回「陳子孫恃強失国　胡父子肆虐専君」巻頭は以下のように「説話」で始まる。

説話天下大物也、自非聖徳好生、神武不殺、不足以当之也。

同様に一六世紀前半から後半に及ぶ後黎朝と莫朝との対立から、一七世紀、北鄭と南阮に分かれて覇権を競ったベトナムの南北朝内乱を描いた歴史演義小説『越南開国志伝』でも、冒頭は、

説話越南一境、自雄、趙与丁、李、陳、黎六代、廃興相継。

となる（いずれも『越南漢文小説集成』第六、七巻、上海古籍出版社）。

また、琉球でも十八世紀の漢文説話集『遺老説伝』第一二五話に「久燕宴、説話間」とみえ、沖縄県立図書館・東恩納文庫所蔵の琉球版『童子庶談』に「説話与故事」云々の一節がある。語義は一定せずとも、「説話」語彙が東アジアに共有されていたことが明白で、今後、これらの多地域を視野に入れずに日本だけで考えていても発展性がないだろう。「説話」は文字と口頭伝承の接合をあらわす語彙であり、その位相差が問われることになろう。

三　説話の三極論

以上のような論点をふまえてあらためて今までの研究状況を見直すと、主に第一の極として口承文芸

があり、第二の極として説話集があった。第一は柳田国男の民俗学に始まり、文化人類学も連動して口頭伝承を主体とするが、柳田は神話を排除し、昔話、伝説、世間話を中心とした。第二は国文学の路線に乗って説話集を主体とするジャンル論に向い、主に古代・中世文学（説話文学）の一環として位置づけられる。当初は『今昔物語集』を基軸に世界文学的な指向性を持っていたが、次第に枠組みが国文学の内向きに狭められていき、説話がいかに文学であるかを問い直す、研究の市民権獲得に邁進し、それが確定するや説話研究は自明のものとなり、本質論はなおざりにされてきている。これら第一・二の極は、個人レベルはさておき、学会や研究動向としてはあまり交差することなく、別途に推移してきた。

これらを受けて双方を統合する方位から、ここで提起したいのが第三極としての話芸である。先に引用した唐代の例のごとく、都市社会の発展に応じて説話は話芸としての意義を担い、専門家は「説話人」と呼ばれたように、唐宋代に語り芸の講釈、俗講などが展開された。南宋、元になると、話本ジャンルが確立し、さらには平話（評話）、評書、演義等々、注釈や講釈からまたあらたな物語、小説が生まれていった。「話本」は短編の世話物系、「平話（評話）」は長編の歴史物系に区分される。『大唐三蔵取経詩話』（高山寺旧蔵）や『三国志平話』など、後世の『西遊記』や『三国志演義』に到る前段階として注目される。

いわば、説話の話芸論は、文字と口頭伝承の接点や相克、重層の位相を問い直すことに通ずる。名詞の「説話」から動詞の「説話」への変移を通して、さらにはこれらをふまえて漢籍分類の指標である経、子、史、集における「集」、いわば類書としての説話「集」の意義などが東アジアの観点からあらためめて提起し直されることになるだろう。

四　話芸としての説話

再び中国の例に戻れば、隋の『后顔録』にいう、

才出省門、即逢素子玄感。乃云、侯秀才、可為玄感説一箇好話。（『太平広記』二四八「侯白」）

ここでの「話」は「故事」に相当し、語構成から「一箇の好話」を「説」く、「説・話」が出てくる前段階を示している。それが先に引用した唐代小説『高力士外伝』にみる、「或講経、論議、転変、説話」の「説話」につらなってくる。上皇と宦官高公が墓を親身に掃除し草取りをし、経を講じ論議し、唱導し説話したという。玄宗が楊貴妃を失い蜀から長安に戻った憂愁を晴らすために高力士が語る話芸に、「説話」の初例が見いだせる。一方、「転変」は『続高僧伝』巻四〇「善権伝」にみえ、「転」は「囀」に同じ、唱導を意味する。六朝から唐代の仏経の吟誦を「転読」という。「転変」は「講唱変文」に通じ、「説話」は「講故事」につらなる（本田義憲論では「説話を転変す」と訓むが誤読というべきか）。

唐の元稹詩の一節「翰墨題名尽、光陽听話移」の自注にいう、

嘗于新昌宅、听説一枝花話、自寅至巳、猶未畢詞也。（『元氏長慶集』巻十）

「一枝花」は唐代きっての名妓李娃。李娃をめぐる「話」。これも「一枝花の話」を「听説」す、になる。唐の白行簡『李娃伝』に関連。「説話」は「故事」に相当する意味や用法で、基本は講経や吟唱などに匹敵する語りの話芸を指している。『太平広記』巻二五一「劉禹錫」の「昔有一話、曾有老嫗山行、見大虫羸然跬歩而不進」（『劉賓客嘉話録』）や同・巻二五七「馮涓」「偶記一話、欲対大王説、可乎」（『王氏見聞録』）等々の事例は、「一話」が「説話」である状況をよく伝えているであろう。

宋代になると、「説話」をもとに「話本」ジャンルが形成されるが、都市文化の発展に伴って話芸もますます隆盛を迎えたようだ。有名な資料に端平二年（一二三五）の『都城紀勝』「瓦舎衆伎」条がある。

説話有四家。一者小説、謂之銀字児、如烟粉、霊怪、伝奇。説公案、皆是朴刀杵棒、及発迹変泰之事。説鉄騎児、謂士馬金鼓事。説経、謂演説仏事。説参請、謂賓主参禅悟道等事。講史書、講説前代書史文伝、興廃争劇之事。最畏小説人、蓋小説者皆以一朝一代故事、頃刻間提破。合生与起令、随令相似、各占一事。商謎、旧用鼓板吹賀聖朝、聚人猜詩謎、字謎、戻謎、社謎、本是隠語。

「四家」が具体的にどれをさすか記述が曖昧であるが、今は張兵『宋遼金元小説史』（復旦大学出版社、二〇〇一年）によると、以下のように区分できよう。

①小説（即銀字児）＝烟粉、霊怪、伝奇。説公案、皆是朴刀杆棒、及発迹変泰之事。：短編の物語。恋愛物、怪異、伝奇等々、多領域。

②説鉄騎児＝謂士馬金鼓事。：合戦、軍記的なもの。

③説経＝演説仏事、包括説参請、謂賓主参禅悟道等事及説諢経。：仏事、仏教にまつわる類。

④講史書＝講説前代書史文伝、興廃争劇之事。：歴史ものの講談、講釈。

宋代の商業経済の発展によって都市文化が繁栄、人々の癒しや娯楽としての話芸「説話」各種が流行。街や市の寄席、小屋掛けが特設され、「勾欄」「瓦舎」「茶坊」「酒肆」等々と呼ばれる。その筆写本が「話本」や「評話」（「平話」）で、ジャンル化し、やがて明清の小説につらなる。「説経」も寺院僧坊に限らず、市中で俗人によって語られ、「俗講」という。話芸の専門家は「説話人」と呼ばれ、名前も記録される名人もいた。

北宋の王君玉『雑纂続』「冷淡」に「斎筵聴説話」の例あり、同時代の『酔翁談録』にも「説話」あり、霊怪、烟粉、伝奇、公案、朴刀、杵棒、神仙、妖術等々の多種多様な芸を指す。著名な『東京夢華録』にも、傀儡などの芸能にまじえて、「講史」「小説」など、名人の名前が列挙され、ほかに具体的な芸態は分かりにくいが「説諢話」「合生」「商謎」などがある。有名な北宋末期の首都開封の都市景観を描いた図巻『清明上河図』の一場面にも、包子を売る店の前で、ひげ面の講釈師が、輪のように周囲を取り巻いている聴衆を前に熱弁をふるう様子が描かれる。これは「説話人」の類であろう。

これら唐宋代に展開した説話芸の行方は、確実に日本や東アジアにも影響を及ぼしたと思われるが、どうであろうか。日本での「説話」の初例とされる円珍『授決集』（元慶八年・八八四）にみる「唐人説話」（「唐人、説話す」）。本田義憲の検証が起点となる（『今昔物語集一』解説、新潮古典集成。本田義憲『今昔物語集仏伝の研究』勉誠出版、二〇一七年所収）。円珍が弟子の良勇に伝授した口決書に長安での体験をふまえて語られる。真福寺所蔵『授決集』の鎌倉期写本には、当該箇所には朱で「モノカタリスラク」との訓がついている。漢語の「説話」を和語の「モノガタリ」（「物語」）と翻訳した例として注目される。中国でも、この例をふまえた何剣平「〝唐人説話〟略説」（『古典文学知識』二〇一一年六期、一五九号）の論考があり、隋唐五代の説話を譬喩類、志怪伝奇類、仏教類に区分している。

円珍がふれる「唐人説話」の事例は、円珍自身が『仏説観普賢菩薩行法経記』でいう、「講には二種類あり、俗人を対象にするのが俗講、僧を対象にするのが僧講」の「俗講」に相当すると思われる。内容は『維摩経』の解説をめぐる譬喩、因縁で、長安など都市における俗講で耳にした可能性が高い。『維摩経』を漢訳した鳩摩羅什が須弥山を芥子に納める維摩居士の譬喩を秦王に語ると、秦王が不審がったため、羅什が鏡を瓶の中に納めて、ましてや維摩居士ならば、と説得する話題。

敦煌本「鳩摩羅什断簡」にもみえ、同じ芥子・須弥山の譬喩譚は、すでに指摘される白居易『白氏文集』五九「三教論衡」（八二七年）、

問、維摩経不可思議品中云、芥子納須弥、須弥至大至高、芥子至微至小。豈可芥子之内、入得須弥

山乎。仮如入時、云何得見。仮如却出、云何得知。其義難明、請言要旨。
難、法師所云、芥子須弥、是諸仏菩薩、解脱神通之力致所也。敢問、諸仏菩薩、以何因縁此解脱、
修何智力得此神通、必有所因、願聞其説。

をはじめ、『敦煌願文集』「転経文」に、

蓋聞、大雄寥廓、浩汗無辺。量等虚空、体同無極。
納須弥於芥子、圻大地於微塵。
吸巨海於腹中、綴山河於毛孔。

等々とみえる。極大極小の対比的な反転の故事として名高く、円珍の事例は東アジアに広範にわたる唱導活動の一端を伝えている。

俗講に関しては、さらに「文淑」（「文漵」）なる法師が長安で人気を博していたらしい。名高い円仁の『入唐求法巡礼行記』開成六年（八四一）正月九日条に、左右街七寺で俗講が開かれ、会昌寺などで文淑が『法華経』の俗講で評判になっていたという。また、趙璘『因話録』四「角部」にも、文淑が経論に仮託して淫穢鄙褻の事あり、不逞の輩は彼をもてはやし、教坊はその声調をまねて歌曲とした、という。さらに段成式の『西陽雑俎』続集巻五「寺塔記」にも、仏殿内の東壁に維摩変の絵を描いた、という。

一世を風靡した俗講師のおもかげがうかがえるだろう（渋谷論に詳しい）。

五　中世の動向――講釈、評話、演義

宋元の話本をはじめ、評話（平話）、演義等々の話芸は、近現代の「評書」にも引き継がれ、北京評書大会など、現在もテレビで女性講釈師が活躍しているほど人気がある（金甲受『評書与戯曲』北京出版社、二〇一七年）。先にふれた『大唐三蔵取経詩話』（高山寺旧蔵）には「中瓦子張家印」の印がみえ、小屋がけの話芸場を示している。これが七度生れ変って西域の深沙大王から『大般若経』を授かる玄奘三蔵の渡天をテーマとする日本の能「大般若」などに投影していくとみることができようか。

有名な『三国演義』の前身ともいうべき元代の『三国志平話』は、宋の話本をふまえ、元の刊本『全相平話五種』所収『新刊全相平話三国志』全三巻として現存する（内閣文庫所蔵）。中国で湮滅し、日本で現存する孤本の逸存書である。

後漢の光武帝時代の書生司馬仲相が天帝の命により冥土で裁判を行う。原告は漢朝の建国の功臣でありながら謀略で殺害された韓信・彭越・英布の三人、被告は彼らを謀殺した漢の高祖劉邦とその妻の呂后。仲相は快刀乱麻の結審。天帝は司馬仲相の判決をもとに、韓信を曹操に、彭越を劉備に、英布を孫権にそれぞれ転生させる。裁判説話の一種で、怨霊史観にもとづく物語でもあり、後の『三国志演義』にはみられず、乱世の筋書きを演出する怨霊天狗を語る、日本の『太平記』などに匹敵する（金文京

『三国志演義の世界』東方書店、『水戸黄門漫遊考』講談社学術文庫)。日本の十五、十六世紀の幸若舞曲「舞の本」、説経節、古浄瑠璃など語り物との距離は意外に近いのではないだろうか。すでに能「呂后」と『前漢書平話』との関連研究がみられるように(王冬蘭、菅原尚樹論)、それら日本の語り物の源流に演義類があるのではないか、と夢想する。

以上、評話や演義類と中世の語り物との関係については、拙稿「東アジア文学圏と中世文学」(『中世文学』二〇一九年)で『太平記』を例にふれた。

ところで、日文研の「中世禅籍テクストデータベース」によると、さらに五山の世界での「説話」の用例を追加することができる。『空華老師日用工夫略集』に以下のようにみえる。

応安二年(一三六九)5/14 古天和尚説話次、

同三年(一三七〇)2/5 弥首座来自福山、余乃款々説話云、凡今時仏子、不依数量、但恐人情、戒律不持、僧儀不修、

同四年(一三七一)4/17 近者龍山和尚、毎夜必対徒弟而説話、謂少年雛道者、

永和元年(一三七五)10/25 過浄智方丈、与太虚人事従容説話、因挙古今叢林盛事、不可勝記、且話及余和清字韻、(略)太虚俗父乃聖徳太子庶弟、世伝七百歳、是也、母亦非常人也、

同五年(一三七九)1/1 対衆説話云、凡称四節、乃百丈叢林也、

康暦二年(一三八〇)7/27 往雲居庵、与普明国師説話、即見出示大慈八景龍山春望詩、

永徳二年（一三八二）3／22　過古剣於東光而説話次、因勧以応世、
同二年（一三八二）4／3　空谷至、説話、
同三年（一三八三）4／15　燕于南廂而説話、龍湫説及同門閻墻等事、
同三年（一三八三）4／23　蓋江湖間舟子俗話、放船入水、四方八面風行、船不定、無可奈何時説話也、
同三年（一三八三）4／27　君引余入別座屏処説話、
同三年（一三八三）7／6　府君以庭中訴者多、不及説話作戯、諷経罷径帰、辞飯、
嘉慶二年（一三八八）4／3　師与侍僧諸子説話次、衣鉢侍者咨曰、

総じて用例の大半は、話をするの意で、今日の中国語の「説話」に等しい。「説話次」は和文系の「物語のついでに」と同巧である。中世の五山世界のみで通用する用語であったのであろう。

六　日本近世・明治近代の用例から――〈説話本〉の提唱

近世以降になると、唐話・白話の影響から「説話」「話説」の用例が増えてくる。すでにそのいくばくかは挙げたが、以下に要約しておこう。

近世の比較的早い例に「説話問答ニ度重ナレバ、次第々々ニ高クナリ」（『為人鈔』三、寛文二年版〈一

六六二〉）があり、「俚言に膾炙し、常談説話に是を引拠し用語せること」（『譬喩尽』天明六年〈一七八六〉）、「可喜可咲之説話、鄙俚猥褻無所不至、使人解頤捧腹」（『白痴物語』文政八年〈一八二五〉）など、咄の本や譬喩集などに見いだせる。

また、「説話」の表記に「ものがたり」の訓をつけるものが少なくない。「絶て紹巴が説話《ものがたり》を聞かず」（『雨月物語』「仏法僧」安永五年〈一七七六〉）、「いかなる説話《ものがたり》かある」（『南総里見八犬伝』五・二、文政六年〈一八二三〉）をはじめ、『鬼武作説話《おにたけさくものがたり》』（文化二年〈一八〇五〉）、『故《こ》事《じ》附《つけ》古《こ》新《しん》説話《ばなし》』、『自《じ》来《らい》也《や》説話《ものがたり》』等々、書名につけられる。「はなし」の訓にも着目しておきたい。

あるいは、異文化に関するものにもみえる。「紅毛天竺或唐人ノ説話《セハ》聞伝フル処ヲ以テ記之者ナリ」「昔日異国ノ説話所聞多ト云トモ、今遺忘セリ」（『華夷通商考』宝永五年〈一七〇八〉）、「故に唯その臆記して説話せるままを雑録せり」（『環解異聞』序、文化四年〈一八〇七〉）、「説話の簡潔に随ふて記し付たり」（『楽郊紀聞』凡例、安政六年〈一八五九〉）等々で、あるいは新聞記事のみで未見だが、王笑止著『泰平新話』（嘉永六年〈一八五三〉、九月）という講談台本の内題下「亜墨利加船来航兼土佐萬次郎説話」との注記あり（朝日新聞夕刊：二〇一七年六月一四日、見出し「ペリー×ジョン万次郎　講談で実現」、小見出し「接点のない二人を扱った台本、発見」）。私にいう〈説話本〉の早い例としても注目される。

これらを総合していえることは、「説話」は話をする行為であるとともに、話の内容をも指す用語として使われることである。

明治になってもこの傾向は同様であり、「願くは看官唯、其説話の有益なると、話説に勢を失ふ処は、経済説略にある話説を接合せて訳したるものなり」（渡部温『通俗伊蘇普物語』例言、明治五年〈一八七二〉、五月）、「俗云説話少者実説話多、必失、世間好説話者、当慎之勿忽」（『漢訳伊蘇普譚』明治九年〈一八七六〉）、「説話：はなし、ものがたり」（『西洋列女伝』明治一二年〈一八七九〉）、「ヒキ六此頃、予、妻と説話、声高きときは歌うたひ、又面白くはなしかけ、之をして他に転ぜしめんとす」（『南方熊楠日記』明治四二年〈一九〇九〉、九月三日条）等々をみる。

さらに国会図書館所蔵のデータベースで明治以降、「説話」のつく書名を検索すると、以下のような例がみられる。

浴客必読伊香保説話　篠田仙果編　篠田久治郎　一八八〇
戯作新説話：脩身一斑初編　福岡広業編　聚文社　一八八一
印度紀行釈尊墓況説話筆記　北畠道竜述、森祐順記　西岡庄造　一八八四
修身説話　巻一〜七　阿部弘蔵（一八三九—一九一三）著、中根淑閲　金港堂　一八八七
黄金之花：経済説話　後藤薫（春日舎長閑）、草風亭芳之（高橋芳之丞）著　後藤薫　一八八八
農事説話集　静岡県　一八八八
馬太伝説話　Jones, William（一七六二—一八四六、ウィリヤム・ジョーンス）著、四方素訳　米国聖教書類会社　一八八八
小学修身科掛図説話　山崎文之允、真山寛（一八五四—一八九六）編、真山寛校　凌寒堂　一八八九

真宗大家説教集誌：一名・説教無尽蔵　小寺教証著　護法会　一八八九
豊西説話　写　一八八九（中西啓旧蔵資料：〇八〇二）
修身説話：小学脩身規範［合本］三輪鑑蔵、今井道雄共編　吉岡兵助　一八九〇
遠刈田温泉説話　永沢小兵衛著　永沢小兵衛　一八九一
俚諺説話：諷世嘲俗　愚鈍斎著　藍外堂［ほか］　一八九二
養蚕業説話之概要　松永伍作（一八五三—一九〇八）述　静岡県周智郡　一八九二
歴史説話：幼年教育　横山順編　浜本明昇堂　一八九四
修身説話：幼年教育　横山順編　浜本明昇堂　一八九四
アイヌ人及其説話　上中下編　Batchelor, John（一八五四—一九四四、ジエー・バチエラ）著　教文館　一九〇〇
説話文学　竹野長次著　学灯社　一九〇〇（学燈文庫）
近代説話　近代説話刊行会　近代説話刊行会　一九〇〇
諸家説話　小杉榲邨、井上頼圀、好古社編纂部　好古社事務所　一九〇〇（好古類纂）
男の開運　説話社編　情報通信社　一九〇〇（Be-mook）
比較神話学　高木敏雄（一八七六—一九二二）著　博文館　一九〇四（帝国百科全書：第一一六編）
話の聞書　坂口二郎（一八八〇—一九四九）編　今古堂　一九〇五

これらによれば、温泉案内から経済や農業、養蚕、修身、教育、歴史、俚諺等々、多彩に使われていることが知られる。一九〇〇年の竹野長次『説話文学』が「説話文学」を書名に冠した嚆矢で、現在の説話研究につらなるといえようか。同年に『近代説話』も出ていたことが興味深く、「説話社」なる出版社があったり、アイヌの話やキリスト教のマタイ伝もみられる。一九〇四年の高木敏雄の『比較神話学』などが本格的な神話学や説話学の起点になるだろう。

ここでとりわけ着目されるのは、『修身説話』一八八七年、『小学修身科掛図説話』一八八九年、『修身説話』一八九〇年、等々の教育界における修身をめぐる「説話」名辞である。これに関しては、竹村信治「説話の場としてのテキスト――「修身科」教室の「説話」」（『福岡大学研究部論集』二〇一三年）に詳しい。竹村論では、明治十三年（一八八〇）の「教育令改正」で「修身科」が学科の筆頭に位置づけられた改正にもとづく『改正教授術』（明治十六年・一八八三）という授業の指導書を軸に、教室及び教授法をメディア空間の問題として詳細に検証し、そこに「説話」語彙が頻出することからメディア論として「説話」論を展開しようとしている。以下、竹村論によれば『改正教授術』には、

> 修身口授ハ生徒ノ感動ヲ提起スルヲ以テ重要ナル目的ト為スヲ以テ説話スベキ事実ヲ撰ムニ当リテハ先ヅ其事実ノ感動ヲ起スベキヤ否ニ注意シ、（第二「教師ノ注意」三）
>
> 或ハ形ヲ以テ説話ノ事項ヲ模擬シ努メテ生徒ノ感動ヲ喚起スルニ注意スベシ。（同・四）
>
> 生徒未ダ文字ノ智識ニ富マザレバ、文字ニ関シテ講説スルハ甚ダ困難ニシテ随ヒテ益少シ。故ニ説

話ヲ主トシ、格言ハタダ之ヲ暗誦セシムルヲ可トス。且其説話ハ生徒ノ日々実験スル所及其他生徒ノ親知スル事物ニ就キテ、、、（「順序方法」第一歩）

（甲、三郎ノ話）二、説話　余ハ又汝等ニ面白キ説話ヲ為シ聞カスベシ。常ノ如ク能ク注意粛聴セヨ。其村ニ三郎ト云フ小児アリシガ、、、

（乙、二郎ノ話）二、説話　茲ニ又二郎ト云フモノアリ。（略）

（丙、太郎ノ話）二、説話　茲ニ三郎二郎ノ学友ニ太郎ト云フモノアリ。（略）（第二例　三様ノ児童）

云々とみられる。これらの分析をもとに、竹村は説話の語史研究が混乱し出口を失ったとし、『改正教授術』などから、「説話」は「「話題」と「語り」との複合」、「「説諭」として話題を語ること」であり、「説話」ジャンルの認定に関しては、

「「説諭」として話題を語ること」、「話題を用いて語られた「説諭」」を一つのジャンルとして認知するところに成立したのが「説話」だったということになる。

と規定、「文芸ジャンルとは位相を異にするジャンル性の認定」だとする。竹村は「混乱し出口を失った」「説話」語史研究と規定するが、「話題と語りの複合」は拙論との懸隔はないし、「説話」をあくまで既成のジャンル論から見ているからであろう。また、「説諭」を軸にする立論は、竹村はふれていな

いが、かつての今成元昭のいう「説示」論と基調は重なってくるはずである。

　話芸を起点とする拙論とは論調を異にし、議論の余地を多く残すことになるが、二者択一の問題ではなく、「説話」の位相差の次元にかかわるとはいえ、「説諭」の問題と拙論で主張する話芸の課題とは決して無縁ではない。竹村論にいう修身をはじめ学校教育における「説諭」の「説話」問題は、コミュニケーションやメディア論として今後の「説話」論展開の大きな布石になることは間違いないと思われる。

七　〈説話本〉の提唱

　やや論議が拡散したので話題を話芸論に戻すと、旧稿（二〇〇七年）でも指摘した立教大学図書館・江戸川乱歩文庫蔵『地獄之記』第一（明治一四年〈一八八一〉）にみる「播州ノ客道フ、我的亦我州ノ故事ヲ説話シテ、衆ノ与メニ聴カシメン、便チ扇子ヲ執テ打下、一拍説キ起シ道フ」は、乱歩自身の考証「明治十四年上期、又ハ中期ノ作ナルベキ歟」（昭和一六年〈一九四一〉・小冊子）云々があり、地獄語りにことよせた当代の世相を諷刺した講釈の筆記として注目される。静岡の者が富士をはじめ、お国自慢を語るのに播磨の者が対抗して、「故事ヲ説話シテ」聴かせる。内容は源平の一ノ谷合戦で熊谷直実が平敦盛を呼び返す『平家物語』「敦盛最期」で著名な段。他に丹後の者が頼光四天王の酒呑童子退治譚を語る例もある。

　その三年後刊行の名高い円朝『怪談牡丹灯籠』序・若林玵蔵（明治一七年〈一八八四〉）にも、「其活発なる説話の片言隻語を洩さず之を収録して」「其筆記を読んで其説話を親聴するの感あらしむるに至りしを以て」「予が速記法を以て其説話を直写し、之を冊子と為したらんには」「速記法を以て円朝子が演ずる所の説話を其儘直写し」「予が得意の人情話なれば、其説話を聞く、恰も其実況を見るが如くなるを」「我国に説話の語法なきを示し、以て招来我国の言語上に改良を加へんと欲する」等々、「説話」が頻出する。円朝の語りを「説話」と読んでいることが明白で、それをいかに「直写」「収録」「親聴するの感あらしむる」「実況を見るが如く」筆記するか、語りと筆録の相関が問われている。

さらに円朝本と同年の、これも前稿で本文を紹介した北畠道龍『印度紀行釈尊墓況　説話筆記』緒言・森祐順（明治一七年〈一八八四〉）にも、「北畠道龍師、印度内地ノ状況釈尊墳墓ノ実践ヲ説話イタサレタリ」「其説タルヤ、政治宗教ノ関係及ビ釈尊墳墓ノ実況ヲ弁知スルニ足ル、実ニ希世ノ説話タリ」「来阪セラレタルヲ以テ有志者、説話ヲ請求ス」「余固ヨリ浅識寡聞ナレトモ、其説話ノ大略ヲ筆記シテ梓人ニ授ケ」等々をみる。これは講釈というより講演であるが、これも広き話芸に含まれるであろう。

これらによれば、講演、講釈、落語などの速記、筆記本、聞書の類に「説話」の用例が頻出し、「説話」の内実が口頭の語りを指し、しかもそれらが文字化される局面に顕現することがわかる。まさに口頭言語と文字言語の接点、交差のあわいに「説話」があるといってよい。これらの速記本、口述筆記本の類をあらたに〈説話本〉と呼ぶことを提起したいことを前稿で述べた。唐宋代の話芸に匹敵する「説話」「話本」に準ずるごとき用語の復活と言いかえてもよい。「説話」学の第一の極が昔話や伝説、世間話などの口承文芸の総称、第二の極が文字テクストとしての説話集形態、であったとすれば、話芸及び

〈説話本〉は第三の極といえるであろう。これもまた今後の大きい課題である。息の長い「説話」言説の脈々たる潮流をまのあたりに見る想いがする。

八　東アジアの歴史叙述と説話

「説話」は東アジアの漢字漢文文化圏における共通語であることを最初に述べたが、第三局の話芸論とどのように切り結んでくるかは今後の課題とするしかない。ひとまずおおまかな見通しのみ提示して閉じ目としたい。

まず琉球に関しては、前稿で「遺老伝」を中心に歴史叙述にからめて述べたが、古老伝承そのものに話芸の面があったに相違ないものの、古老の語りを集めて衆議して統一をはかり、各地で「由来記」や「旧記」、あるいは「遺老伝」が確定され、『遺老説伝』や『球陽』など、王府編纂の説話集や歴史叙述に漢文体としてまとめられる。生の語りと筆録された「遺老伝」とはすでに大きな懸隔があり、さらには王府の国家イデオロギーによって、ことごとく生の語りは消されている。『遺老説伝』を読み込むことで、そうした語りがどの程度すくい上げることができるか、が課題となるが、それとともに琉球で対象になるのは『おもろさうし』に代表される歌謡世界であり、うたと語りの重なりからとらえていく方策がもとめられるだろう。

中国の例は最初に述べたので、ここでは省略するが、正史と稗史、野史をはじめ、正伝・本伝と別伝・異伝などの位相が問われるし、『太平広記』『夷堅志』など、類書としての説話のありようが俎上に上がってくる。これには『釈迦譜』や『経律異相』、『法苑珠林』、『釈氏源流』などの漢訳仏典系の類書も対象になる（現在、北京を中心に東アジア古典研究会で挿絵つきの刊本『釈氏源流』を解読中）。

朝鮮半島に関しては、すでに上梓した新羅時代の説話を集めた『新羅殊異伝』（小峯・増尾共編・訳注『新羅殊異伝　散逸した朝鮮説話集』平凡社・東洋文庫）がある。韓国古典の起点に位置づけられる述作で、十話程度の逸文が伝わる佚書ではあるが、脱解王卵生神話、金庾信異伝、僧伝、法華霊験譚、幽婚志怪譚、崔致遠の双女墳譚等々、多彩な説話が展開する。ついで高麗時代十三世紀の僧伝『海東高僧伝』も刊行した（小峯・金英順共編・訳注、平凡社・東洋文庫）。これも巻一、二のみの端本であるが、三国から統一新羅時代までの僧伝集成として貴重である。現在は、朝鮮時代十七世紀の『於于野談』を解読中で、これも多種多様な説話が満載されている（朝鮮漢文を読む会）。朝鮮古典といえば、『三国史記』と『三国遺事』しか連想し得ない常識の反転をめざしている。

そしてベトナムの場合は、陳朝時代十四、五世紀の神話伝説集というべき『嶺南摭怪』を解読中である（ベトナム古典の会）。後世の改竄本をはじめ写本に問題が多く、前代の『粤甸幽霊集録』との連関もみられる。他に『公余捷記』をはじめ、説話集的なテクストは少なくない（『越南漢文小説叢刊』全二〇巻、上海古籍出版社）。芸能性をおびた事例を一例のみ挙げておくと、これも別稿で指摘した『嶺南摭怪』「木精伝」にみる以下の話題がある。

峯州の地に梅檀の大樹あり、高さ千仞、枝葉のひろがりは幾十里かを知らず、樹齢不明、鶴が巣をかけたので白鶴という地名がついた。ついに枯れて妖精と化して、人を食った。涇陽王が神術で抑え、民が祠を立てて祀り、猖狂神とした。西南の獼猴国の王が少数民族を生贄としたが、秦の始皇帝が任囂を派遣し、生贄を廃止するが怒った神がこれを殺す。丁先皇帝の時、諸国遍歴の法師兪文牟が王の帰依を受けて、猖狂神を退治する。その方法は、軽業、曲芸などの芸能によって騒乱喧噪の状態を巻き起こし、法師が秘呪を持して剣を振るって、神と部類の種々を撃退、それで民は安穏を得た、という。

涇陽王は神話時代、秦漢以降の北属期を経て、丁先皇は十世紀末に相当する。その祀りと芸能の様子が細かく描写されるが、法師の芸には語りの話芸も含まれていたに相違なく、「木精伝」は語り芸の片鱗をうかがわせる。

これらの話譚と十三世紀の『大越史記』や十五世紀の『大越史記全書』など歴史叙述との関連探求が今後の課題である。

以上、片々たるものだが、説話の第三極論としての話芸論を東アジアレベルでも広範に見通していくべき方策を模索中である。説話と歴史叙述の浅からぬ因縁があらためて浮き彫りされてくることを、思う。

参考文献
今成元昭『説話と仏教』（今成元昭仏教文学論纂・第三巻、法蔵館、二〇一五年）
王冬蘭「能『呂后』と『前漢書平話』」（『芸能史研究』一一〇号、一九九三年）

小峯和明「〈遺老伝〉から『遺老説伝』へ」（『季刊文学』岩波書店、一九九八年夏号）
小峯和明「説話学の輪郭―説話学の階梯・その揺籃期をめぐる」（『文学』岩波書店、二〇〇〇年七、八月）
小峯和明『説話の言説』（森話社、二〇〇一年）
小峯和明「説話と説話文学の本質」（『国文学解釈と鑑賞』至文堂、二〇〇七年八月）
小峯和明「東アジアの説話世界」（小峯編『漢文文化圏の説話世界』竹林舎、二〇一〇年）
小峯和明「東アジアと中世文学」（『国文学解釈と鑑賞』至文堂、二〇一〇年一二月）
小峯和明編『日本文学史』（吉川弘文館、二〇一四年）
小峯和明「東アジア・〈漢字漢文文化圏〉論」（金英順編『東アジアの文学圏』小峯和明監修・日本文学の展望を拓く第一巻、笠間書院、二〇一七年）
小峯和明「〈説話本〉小考―『印度紀行釈尊墓況説話筆記』から」（目黒将史編『資料学の現在』小峯和明監修・日本文学の展望を拓く第五巻、笠間書院、二〇一七年）
小峯和明「巨樹と樹神―〈環境文学〉の道程」（山口博、正道寺康子編『ユーラシアのなかの宇宙樹・生命の樹の文化史』アジア遊学、勉誠出版、二〇一九年）
小峯和明「歴史叙述としての説話」（倉本一宏編『説話研究を招く―説話文学と歴史史料の間に』思文閣出版、二〇一九年）
小峯和明「東アジア文学圏と中世文学」（『中世文学』中世文学会、二〇一九年）
渋谷誉一郎「唐代の講唱文学―「説話」と「百戯」の関係を中心にして」（『芸文研究』六一号、一九九二年）
菅原尚樹「漢書抄「高后紀」と「文帝紀」における「新刊全相平話前漢書続集」の長文引用部分に対する考察」（『日本漢文学研究』一〇〇号、二松学舎大学東アジア学術綜合研究所、二〇一五年）
竹村信治「E. Starling 著・宮崎嘉国訳『西洋列女伝』（上）（下）」（『プロブレマティーク』一、二号、二〇〇〇、二〇〇一年）
竹村信治「説話体作家の登場」（『国文学』学燈社、二〇〇一年）

竹村信治「説話の場としてのテキスト――「修身科」教室の「説話」」（『福岡大学研究部論集』二〇一三年）
水谷（林）香奈「道倫（遁倫）集撰『瑜伽論記』について――基撰『瑜伽師地論略纂』との関係から」（『印度学仏教学研究』六四巻一〇号、二〇一五年）

第八章　ベトナムの漢文説話の形成
——歴史性と語り

グエン・ティ・オワイン

はじめに

説話とは「創作された話に対して、民間に伝わる口承の物語。内容によって昔話・伝説・世間話・宗教説話などと分けたり、モチーフによって起源説話・神婚説話などと分類したりする。広くは神話を含める」[1]という概念である。ベトナムでは説話という概念が採用されていないが、伝説・伝承・伝奇・伝記・小説・昔話など様々な呼び方がある。ここでは日本における「説話」という呼称を用いて、ベトナムの前近代までの漢文の叙事散文を検証する。

ベトナムは中国大陸と隣接する位置にあり、早くからベトナム人は漢字と接触してきた。十世紀に中国から独立した後も、漢字は依然として、民族文化の保存と発展に有効な記録手段として使用され続けた。フランスの植民地になると、ベトナム語正書法の表音文字としてのローマ字が普及し、漢字と喃字の地位を圧倒した。しかし民族文学の中には漢文文学が保存されている。すなわち、十世紀以上に及ぶ漢字の使用を通じて、現在に至るまで膨大な漢字・喃字資料が保有されている。古文献のなかには伝説、伝奇、伝記などがよく見られる。

ベトナムでは漢文説話の起源は、武瓊による『嶺南摭怪』[2]の序に「ベトナムでは春秋戦国時代以前、南国の風俗はまだ簡易で、収録の歴史古典はないので、なくなった話は多かったが、民間で伝わった話も残っており、民衆から伝えた話を収集し、編纂した」ことに始まる（原文「自春秋戰國以前、去古未遠、南俗猶稱簡略、未有史冊、已記其實故古事率多遺亡、其幸存而不泯特民間之口傳耳」）。また、武瓊が序に「本書は晋の『捜神記』と唐の『幽怪録』と一致している」（原文「視晉人『搜神記』、唐人『幽怪錄』同一致矣」）と書いているように、ベトナムの説話の文体表現も中国の仏典説話や志怪伝奇小説の影響を強く受けている。ベトナムの説話が中国の伝承の影響を受けて形成されているのは間違いないにしても、中国の伝承を受容する際、ベトナムの歴史条件や風土に適した発展を遂げていったことも、大いに考えられるのである。

十一世紀に中国から独立した最初の王朝である李朝（一〇一〇年～一二二五年）では、中国の圧力に対抗するために、より強大な政権が求められ、民族精神の高揚を目的としつつ、太古の昔からの伝説や伝承を記録し、歴史書や文学作品を編纂した。李・陳朝時代（十一世紀～十四世紀）に成立した『粤甸幽霊集』、『嶺南摭怪』、『禅苑集英』などは歴史興趣と神聖な信念から形成されたと言われている。また、当時編纂された歴史書も伝説、伝承から取り上げられた記事がよく見られる。つまり、伝説の中に歴史性もあるし、歴史書の中に伝説もある。なぜ、伝説の中に歴史性があるのか、伝説、伝承における歴史的な記事は信用できるか、史料と伝説はどのような関係にあるかなどベトナムの文学研究者と歴史研究者の間ではしばしば論じられている。その問題について先行研究の業績が多くあるが、なかでもよく知られている論著は二〇一二年に出版したチャン・ティ・アンの『ベトナム民間伝説の流転と類型特徴』である。(3) 本書は先行業績を継承して、民間伝説（現代の研究者が収集し、ベトナム語で記録した口承的な記事）や『粤甸幽霊集』、『嶺南摭怪』のようなテキスト（漢文・字喃で書かれた書承的なテキストから翻訳し、出版したもの）を対象資料として、伝説と歴史書の中における歴史性や語りについて論じているが、現代ベトナム語訳の漢文・字喃テキストを利用するのは限界がある。

ここではまず、伝説の中の歴史と歴史の中の伝説について論じたい。次に歴史興趣や神聖な信念から構成された人物について明らかにする。具体的には災害を退ける伝説の人物、宗教の伝説における人物、外敵と抵抗する伝説における人物の三種について検討したい。

一　伝説の中の歴史と歴史の中の伝説

ベトナムは十一世紀になると中国から初めて独立を獲得し、民族の起源を探ることで、長い歴史を持つ民族であることを確信したいという渇望のもと、李王朝から陳王朝まで（十一世紀から十四世紀まで）の間に、太古の昔からの伝説や伝承を記録し、『粤甸幽霊集』、『嶺南摭怪』、『禅苑集英』、『大越史記』などの歴史書や文学作品を編纂した。

『粤甸幽霊集』は主にベトナムの歴史人物の伝説を編纂したものであり、『禅苑集英』はベトナムの僧侶の伝記を編纂したものであり、一方『嶺南摭怪』は民族英雄、風俗、邦交、宗教の伝説をより幅広く編纂したものである。十五世紀から十九世紀半ばまでの歴史人物を対象としたブー・フオン・デー（武芳堤）の『公餘捷記』、ファム・ディン・ホー（范廷琥）の『雨中随筆』、ファン・ディン・ホー（范廷琥）とグエン・アン（阮案）の『桑滄偶録』、ブー・チン（武禎）の『蘭池見聞録』、ファン・ディン・ズク（范廷煜）の『雲嚢小史』、そして阮王朝期（十九世紀から二十世紀初め）には数々の神跡（祠の由来）も編纂された。

先行研究によるとベトナムの漢文説話には歴史性がある。チャン・ギア（Trần Nghĩa）[4]は「漢字文化圏の各国と同様、当時の作者は正史と説話を区別していなかった。形成された説話は正史にすべて隷属せず、個人の経験や作者の経験から自由に想像して作りあげて、歴史に補充されている」と述べている。民間伝承、伝説を研究するブイ・クアン・タン（Bùi Quang Thanh）[5]も「民間文学の中には伝説と同様の魅力的な歴史性がある。それによってベトナムの伝説はわれわれの民族の歴史を十分にいきいきと描き出す」と述べた。さらに、ド・ビン・チ（Đỗ Bình Trị）[6]は「伝説の中における史料価値は、史実と歴史人物を反映していることにある」と述べる。同じ観点をもっているディン・ザ・カイン（Đinh Gia Khánh）[7]は「野史（民間で書かれた歴史書）の意味は伝説の意味と似ているが、事実をどれほど正確に反映しているかの評価を含んでいない。史学者は封建王朝の書籍における正しい資料とは異なる、民間で流通した歴史史料を野史という。伝説と野史という名称は文学ジャンルについての意味づけを含んでいない。その名称は歴史学の用語で、民間文学の用語ではない」と述べる。

歴史学者は物質史料、民族学史料、言語史料、口承史料、言語史料、成文史料の六つの史料を取り上げた。その中の口承史料も「情報チャンネルの確実性」と「情報内容の信頼性」を検討するべきである。「時間、理由、出現状況などにおいて、歴史資料の出所を明らかにするのは必要である」とJohn Tosh[8]は述べた。

もちろん、漢文説話における歴史の要素をもっている伝説人物がすべて実際の人物だとは考えられないが、彼らは歴史を反映する価値をもっている。「伝説の語り手は確実な歴史を反映することを目的にしていないが、正史の空白、不足のところを補充することを望む（中略）。だから研究者は伝説に歴史価値を追究して明らかにすることは必要ではないが、伝説の叙事構成や形象、表象を表すシステムを見つけ出すことは必要である[9]」。

しかし、ベトナムの研究者は古代の伝説から歴史を反映する痕跡を探している。『嶺南摭怪』の「鴻厖氏」によると、ベトナム民族は皆一つの胞から生まれて、兄弟は皆父母から生まれた同じ血統である。その話は人類創造の神話の性質をもっているが、異様に大きな表象はない。一方、「龍と仙の結婚」と言われた貉龍君と歐姫の結婚は、ベトナムの民族の神霊な起源を強調するだけではなく、ベトナムのトーテム信仰を反映している[10]。それは現在も羸婁で「化け皮」という伝統的な祭りとして演じられている（羸婁は現北寧省順成県青姜社で、北属時期に政治・経済の中心地であっただけでなく、当時のベトナムで最も大きく古い宗教的中心地である）。

また、「鴻厖氏伝」によると、涇陽王は帝宜（中国の皇帝）との異腹の兄弟で、水府へよく往来し、また、楽器を使って、妖怪を降伏させる才能がある人物である（木精伝）。伝説の涇陽王の「涇」と「陽」は、涇州と陽州で漁業で生活し、蛟龍をトーテムとして信仰している人種に関する名前ではないかという説もある(11)。

雄王時代を研究する研究者は、フングエン Phùng Nguyên、ドンダウ Đồng Đậu、ゴムン Gò Mun（富寿省）という遺跡で発掘された考古物と「董天王」にある鉄の馬や鉄の杖を結びつけたり、ベトナムの金属時代の発展と「金の亀」における神聖な弓と矢とを連想で結びつけたりすることもある。いずれにしても「伝説から正確な歴史への真っすぐな道はないだろう(12)」。

しかし、ベトナムの民族の起源を示す伝説は民族精神を高揚するだけではなく、事実に深い根源を収容している。『嶺南摭怪』におけるベトナムの民族の起源の話は貴重な資料となって、ゴー・シー・リエン Ngô Sĩ Liên が『大越史記全書』の「外紀」を編纂する際に採用された。

中世に成立した歴史書で民間伝説を使用するのは一般的になった。中国では文字が成立した時から自分達の歴史を編纂しはじめた。その時代を歴史時代といい、それ以前は伝説時代という。「どんな民族の歴史も初めは矛盾が多く、ぼんやりしてはっきり見えない出来事ばかりである。それは一般的な状況であり、民族の歴史では仕方のないことである。しかし、伝説を話し終わった後もどうであろうと歴史についての大昔の伝説には注目すべき歴史要素があり、全くの嘘ではない(13)」。

しかし、中国では伝説の史料は貴重に思われておらず、そのため神話などはすでに散逸してしまったとされる。それは「史官が事実のみを注意し記録しており、神話と伝説は重視されなかった」ことを意味する。[14] しかし、歴史時代と伝説の間をつなぐ『書経』には、堯、舜、三皇、五帝といった伝説の皇帝が見られるので、中国の歴史と伝説とはやはり緊密に結ばれていることが分かる。

ロシア人の研究者 B. L. Riftin[15] は『三国志』における歴史と伝説との交差を示し、「同じ事変を描写しているが、正式の歴史家と違って民間伝説の人々は人物の表象を別に構成し、説明している」と述べる。

日本では、『古事記』と『日本書紀』（日本紀）という最初の歴史書は天皇の勅により撰録された。『古事記』は現存する日本最古の歴史書、天武天皇の勅により誦習された帝紀および先代の旧辞を編纂し、天地開闢から推古天皇までの記事を収め、神話・伝説など多数を含みながら天皇を中心とする日本の統一の由来を物語る。

ロシア人の研究者 N. I. Konrat[16] は「『古事記』と『日本書紀』における古代から四、五世紀までを収めた神話・伝説を疑うことはないが、それらは系統化され、編年史の背景に置かれ、一定の政治学説の下で書き直されている。異なる史料を採用し書き直すことには、原本史料と編纂者の恣意的な創造との二つの異なる要素が混じり合っていることが示されている」と述べる。

フランス人の研究者 E. D. Sanunders[17] は日本神話について以下のように述べた。「編纂した目的は天皇を高揚し、各治世で基礎を強く構築するためであるので、『古事記』における崇高な伝説は国家統一のために何度も書き直された。編纂者らは「歴史は行動の基礎、現代の模範」と考えた。そのように、『古事記』は後世に伝えるに値すると評価された伝説集である」という。

ベトナムでは、一二七二年に陳朝の黎文休（レ・ヴァン・ヒュー）が『大越史記』を編纂し、李朝末ごろに『越誌』が編纂された（陳晋が編纂したと言われる）。一四五五年にはファン・フー・ティエン（潘孚先）が『史記続編』を編纂し、一四七九年（黎朝時代）にはゴー・シー・リエン（呉士連）によって『大越史記全書』が編纂された。『大越史記全書』は、元は『大越史記』と『史記続編』からなっている。勿論、史書の中の史実の記述は主に歴史書に基づいているが、伝説や伝承も多く取り込まれている。

ゴー・シー・リエンは先の二つの歴史書を取り上げただけでなく、「外紀」を校正し、編纂し直して、鴻厖氏から安陽王期までの歴史を「外紀」に加えている。「それはベトナムの歴史に大きく貢献した。補充した涇陽王・洛龍君・雄王・安陽王を含み、半分神話・伝説性、半分歴史性の建国時代を国史に初めて書き込んでいる(18)」とされる。

ゴー・シー・リエンは「外紀」を編纂し、神話・伝説を書き込んだ際に自分の観点を「本がないことは本があることに及ばない。ひとまず古い話を述べ、疑わしいことも伝える」（外紀、5a頁）と慎重に述べている。それにより、民間の伝説が損なわれずに、後世に伝えられるようになったといえる。

『粤甸幽霊集』、『嶺南摭怪』における記事が国史の「外紀」に書き込まれたので、ベトナムの国史の空白部分を埋めることができる。国史に伝説の題名が書かれていなくても、『嶺南摭怪』と比較するとどのような話だったかがわかる。雄王紀には、涇陽王が洞庭君の娘を娶って、貉龍君が生まれ、貉龍君が帝来の娘を娶って、百の卵を産み、百の男が生まれ、ベトナム人の始祖となるという伝説がある。雄王は国を分けて、一五郡とした（「鴻厖氏伝」）。河川が多く、蛟龍の害がないように身に入れ墨をする習慣がある。第六代の雄王朝に外敵が侵略し、三歳の子供は敵を破って、鉄の馬に乗ったまま空へ飛んでいく（「董天王伝」）。周の成王時代に越国が雉を献上するために中国を訪問した（「白雉伝」）。山晶は水晶と争って雄王の娘に求婚した。水晶は結納品を持ってくるのに遅れて機を失い、媚娘公主を娶ることができなかった。そのため、毎年洪水を起こし、水族を引き連れて、山まで攻めて行った。山晶は法術を持っていたので、水晶を破った（「傘円山伝」）。

安陽王紀に入り、蜀泮は雄王と戦って、文郎国を取った。その後、神に助けられ妖怪を退治し、田螺のような城を構築することができた。また、外敵を破るために神聖な弓をもらった（「金亀伝」）。巨漢の李翁仲が秦に行って、匈奴を破った。亡くなった後、大きい像を作り、匈奴はそれを見て翁仲がまだ生きていると思い、国境を犯さなかった（李翁仲伝）。趙陀は蜀泮安陽王の国を取るために謀って、息子である仲水を婿入りさせた。仲水は神聖な弓をだまして取り換えたので安陽王が敗北した。安陽王は娘を殺して七寸の犀の角を持って海へ入った（「金亀伝」）。

ゴー・シー・リエンは国史に伝説を取り入れる際、伝説の確実性を多少懸念しているが、明軍との戦争の後、書籍の損害が多く、焼けたり、中国に持って行かれたりしており、戦いに勝った後に民族を振興するために大規模な国史、特に「外紀」を編纂することが必要となった。その目的は、ベトナム封建王朝の歴史家が民族形成についての認識を表してきた国の系統を長くつなげることにあった。ベトナムの歴史的記録が不足している先史時代を補うことに大きく貢献しているが、伝説にある非現実的な要素を残したため、これらの要素は後に阮朝の『欽定越史通鑑綱目』のような歴史書が編纂された時には、ためらいなく削除された。

ここでのテーマの枠組みに従い、筆者は各時代のそれぞれの編者ごとに国史を編纂する際の伝説の利用の仕方がどのように違っていたかということは、ここでは論じない。また、ゴー・シー・リエンが儒教と正統性の観念の影響により、伝説から英雄人物を構成した時に免れることのできない若干の制限があったということについても稿を改めたい。

二　歴史興趣や霊験信念から構成された人物――『嶺南摭怪』を中心に

(1) 災害を退ける伝説の人物

ベトナムの建国の時期には国家の伝統的な価値を崇拝するのが主な趣向であった。歴史的人物の出現は民族の歴史の価値、民族共同体の価値の崇拝と密接に関係している。英雄が出たのは歴史上の急迫した任務を完遂するためである。彼らは起源神話や建国伝説と共に結び付けられて、「神聖さ」の感覚のプリズムのもとで構成された。「異なる時代に成立した伝説は表現のされ方も異なる。早い時期に成立した伝説の場合は神話のテーマとは違うところがあるが、常に神話の芸術方法を真似て作られている」[19]。

初期の文学における作品の人物は歴史的な趣向や神聖な信念から構成された。彼らは「共同体の価値の基準」で評価される。「古代文学の基本的な創造力や能力は認識ではなく、記憶である。これは大昔からそのままであり、今まで変わりがない。すなわち過去の出来事や霊的な伝説である」[20]。伝説の人物としてよく描写されたのは、超越的な特性を持ち、人々に託される重い責任を担うことができる者である。

異常な人物を構成する際には人物の異常な出生、功績、死というモチーフがよく採用された。しかし、どの伝説も三つのモチーフをすべて持っているのではない。ベトナムでは三つのモチーフをもっているものは礼部の人や当時の人々によって編纂された神蹟[21]（神々の来歴と功績）のみである。

漢文説話における人物の構成はまず、異常な親や、出生時の異常な特徴などで、成長すると普通の人々と異なる才能を持ち、鬼神にも恐れられたり、助けられたりする勇猛な人物だと言われる異常な性格を持つ。また、民族や共同体に託された異常な力や異常な武器などを持って、自然災害や敵に勝って、大きな功績を収めている。最後にその人物は異常な死を迎える（時間的に不滅で、永遠に生きるといった異常な死）とされて、後世にも強い影響を与えている。

ベトナムは亜熱帯気候で、高温多雨地帯であり、河川、湖沼、池などが多くあるため、雨季になると、河川の水量が増加して、洪水で家屋、農産物などが水につかり、人命の被害も少なくない。そのため、古くからベトナム人は堤防を作って、水と闘っている。洪水を退ける伝承は『嶺南摭怪』に初めて登場する。『嶺南摭怪』の「傘円山伝」はベトナム人の治水作業を反映する伝説である。

主人公の山晶は貉龍君の子孫であり、山の精粋を集める人物で、ベトナム古代の洪水対処精神の表象となっており、自分自身の超越力のほか、霊的な法術に助けられている。山晶は水晶と競って雄王の媚娘という娘に求婚した。山晶は先に結納を納めて来たので、雄王は媚娘を嫁として与え、山晶は傘円山に迎えて帰った。水晶は遅れて来て機を失い、媚娘公主を娶ることができなかった。水晶は深い恨みを抱き、報復の思いが心に宿った。それで、毎年六月から七月の時期に水晶は洪水を起こさせて、水族を引き連れて、山まで攻撃した。

山晶は人々に尊敬されていたので、山晶と水晶との競争において雄王は、「象牙を九本持つ象、蹴爪を九つ持つ鶏、紅い鬣を九つ持つ馬」という、山晶が簡単に手に入れられる結納品を要求し、それにより山晶はそれらを手に入れて、より早く結納を納め、媚娘を嫁にすることができた。しかし、水晶は水に住んでいたので、準備するのが難しく、結納を届けるのが遅くなり、嫁にできなかったのである。

また山晶は、「山を指さすと山がたちまち崩れる。岩に入ったり出たりして、妨げられない」という神秘的な力を持っている超人的な存在である。水晶と戦う時に「洪水の水位が上がったら、山をその分高くする」という法術を使い、結局、水晶は大敗した。

山晶は共同体の力を持っており、洪水撃退の英雄として尊敬されている。山晶は、無限の力をもたせるという神話の強調手法で描写され、神話に密接な関係があるわけではないが、神をはじめとする超自然的存在や文化英雄による原初の創造的な出来事や行為によって展開され、社会の価値・規範となっている。

（2）宗教の伝説における人物

「蛮娘伝」はベトナムに仏教がはじめて入ってきた背景のもとで形成された話である。この伝説は世界的な宗教がこの土地の信仰に浸透し広まっている過程であることの表れであり、同時に女神信仰の伝説と宗教伝説の二つの形式をつなぎ合わせている。

話は以下の通りである。後漢の献帝の時代、士燮《ししょう》が太守として、平江で城を建築する。城の南にお寺があり、西から伽羅闍梨という僧が来て住持となり、妖怪を退治する法術を持って、供養している老若男女から尊敬され、尊師と呼ばれ、皆が仏道を習いに来た。そこに蛮娘（マンヌオン）という女がいた。貧乏な家族で、訥弁であったが信心深く、誦経者のために、廚灶で野菜や米を洗ったり、お粥を煮たりして、自分で炊事をして、寺の僧たちと四方の学道の人々の手助けをしていた。

五月の短い夜、鶏が鳴くまで誦経しており、お粥も出来上がったが誦経者はまだ食べにこない。蛮娘は眠くて、お腹がすいていたことも忘れて、部屋で深く眠ってしまった。誦経者は誦経が終わってから、自分の部屋に戻った。部屋で寝ている蛮娘を闍梨は気付かずに跨いだ。蛮娘は俄かに感応して懐妊した。三、四か月ぐらい過ぎて、蛮娘は恥ずかしくて実家に帰り、闍梨も恥ずかしくて寺を出たいと思った。蛮娘は三岐路の江辺の寺に移り、そこに泊まって期が満ちると女の赤子が生まれた。闍梨を探して、子供を返した。

夜中、三更ごろ闍梨は子供を伴って、川の支流にある三岐路まで行き、枝が繁茂している榕樹に、「仏の子を託します。衆が仏道に入りますように」と言って託した。闍梨は蛮娘と別れた時に、蛮娘に杖を渡して、「あなたに授けます。持って帰って、旱魃の時には杖を突いてみなさい。そうすれば水が出て、民を助けることができるでしょう」と言った。蛮娘は以前の寺に帰り、旱魃の時になると杖を投げた。そのたびに清い水が湧き出て、人々は深い恩恵を蒙った。

蚕娘が九十歳になったとき、偶然に倒れた榕樹が流れて寺の前に接岸した。僧たちはその樹を引き上げて、手を洗うための橋にしたいと思ったが、その樹はぐるぐる回って引き上げることができなかった。民衆は薪にしようと、競って樹を切ろうとしたがどの斧も割れてしまったので、近所の村にいる三百人を連れてきて引き上げようとしたが、それでも樹を引きあげることができなかった。ちょうど、蚕娘が舟着場に足を洗いに来た時に樹を揺り動かしてみると樹が動いて、血が出てきた。民衆と僧たちは驚き、蚕娘に岸に引き上げるように言った。岸で僧たちと蚕娘は匠人に四体の仏像を造るように頼んだ。樹の中の、子供を隠して置いたところまで切ると、固い石となってしまい、斧は割れてしまった。匠が石を淵に投げ捨てると石は光を放ち、しばらくしてから沈んだ。その後、匠は皆突然、命を落とした。

請われた蚕娘は礼拝して祈り、漁師に水へ入らせ、引き上げた石を蚕娘のもとに戻させた。蚕娘は仏像を彫刻して、寺に安置した。闍梨が四像をそれぞれ法雲、法雨、法雷、法電と名付けた。雨を祈願するといつも叶った。蚕娘は仏母と呼ばれた。四月十八日に亡くなり、寺に埋葬された。民衆は雷が鳴る日を仏が生まれた日として尊崇している。毎年、老若男女皆その日に集まって、歌や踊りをしたり、サーカスをしたりして、浴仏会として今も行われている。

「蚕娘伝」の蚕娘は神話の偉大な人物を描写する文章ではないが、旱魃の時に水を出して民を救う杖という霊力のある物によって、異常な力が表現されている。異常な杖と蚕娘自身が異常な力をもっていることのほか、「血を出す木」、「石になった女」「雷の農作」というモチーフは古代の信仰を表象している。

通常ではない力をもって、九十歳である蛮娘は三百人にできなかった榕樹を引くことができた。さらに祈祷し、池に投げられた、榕樹に託した子供が姿を変えたものである石を池から取り出して仏像を造らせて、闍梨が四像にそれぞれ法雲、法雨、法雷、法電と名付けた。雨を祈願するといつも叶った。闍梨が榕樹に託した子供は石となってしまい、斧で斬れないほど硬く、匠が淵に投げ捨てると光を放ち、沈み始めるや匠は命を落とす。樹から取り出した石が削れないのは霊魂がある神霊な石という観念を反映しており、世界各地の文化の表象としてよく知られているモチーフである。池に投げた石が光を照らして、蛮娘に祈祷してもらってようやく池から引き上げられ、仏像に彫刻されて、お寺に安置された。光る石を祭るのは、切り離せない自然の本源であり、最も神聖であるということと同義である。

グエン・ズイ・ヒン Nguyễn Duy Hinh によると、「蛮娘伝」の光の石は、静力教（四世紀のインドのシヴァ教の一つの教派）とベトナムの繁殖信仰とが通じた結果である。(22)

「血が出る」というモチーフ（『嶺南摭怪』にのみ見られるモチーフ）は、神聖な霊魂がある巨樹の表象であり、万物には皆霊魂があるから樹を切ると血が出るという観念による。ベトナムのムオン族の神話では、「樹を切って二つの節にすると、泉のように血が流れた(23)」という特別なことが起こる。神聖な樹が描写されるのは樹を祭っているトーテム信仰に起源があると考えられる。

「蛮娘伝」の最後に「雷の農業」という話型がある。「人民以此日辰為仏生日」の「辰」は振動を意味している。『説文』によると、「辰」は「震」を意味する。三月は陽気が動き、雷が鳴るようになり、農繁期となり、万物がどんどん繁殖する（中略）古文では「辰」とも書く（「震也。三月陽氣動、雷電振、民農時也、物皆生〈中略〉古文辰」)。「日辰」は「雷が鳴る日」を意味するから、「人民以此日辰為仏生日」は「民衆は雷が鳴る日を仏が生まれた日として尊崇している」と訳せる。蛮娘が亡くなった日に雷が鳴るのは常に変化する過程や、続けて生まれ変わる中での命を表している。今でも、仏の誕生日（四月八日）に、いくつかの地方ではお祭りを行っている。その日には、しばしば雷が大きく鳴り、強い雨が降る。その時期は農作業の始まる時期である。「早稲が田圃道まで見えたり隠れたりちらちらするときは、雷が鳴るのを聞いたら旗を揚げるように成長する」とか、「四月八日に雨が降らないと鋤を捨てて、遊びにいく」という民謡がある。また、法雲、法雨、法雷、法電に関する命名は明らかに雨乞いと関連が深いという。

小峯和明[24]によると、蛮娘の話は、経も読めなかった信者の蛮娘が天竺から来た伽羅闍梨と通じ、子ができて、阿闍梨は樹の中に子を納め、すなわち樹と一体化し、ついで石仏（リンガ）に変じて崇められ、また闍梨からもらった杖の呪力で水を出して旱魃から救うなど、数々の霊験を示し、最後は仏母や生き仏として崇められる伝記である。法雲寺縁起譚と雨乞いの呪力譚との混合は、西から来た伽羅闍梨との感応という霊的な軸と対応している。弘法伝説をはじめ、杖による水湧出譚は世界に広く見られる。停滞した流木を伐採して仏像を造るのも、仏像や寺院の縁起譚と関連して広く見られる。ここでは人の子が樹木と一体化し、さらに石化して河に投げられる点が特徴的である。雲雨、雷電に関する命名は明らかに雨乞いと関連が深く、大西和彦の言を引き、「十四世紀以前、巨木信仰や自然石信仰は、農業に欠かせない気象信仰と結びついて広まっていき、ベトナム仏教の形態を彷彿とさせる」と指摘する通りであろう。

（3）外敵と抵抗する伝説における人物

昔から今まで、『嶺南摭怪』の「金亀古伝」（「金亀伝」ともいう）は、ベトナムの民間伝説の宝庫の中で最も人気がある伝説である。その魅力は、歴史資料と民族資料が織りなされてできた価値ある文学作品であることによる。テーマの多さもまた人々を魅了してきたが、研究者の間では、「警戒を強めること」あるいは「男女の誠実で心変わりしない愛情に対する称賛」というテーマについて、特に頻繁に議論の対象となっている。

話の概容は以下のようである。安陽王は城を建築する際、神様（金亀）に助けられ、城が出来上がった後は、爪を授かり、それで神の弓を作って、外敵に侵略されたらその神の弓で戦い、国を守った。趙陀は何度やっても安陽王の国を取ることができないので、息子である仲水を王の娘の媚珠と結婚させ、安陽王の女婿とさせた。仲水はその機会を利用し、だまして偽の神の弓を取らせた。安陽王は趙陀の陰謀に気付かず、趙陀との戦いに敗北し、馬に娘を載せて、南へ逃げって行った。海岸に至ると金亀に娘が敵であると知らされ、娘を殺してから、金亀と一緒に海に入った。殺された媚珠から出た血は、これを飲んだ貝によって、輝く玉となった。仲水は媚珠が逃げる道の上に撒いた鵞鳥の羽を頼りに、跡をたどって海岸に至った。亡くなった妻を見て悲しみに暮れ、妻の死体を古螺（コーロア）に運んで埋葬したが、死体は石になった。仲水も井戸に身を投げて自殺した。世の人々は、その井戸の水で玉を洗うといっそう輝かしくなるという。

研究者によると、「金亀古伝」の主なテーマは安陽王という人物を高めることであり、その中で媚珠と仲水の愛情は安陽王の敗れた原因を解説するに過ぎない。第二のテーマは愛情、第三のテーマは警戒の教訓である。[25] チャン・ギア Trần Nghĩa[26] はベトナムと中国の古籍を引用しながら、この伝説は多くの出典をもとにしている話であり、「文学的な形象にするための、史料からの安陽王の人物化と、民族資料からの媚珠と仲水の昔話化」という二つの方向性があることを示した。

研究者たちは、中国の亀城の伝説、タイー族の亀のトーテムや鷙鳥の羽で造った上着を着る慣習（タイー族の伝承）、南越の古洞蛮の人の弓職人の伝説（越嶠書）、可屡城の井戸の水で真珠を洗う慣習（『安南志略』）などに基づいて、「金亀伝」は多くの伝説や伝承をもとに形成されており、その中に史料も民族資料も含んでいて、安陽王は城を建築することと武器を造ることによって神秘的に伝説化された、という。

媚珠と仲水の愛情は世俗的な話で、『嶺南摭怪』に初めて見られる。民間伝説から収集され、伝説性を持ちながらも世俗性を持っていることにより、『嶺南摭怪』の話は口頭伝承より魅力あるものとなっている。『嶺南摭怪』はまさに、民間伝承の文書化と民間伝承の文学化の先駆けである。こうした非現実的で神秘的な「金亀伝」も、『大越史記全書』の「安陽王紀」に書き込まれている。

安陽王は国を愛し同胞を愛する王で、国を守るために堅固な城を建築したり武器を作ったりする、高遠なところに目をつける才のある王としてしばしば描かれる。安陽王はまた心から平和を愛する人で、友好的な外交関係を維持し、仇敵の息子を女婿とさせても疑うこともない。それは安陽王の寛容で温和な心であるが、まさに平和を愛し、戦争を起こしたくないベトナム民族の古くからの伝統でもある。安陽王が国を滅亡させた原因は、仇敵を信じたからである。それはベトナム民族にとって心の痛む教訓で、今日に至るまで価値を持っており、国を守るためこの教訓を決して忘れてはならないと、口を酸っぱくして繰り返し語られている。

先行の研究者は、安陽王が国を滅亡させた原因と媚珠と仲水の愛情についての研究に集中しすぎたために、妖怪を退治した特別な才能に着目することが少ない。二〇一二年の「ベトナムの漢文説話における鬼神について―『今昔物語集』と『捜神記』との比較[27]」という拙論でもふれたが、河野貴美子[28]は『日本霊異記』上巻第三話の道場法師伝の内容を以下の要素に分けて考察している。①夜毎に死者の出る建物、②鬼退治の方法――鬼魅との格闘、③鬼の再来――鬼との問答のモチーフを含めて、④燈を使用――鬼を火で照らすこと、⑤血を辿ること、⑥鬼の正体。

「金亀伝」の安陽王も以上の要素に従って形成されているが、第二の鬼退治の方法（鬼魅との格闘）と第四の燈を使って鬼を照らすことがない。安陽王の人物像には人間の知恵と神の力を結びつけたことが現れている。先行研究によると、『嶺南摭怪』の「金亀古伝」は、中国の晋、唐、宋の時代に成立した漢籍における亀城の伝説の影響によるだけでなく、ベトナムの民間伝説からも影響を受けたものである。また、国難を逃れる手助けをする王は英雄として尊崇されており、彼らには人間にない能力と智恵を備えた存在として称賛されている。それはベトナムの説話だけのモチーフではなく、世界の英雄伝説に頻繁にみられるものである。

『嶺南摭怪』において外敵に抵抗した人物は英雄として崇拝され、不死身とされる。安陽王は波を突っ切って海に入り、董天王は殷の賊に勝ってから鉄の馬に乗ったまま空へ飛んでいく。Bakhtin が述べたように、「形象を構成するのは後世のためであり、もし現在のためにのみ形象を構成する（思い出されることを望まない）ならば粘土さえあればいいが、もし将来のために現在に刻みつけるならば大理石といぶしがかった銅で造るべきである。」(Mikhail Bakhtin、四一頁)。すなわち、後世に永遠に残る人物を造型するために、神聖な言語とイメージを使わなければならないのである。

おわりに

以上のように、ベトナムの漢文説話の形成について、主に『嶺南摭怪』における霊験・神聖な要素を中心に明らかにした。史学研究者と文学研究者の間に「史実」について争論があったが、『大越史記全書』に『嶺南摭怪』をふまえた話も見られるので、ベトナムは漢字文化圏の各国と同様、先史を編纂した時に伝説、伝承を取り込んだことがわかる。『嶺南摭怪』の成立には、中国から同化される危機を前にした、ベトナムの民族の形成についての認識が表現されている。歴史人物とは、歴史趣向や神聖な信念から形象された人物である。採用されたモチーフは民族と人類の表象となって、各国の文学との共通点となっている。

（＊）謝辞　小論の執筆にあたり、鷲沢拓也氏（ベトナム語専門家）に日本語をチェックしていただきました。感謝申し上げます。

（1）大辞林、第三版の解説。http://daijirin.dual-d.net/

（2）『嶺南摭怪』は李朝～陳朝（一一世紀—一四世紀）に成立したベトナム最古の漢文説話集である。ベトナムの神、聖、僧、異類などについての説話二二編を収める。竜の精と仙人の結婚などの雄王の祖先に関する「鴻厖氏伝」、殷の侵略軍を三歳の子供が巨人になって打ち破る「董天王伝」、山の精と水の精の争う話を典型的な例として、その殆どが賊を平定し、国難を除く手助けをし、この功により神が位階を賜わるという内容構成になっている。文学にとどまらず歴史や習俗、信仰などの多様な分野で注目されている。一九六〇年に『嶺南摭怪』はベトナム現代語訳され出版されたが、その際諸テキストは未整理な状態のまま使われてしまったと思われる。こうした研究・出版状況において、一九六〇年に出版された現代語訳の『嶺南摭怪』が依拠したテキストは本当に李朝、陳朝時代に成立したものなのかという問いから始まり、現存の諸写本の中でどれが一番古いものか、「偽書」があるかといった問題に著者は取り組むことになり、「漢字・字喃研究院所蔵文献における「偽書」—『嶺南摭怪』『介軒詩集』と碑文を中心に」（『偽なるものの射程—漢文文化圏の神仏とその周辺』「漢字・字喃研究院所蔵文献における偽書—『嶺南摭怪』『介軒詩集』と碑文を中心に」、勉誠出版、二〇一三年、八七—一〇二頁）という論文で論じた。今回のテキストは、漢喃研究所の図書館記号：A.2914に拠る。

（3）チャン・ティ・アン（Trần Thị An）『ベトナム民間伝説の流転と類型特徴』社会科学出版社、二〇一四年。

（4）チャン・ギア（Trần Nghĩa）「ベトナムの漢文小説—名目と分類」『漢喃雑誌』三号、一九九七年。

（5）ブイ・クアン・タン（Bùi Quang Thanh）「民間文学について」『文学雑誌』四号、一九七九年、一三一頁。

（6）ド・ビン・チ（Đỗ Bình Trị）『ベトナムの民間文学の進捗についての研究』師範大学、一九七八年。

（7）ディン・ザ・カイン（Đinh Gia Khánh）「雄王時代の歴史を理解するために伝説の価値を確認する」『歴史

研究雑誌』一二三号、一九六九年。

（8）John Tosh, *The Pursuit of History : Aims, Methods and new Directions in the Study of Modern History* ; Longman, UK, 1984.

（9）チャン・ティ・アン（Trần Thị An）『ベトナム民間伝説の流転と類型特徴』六五頁。

（10）原文：「龍君、歐姬相處其年而生得一胞、以為不祥、棄于原野之間、以過六七日、胞中脘開出得百卵、每卵一男。龍君遂迎歸而養之、不勞乳哺、各自有秀麗奇異。及長大威　捷敏、智勇萬全、人皆畏服、謂其非常人之兄弟也」

（11）ダオ・ズイ・アン（Đáo Duy Anh）『ベトナムの古代歴史―ベトナムの民族の起源―交趾から絡越まで』文科大学集刊、一九五七年。

（12）チャン・ティ・アン（Trần Thị An）『ベトナム民間伝説の流転と類型特徴』、六一頁。

（13）『中国の伝説の歴史』、作者と翻訳者不明、タイブ史料、ベトナムの社会科学アカデミー、文学研究所所蔵、図書館記号：DL/48、三頁。

（14）『中国の文学歴史』、ベトナム語版、第一巻、教育出版社、一九九七年。

（15）B. L. Riftin『史詩（史的叙事詩）と中国の伝統的な民間文学』ファン・ゴク（Phan Ngọc）訳、順化出版社―東西言語文化中心、ハノイ、二〇〇二年。

（16）N. I. Konrat『古代から近代に至る日本文学』、チン・バ・ディン（Trịnh Bá Đĩnh）訳、ダナン出版社、一九九七年、三〇頁。

（17）E. D. Saunders『日本神話』、グエン・トゥ・チ Nguyễn Từ Chi 訳、『草原、森林、海の島の神話』パリ、一九六三年、タイプした資料、二九頁、記号 DL/251。

（18）ファン・フイ・レ Phan Huy Lê の解説「『大越史記全書』―作者・テキスト・作品」『大越史記全書』社会科学出版社、一九九三年、二三頁。

（19）Chieng Xom An「伝説をめぐって」『民間文学雑誌』二号、一九九二年、三四頁。

(20) Mikhail Bakhtin『小説の理論と文芸』ファン・ヴィン・ク（Pham Vĩnh Cư）訳、グエン・ズー文学学校、一九九二年、三九頁。

(21) 宇野公一郎「ベトナムの神跡について」『東京女子大学学会ニュース』第一〇一号、一九九七年、三頁。ここで紹介する神蹟（極東学院がつけたタイトル、実際は正文の中に「玉譜」、「神譜」、「譜録」などと書いている）は村で公式に祀られていた神々の事蹟や祭式を記したものである。朝廷の神祠台帳、朝廷が神々の称号・等級を記して村々に与えたいわゆる神勅、朝廷に神の公認を申請した村や地方官の文書、村々の神祠・碑文・口頭伝承などと共に、黎朝・阮朝期の村落祭祀に関する基本的な資料である。

(22) グエン・ズイ・ヒン（Nguyễn Duy Hinh）『ベトナムの仏教思想』社会科学出版社、一九九六年、三〇三頁。

(23) グエン・ドン・チ（Nguyễn Đổng Chi）『ベトナムの神話の略考』文史地出版社、一九五六年。

(24) 小峯和明「巨樹と樹神―〈環境文学の道程〉」山口博、正道寺康子編『ユーラシアのなかの宇宙樹・生命の樹の文化史』アジア遊学、勉誠出版、一八一～一九四頁。

(25) ホアン・トゥアン・フォ（Hoàng Tuấn Phổ）「媚珠と仲水の話についての意見」『文学雑誌』三号、一九六一年。

(26) チャン・ギア（Trần Nghĩa）「各時代に流れた媚珠と仲水の話について」『文学雑誌』四号、一九六二年。

(27) グエン・ティ・オワイン（Nguyễn Thị Oanh）「ベトナムの漢文説話における鬼神について―『今昔物語集』と『捜神記』との比較」小峯和明編『東アジアの今昔物語集―翻訳・変成・予言』勉誠出版、二〇一二年、七一八頁、五三六―五六五頁。

(28) 河野貴美子『『日本霊異記』と中国の伝承』勉誠社、一九八六年。

参考文献

ベトナム語

"Di san Han Nom Viet Nam-Thu muc de yeu"『漢喃遺産：提要書目』TRAN NGHIA, PROF. FRANCOIS GROS

編纂。NXB. KHXH 社会科学出版社。一九九三年。
"Tong tap tieu thuyet Han van Viet Nam"『越南漢文小説総集』。TRAN NGHIA 編纂、世界出版社、一九九七年。
BUI VAN NGUYEN "Viet Nam than thoai va truyen thuyet"『越南神話や伝説』。Mui Ca Mau 出版社、一九九三年。
景戒 "Nhat Ban linh di ky"『日本霊異記』。訳者：NGUYEN THI OANH、文学出版社、ハノイ、一九九九年。
NGUYEN THI OANH "Kieu truyen danh lui than Sam trong truyen co dan gian Viet Nam, Trung Quoc va Nhat Ban"「中国、日本、ベトナムの漢文説話における「雷神退治」について」。『漢喃雑誌』、三（八八）号、二〇〇八年。
NGUYEN THI OANH『今昔物語集』グエン・ティ・オワイン（Nguyễn Thị Oanh）、チャン・ティ・チュン・トアン（Trần Thị Chung Toàn）、ダオ・フオン・チ（Đào Phương Chi）訳、社会科学出版社、二〇一六年。

日本語

荒木浩『説話集の構想と意匠─今昔物語集の成立と前後』勉誠出版、二〇一二年。

乾克己、小池正胤、志村有弘、高橋貢、鳥越文蔵『日本伝奇伝説大事典』角川書店、一九八八年。

内田道夫「日本の説話と中国の説話─日本霊異記と今昔物語集を中心に─」『東北大日本文化研究所研究報告』五。六、一九七一年。

グエン・ティ・オワイン「ベトナムの漢文説話と『今昔物語集』の試論」『立教大学日本学研究所年報』二〇〇七年、一九三─二〇七頁。

グエン・ティ・オワイン「ベトナム漢文説話における「雷神退治」のモチーフについての比較研究」『東アジアの文学圏─比較から共有へ』勉誠出版、二〇〇八年、二一〇頁、七〇─八二頁。

グエン・ティ・オワイン「ベトナムの漢文説話における「鬼神退治」のモチーフに関する比較研究─『嶺南摭怪』を中心に」『世界文学の中の日本文学─物語の過去と未来』国文学研究資料館、二〇〇八年、二五二頁、六五─八一頁。

グエン・ティ・オワイン「ベトナムの習慣と信仰を古典文学に探る」『第二五二回　日文研フォーラム』国際日本文化研究センター、二〇一一年。

グエン・ティ・オワイン「ベトナムの漢文説話における鬼神について―『今昔物語集』と『捜神記』との比較」小峯和明編『東アジアの今昔物語集―翻訳・変成・予言』勉誠出版、二〇一二年、七一八頁、五三六―五六五頁。

グエン・ティ・オワイン「ベトナムにおける日本文学の翻訳・出版・研究―『今昔物語集』を中心に―」説話文学会五十周年記念論集『説話から世界をどう解き明かすのか』笠間書院、二〇一三年、四二八―四五五頁。

グエン・ティ・オワイン「ベトナムの漢文説話における「夢」とその資料」荒木浩編『夢と表象』勉誠出版、二〇一七年、五七一頁、一二八頁―一四八頁。

小松和彦『妖怪文化研究の最前線』せりか書房、二〇〇九年。

小峯和明『今昔物語集の形成と構造』笠間書院、一九八五年・〈補訂版〉一九九三年。

小峯和明編『今昔物語集を学ぶ人のために』世界思想社、二〇〇三年。

瀬川拓男・松谷みよ子『日本の民話7妖怪と人間』角川書店、一九七三年。

松村武雄『中国神話伝説集』社会思想社教養文庫、一九七六年。

中国語
王國良『六朝志怪小説考』台北：文史哲出版社、一九八八年。

陽義在「漢魏六朝志怪書的神秘主義幻想」『中國歴朝小説與文化』、台北：業強出版社、一九九三年。

李劍國『唐前志怪小説史』天津：南開大學出版社、一九八四年。

第九章　「説話」という概念
——文化史の再建から文芸史研究へ

鈴木貞美

一　「物語」「説話」「説話文学」

『今昔物語集』を中心に「説話」研究に長く携わってきた国東《くにさき》文麿が「物語・説話と説話文学」と題して、それぞれの関係を『新編日本古典文学全集35　今昔物語集（一）』（小学館、一九九九）に説いている。(1) 周到な配慮がうかがえる穏当な見解で、今日、指標となるものと見なしてよい。次のようにはじまる（引用表記、ルビは引用者が適宜変更。以下同様）。

平安時代末期に成立した『今昔物語集』は三十一巻（うち三巻を欠く）一千数十話の短い話を集めた一大作品であるが、その個々の話を〝説話〟と称することから、これを〝説話集〟といっている。ところが、その作品名は『今昔物語集』である。これからみると、この短い話は、もとは〝物語〟とされていたので、それが多く集められた作品としてこう名づけられたのであろう。このような話を〝説話〟と呼ぶようになったのは近代以降のことであり、それが多く収載された作品（平安時代から鎌倉時代を通じて次々と成立した、『日本霊異記』『今昔物語集』『宇治拾遺物語』『十訓抄』『古今著聞集』『沙石集』『三国伝記』『私《し》聚《しゅ》百因縁集』等々）を、『竹取物語』（伝奇物語）、『源氏物語』（作り物語・写実物語）、『栄花物語』（歴史物語）、『平家物語』（軍記物語）等の物語類とは異性格のものとして、古典文学ジャンルの上でも〝説話集〟と呼ぶようになったのである。『伊勢物語』『大和物語』などは歌物語と呼ばれるが、それらは和歌を中心にした短い話を多く集めたものであるから、別称として和歌説話集ともいっている。

そして、物語を日常会話とは性格の異なる、語られるもの一般を指す語とし、その内を「物語」と「説話」に呼び分ける指標が示される。〈実在・仮構を問わず、一人または複数の人物の生涯、またはその一部を主題として語る長編・中編を〝物語〟と称し、ある人物の一挿話とか、事物の由来、異常な一事件など、原則として伝承または自ら見聞した、過去の事実としての一つの出来事や一つの事態・状況に興味・関心を持って、それを主題として語る作品――それは必然的に短いものとなるが、それを〝説話〟と称するものと思われる〉。

引用冒頭、『今昔物語集』の成立を平安末期とするのは今日、通説だが、確実な根拠はない。また中古物語の研究者からは「物語」は語られるばかりではなく、「見る」こと（黙読）もなされたこと、また、この分類法は、「語られた物語」を記述したものと「作者が創作（制作）した物語」とのちがいを無視しているという批判も出るだろうが、ここでは「説話」が主題とされているため、それらのことは捨象されていると了解しておく。

次いで、『今昔物語集』〔巻二八〕には、笑話〔滑稽談〕が集められていることを述べ、その「池尾禅珍内供鼻語」〔第二〇〕と『宇治拾遺物語』〔一三世紀前半成立推定〕中の「鼻長僧事」〔二五〕のストーリーを紹介し、これらを題材〔テーマ〕にした芥川龍之介の短篇「鼻」〔一九一六〕を〈禅珍の言動に近代的な心理解釈を施しながら、一抹の哀感をただよわせる人間を描き出している〉ゆえ、近代小説であると述べる。近代小説の側からは、情景描写が詳しくなる点も加えたくなろうが、それは前近代の詩や歌にも講談や人情話など語り芸にも起こることで、必ずしも近代小説の特徴ではない。逆に、ここからは、「説話」の詩歌への転換も話芸や芸能への展開なども捨象されていることに気づく。声音や舞踏を伴う歌謡や芸能が考慮の外に置かれているのは、『論語』の「文学」が「弁舌」に対する語であること、ないしは、語られたものもそれを記述した作品〔written narrative〕に限っていうヨーロッパの“literature”〔広議は著作一般〕の概念が遠くからはたらいていているゆえだろう。

国東文麿は、さらに、橘成季撰『古今著聞集』〔一二五四、のち増補〕〔巻一六　興言利第二五〕中の極めて短い一話を紹介し、教訓譚の性格を指摘したのち、〈古代において自然界・人間界の事象のそれぞれを、各氏族・部族などにとっての神格的存在の作用によるものとして語る「神話」も、ある一族または集団の出自や特定地域の自然物・事件などの由来を語る「伝説」も、〈むかしむかしある所に〉などの言葉で語りはじめ、〈あったとさ〉〈あったげな〉などで結ぶ空想的内容の「昔話」〔〈昔〉で始る〈話〉の意の命名〕も〝物語〟であるが、この三者ともまた説話としてとらえられている〉と概念の拡がりに言及している。

ここにいう「神話」と「伝説」は、必ずしも截然と区別されるものではない。ある一族の出自にも被った事件にも、始祖神がかかわることは多いし、多神教の世界では、スピリッツ（精霊）の類が神格化ないし擬人化されることもしばしばある。「昔話」も例外ではない。本稿では、便宜のため、それらをまとめて「神話伝説」と呼ぶ。

その上で、国東は、『今昔物語集』（以下『今昔』）が「仏教説話」と「世俗説話」とから成り立っていることをいう。『今昔』の部立てを念頭においていようが、『沙石集』（一三世紀後期推定）などに集められた多くが世俗の話を例に引いて、仏教の説教をなすものであることを思うと、それら区別はどこにあるのか、疑念がわかないわけではない。

また〈説話に関連して〝説話文学〟ということがいわれる。これは説話が〝文学〟であるということなのか〉と問いを立て、〈説話も、その多くが人々の感情や情緒に訴える作品であるからには、広い意味で〝文学〟といえるであろう。しかし前記のように、個々の説話が主として一つの出来事・事態・状況の興味・関心において語られるものであるとともに、日常的な教導・教訓を目的として語られる短小な実用的作品であり、真正面から人間・人生を描き出そうとするものでないからには、その説話が人物をとらえたものであっても、往々にして人物描写・心理描写はおろそかになり、また情景描写などもおざなりになりがちで、その点からいわゆる文学性は希薄なものになっているといわざるをえない。／だが〝説話文学〟というのは、一般に、個々の説話についていいわれるのではなく、それらを一括収集した説話集をとらえての呼称、すなわち同義語とされる。そうであれば、個々の説話の文学性の有無にかかわりなく、全体としてそこに喜怒哀楽さまざまの人間模様や社会の種々相が万華鏡を覗き見るように現れてくる。その面白さをとらえて〝説話文学〟というのであろう〉と結んでいる。

途中、「文学」性の希薄をいうところは、西洋近代流に感情の表出を主眼とする言語芸術、詩・小説・戯曲（感情表現を主眼とする随筆を含むことも）を指していう狭義の「文学」概念に立っているが、総体としての「説話」の「文学」性は、人間や社会の種々相の提示を指していっている。後者は、種々の歴史叙述を含む広義の「文学」概念に立っている。今日、日本で流通している二つの「文学」概念、文字で記された言語芸術をいう狭義と、日本流の「人文学」をいう広義とが使い分けられていることがわかる。

今日の「日本文学史年表」は、例外なく冒頭に、神話を主とする『古事記』、神話と歴史の『日本書紀』、地誌の書である『風土記』をあげている。これらは日本化したものをふくむ漢文で記されている。また、日蓮『立正安国論』や道元『正法眼蔵』などの宗教書をあげることも通例である。民間の伝説を拾った「説話」や江戸時代の戯作など民衆向けの読み物をふくんでいることとあわせ、この三つが明治中期に成立した日本流の広義の「文学」の著しい特徴である（ここで、概念は、ある時代の文化圏で、知識層一般に共有される語の意味をいい、個人や集団のそれは、それとして扱う*）。

＊西欧近代の各国「文学」は、長く国際共通語であったラテン語の著作を除外し、自国語に限り、またキリスト教の神の言葉に対して、人間の言葉の領域（人文学、the humanities）を対象範囲とし、高級とされる文学（polite literature）に限っていた。宗教の説教がとりあげられる場合は、レトリックの側面からであり、宗教感情を記した作品は「宗教文学」と呼びわけられた。ルネッサンス運動を通して、キリスト教が邪教とする多神教に立つギリシャ神話が芸術の題材に取り入れられるようになったが、あくまでも「美」の享受という目的に限られていた。だが、二〇世紀への転換期には、ナショナリズムの高揚を受け、ケルトやゲルマンなど多神教の民族神話や多神教信仰を背景にもつ中世のアーサー王伝説などの「英雄叙事詩」が「文学」のうちに組み入れられてゆく(2)。また「高級」の範囲は、国情と時代の風潮により、変化し、二〇世紀後半には、探偵小説などポピュラー・リテラチュア（民衆文学）も大学で講じられるようになっていった。

明治中期に成立した「日本文学」が『記』『紀』からはじまるのは、皇国史観によるものだが、古代から日本の知識層は、長く漢文のリテラシーを必須としてきたし、東アジアでは、信仰や道徳と感情の表出とを、西欧近代のようにタテマエ上、切り分けてこなかったため、諸宗教の教説を広義の「文学」から切り話すことはできなかった。そして、これには、一九世紀後半のヨーロッパで、市民社会を背景に民衆（people）向けの読み物が盛んになっていることを洋学派の知識人たちが敏感に受けとめたこともはたらいている(3)。

二　「説話」概念の成立

『日本国語大辞典』（第二版、二〇〇一）の「説話」の項は、①話すこと、またその話、物語、②広く神話、伝説、昔話などの総称、とし、〔語誌〕を付して、〈中国、宋代には「瓦子」と呼ばれる盛り場の演芸場で行われる語り芸をいうが、すでに唐代にも世俗教化のために寺院が催す講筵・説教の場で行なわれる語り芸を称していたと考えられている。日本では中古・中世を通じてもっぱら①「話す」意で用いられていたが、神話・伝説・昔話などの総称としても使われ、現代では「今昔物語集」などの説話集の類を構成する一話一話を指してもいうようになる〉と説いている。国東文麿が、話すこと一般と「物語」を区別し、そのうちから「説話」を分岐して説いていたのと、いささかちがう。

まず、「説話」の語が「話すこと」一般を意味するものであったかどうか、少し吟味してみよう。よく知られるように、中国語は古くから一字が特定の意味をもち、分節化が甚だしいため、二字を連結して「AのB」に限定したり、「AとB」（AないしB）の意味に拡げたりする。たとえば「藝」も「術」も技芸一般に用いるが、「藝術」はほぼ、士大夫か習得すべき「六藝」など高級な「藝」と、医術・占術などの「方術」とを併せていう語だった。「芸」は技芸一般をいう“art”と互いに訳語になったが、“art”の意味がその内から、今日いう芸術一般を分岐したので、日本語では古来の意味が忘れられた。「文学」は「文の学」の意味で熟語化し、「祭酒」などとともに儒学の教授職を指す用法が生じたが、文の価値が高くなると、「文と学」の意味でも用いられた。「AのB」の場合にも、語順の逆転は起こる。たとえば「文藝」は「文と藝」、「文の藝」の意味で用いられるが、『漢書』〔藝文志〕の場合、先の「藝」の意味が響いていよう。

「説」も「話」も、ともに口頭で語ることを意味するように見えるが、中国の古典語彙の概念をよく整理していることで定評のある『辞源』（一九一五）では、「説」の原義に「釈」をあて、「意味を説く」「意味のあることを説く」という含意を示し、特定の考え、主張、教義・教説に及ぶことを説いている。「説話」と連ねる場合は「ある説を話すこと」また、その話を意味した。『辞源』に「説話」が立項されていないのは、特定の対象ないし対象領域に限定する熟語にはならなかったゆえであろう。前近代日本の文献にも、「説話」のほか「話説」の語をときたま見かけるが、「話された説」の含意で用いられていることがほとんどと想われる。

他に「語」も、一まとまりの内容をもつ話の意味になる。『今昔物語集』のすべての話のタイトルに「～語」とついているのは、その用法である。ただし、「語」に語彙の総体をいう含意があり、数える単位として用いる場合、「一語」は、「一説」や「一話」とはちがって、語彙群の総体のなかの一つ一つの「語」を指すことになる。

先に引いた『日本国語大辞典』の〔語誌〕は、中国では仏教の教えを説く話芸から話芸一般の意味に転じていった可能性を示唆していたが、仏教の話芸を指して用いられる場合もあった、くらいに考えておきたい。民間道教系の祭文なども、そう呼ばれた可能性があろう。

仏教の〈話芸〉の原型は、民衆を相手に布教をはかる際、銅鑼などの演奏を伴い、偈（韻文）や経文を誦し、教説を絵解きし、また民間に流布している話を用いて教訓を説いたりしたと推測される。古代インドで釈迦及びその弟子や菩薩の前世を説くジャータカと呼ばれる説話群は、それ以前に語り伝えられていた民間伝説を改編してつくられたと考えられている。

中国・敦煌の仏教洞窟の壁面には、説教に伴う「変」と呼ばれる絵解きの名残も見える。莫高窟に秘されていた「変文」は、偈や経文ののちに説話を語る形のもので、いずれも、どの土地でも仏教の布教の有力な手段だったと想われる。だが、その場限りのものゆえ、壁に描いた絵は残っても、その台本ないし記録にあたる「変文」は残されないのがふつうだった。仏教国であった西夏が経典に限らず、諸宗教の布教の様子を示す種々雑多な文書類まで熱心に収集していたからこそ、「変文」も跡を留めたと考えてよい。* 日本の『三宝絵詞《えことば》』（九八四）は、仏教説話集と呼ばれているが、絵とあわせた「変」のヴァリエイションである。

*今日では、それらが埋め隠された洞窟の前の床面が西夏時代のものと判明している。敦煌文書群は、長く説かれていたように、西夏の襲来にそなえて、北宋に帰属した地元の部族が、ではなく、西夏が埋めたのが定説である。おそらくは元軍の襲撃に備えてだろう。井上靖『敦煌』（一九五九）は、その舞台設定に、消え去った学説の名残を留める小説となった。(4)

先の『日本国語大辞典』の〔語誌〕の説明では、「説話」の語が〈神話・伝説・昔話などの総称〉になったのがいつのことか、判然としない。明治期に国家事業として編纂が開始され、途中、立項内容の見直しを経て、一九一四年に完成した『古事類苑』は、前近代までの日本語の類書、用例集の性格をもつが、「説話」は立項していない。先の『辞源』の説明とあわせて。東アジア前近代に、「説話」は特定のジャンルを指す概念として成立していなかったと思ってよい。

ウィリアム・ロブシャイド編の『英華辞典』（井上哲次郎校訂、一八八三）でも、"story", "tale" 及び "talk" などの関連語にも「説話」の訳語は見えない。ちなみに、今日の和英辞典の「説話」の訳語には、それらのほかに "fable, history, chronicle" などが並ぶ。筋が入り組んだ物語には、"yarn"（撚糸）の語も見える。用例には「説話体」（narrative style, or form）、「説話体の小説」（novel in narrative form）、「説話文学」（narrative［legendary］literature）などが並んでいる。和英辞典の編者たちが「語られたもの」全般を意識していることが了解できる。長短の区別などはなされない。

そこで次に、日本近代に「説話」が学術タームとして成立した経緯を、指標となる「日本文学史」類を追いながら概観する。「日本文学史」の嚆矢を標榜した、三上参次・高津鍬三郎『日本文学史』上下二巻（金港堂、一八九〇）は、日本流の広義の「文学」に立つ。その上巻（第二篇第二節　奈良朝の文学）で『古事記』を〈古来の伝説〉と呼び、〈古伝説を正確に記録したもの〉と述べて、[5]「神話」や「説話」の語は見えない。その（第三篇平安朝の文学　第六章　歴史体の文学）では『栄華物語』『大鏡』に次いで、『宇治大納言物語』をあげ、すなわち『今昔』とし、〈中等社会以下の、人情風俗を写したもの〉として価値を認めているが、[6]ここにも「説話」の語は見えない。

芳賀矢一『国文学十講』（冨山房、一八九九）は、自国語による感情表現を主とする「芸術」の一分野をいう「美文学」――ドイツ流の "Wissenschaft Literature"（知文学）に対する "Shöne Literature"――に限定して「日本文学史」を編む意図を明確に掲げているが、「四鏡」など感情表現と未分化な歴史叙述を「歴史物語」、『平家物語』『太平記』の「語り物」「読み物」を「軍記物語」と呼ぶ新概念をつくった。

それらは先に紹介した国東文麿の文章にも踏襲されていたが、そこでは『今昔』を『十訓抄』『古今著聞集』と並べて〈一種の雑史〉と呼び、[7]「説話」の語は用いていない。「雑史」は「さまざまな史」の意味で、本来なら“Wissenschaft Literature”に属する。

藤岡作太郎『国文学史講話』(東京開成館、一九〇八、一九二六、岩波書店、一九四八)は、広義の「文学」概念に立ち、狭義のそれを「純文学」と呼んで尊重する態度をとった。「文学」の広義と狭義が併存する状態を穏便に解決したといってよい。そこでは記紀を論じる際に「神話」の語を用い、〈英雄神話〉〈説明説話〉〈動物説話〉なども用いている。[8]〈説明説話〉は地名など各種の由来譚、〈動物説話〉は「因幡の白兎」の話などが想起され、神話伝説の一話一話を指す用法と判断される。(平安朝　五章　院政時代)の「歴史的述作」の項では『栄華物語』『大鏡』に次いで『今昔』にふれ、当時の階級の上下に通じて、〈伝説迷信〉を教えてくれるものといい、こちらには「説話」の語を用いていない。

これは藤岡作太郎が当時の神話学の動きを学んでいたゆえで、「説話」の概念が明確に規定されたのは、まずは神話学においてだった。高木敏雄『比較神話学』(博文館続帝国全書、一九〇四)は、その(第壱章　総説　第壱節　神話学の概念及び其由来)で〈古代の希臘語に「ミュトス」と云う語あり。普通の解釈に従えば、説話或は伝説の義にして、厳密の意義に於ては、歴史のはじまる以前の時代に起原を有する伝説の謂なり。今日の科語に於ては、「ミュトス」とは一般に一個の神格を中心とする、一個の説話の義にして、之を邦語に翻して神話という〉と述べ、「神話」と「説話」の関係を整理している。[9]「科語」は分化した科学の用語の意味で、神話学を意味している。

ところが、というべきか、一八九九年にドイツに留学し、一九〇一年に帰国して東京帝国大学教授となった芳賀矢一は『攷証今昔物語集』(一九一三)をまとめた際、〔凡例 二〕で〈我が国の最古最貴の説話集〉と称している。[10]『今昔』を〈雑史〉の一つと規定していた彼が、ここで〈説話集〉に転換したのは、『グリム童話』(*Grimms Märchen*, 1812, 1816)など、民衆の話し言葉を研究する言語学と結びついたフォークロア(民間伝承)研究に学んだものと推察される。*『グリム童話』は、ドイツ流では「美文学」に分類されるが、『今昔』はどうか。この芳賀矢一の態度については、後で考えてみたい。

*ドイツでは「フォルクス・リート」(民族歌謡、フォーク・ソング)の収集と軌を一にする動きで、二〇世紀への転換期に森鷗外、上田敏がその訳語に「民謡」を宛て、民謡の収集が活発化したといわれるが、これは欧米各国に農村の民謡の旋律を取り込み、「国民音楽」をつくる動きを受けたもので、日本では、やがて盆踊り歌など新民謡がつくられてゆく。だが、日本の場合、江戸時代のうちに農村の歌謡は「俚謡」と呼ばれ、遊郭で各地の「俚謡」が一定程度洗練されて共有され、都市では小唄・端唄・新内・都々逸などの「俗謡」がすでに流通していた。ヨーロッパには見られない現象である。「民謡」は新訳語だったが、新概念ではなかった。[11]そして、「民謡」の語は「俚謡」「俗謡」と戦中期まで混用され、他を圧倒して定着したのは戦後のことである。

そののち、津田左右吉『文学に現はれたる我が国民思想の研究—貴族文学の時代』(洛陽堂一九一六、岩波文庫一九七七)には〈民謡〉及び〈民間説話〉の語が用いられている。[12]津田左右吉は古代の民衆(被支配者階級)の心性を〈幼稚なアニミズム[13]〉と規定しており、エドワード・タイラーの『原始文化—神話、哲学、宗教、芸術そして習慣の発展の研究』(*Primitive Culture, Researcheres in to the Development of My-*

thology, Philosophy, Religion, Art and Custom, 1871）の用語を借りている。また、『我が国民思想の研究（二）』〔第三篇　貴族文学の沈滞時代　七章　神秘的及び道徳的傾向〕では、『今昔』にふれて、〈一々の説話〉といい、『大和物語』などの〈同じ説話〉と比べてみると〈調子の違ふところがよくわかる〉と述べ、教訓臭が付随したことを強調し、『宇治拾遺』にも〈教訓的説話〉という語を用いている。[14] 津田左右吉は記紀神話をあくまで神話として読むことを明確に提唱した人だが、神話及び伝説類の一つ一つを「説話」と呼び、その傾向の変化を追っていた。

こうして、「説話」の語は、文字に記された古代の神話伝説と平安時代からの仏教説話集などとに跨って用いられるようになり、以降、それが踏襲されてきたが、古代神話と平安時代からの説話集の研究は、ほとんど分断されたまま進展した。だが、どちらの領域でも、「説話」群を掬いとり、一冊の書物に編む思想のさまざまに分け入ることが放棄されてきた点では一致していた。「説話」にアプローチする研究者の概念が、西欧近代のそれを安直に借りたものだったからである。その姿勢は、今日でも転換されているとは言い難い。

三　古代神話研究の進展と陥穽

日本古代の神話伝説の研究は、一九一〇年代から、鳥居龍蔵が形質人類学と文化人類学の手法を駆使して、東アジア一帯の調査・考察を切り拓いていった。彼はたとえば東北アジアのシャマニズムを善悪二神論に立つものと明確に規定した。それは日本神話の考察にも参照すべき、重要な指摘だったが、よく顧みられないまま、今日に及んでいる。

一九二〇年代には柳田國男、折口信夫らによる民俗学が進展を見た。神社神道の起源に村落の祖先神崇拝を考える柳田と、マルセル・モースがメラネシア原住民が不可思議な現象・力とそのはたらきを未分化のままいう「マナ」を信仰の原初的対象と提起したことをヒントに、来訪神の研究を進めた折口のあいだの亀裂が埋められることはなかった。

それとは別に、津田左右吉が記紀神話を古代官僚の作文であり、民衆の心性とは遊離したものと論じたのに対し、和辻哲郎はニーチェの哲学に触発され、プリミティヴ・アート（原始芸術）への志向に立って、『古事記』を日本人の原始的心性の芸術表現として読む『日本古代文化』（初版一九二〇、改訂版一九二五、昭和一四年改訂版一九三九、新版一九五一）をまとめた。ヘーゲルの『美学講義』（*Vorlesungen über die Ästhetik*, 1835, 歿後の編集）を参照し、小碓命（ヤマトタケル）の活躍を古代日本の「英雄叙事文学」として読む態度を打ち出したそれは、そののちの『倫理学』（一九三七〜四九）、それと相補的な関係にある『日本倫理思想史』（一九五二、改訂版一九五九）にまで響くことになる。

マシュー・アーノルドら一九世紀後半のイギリス文芸批評を学んだ土居光知は『文学序説』（初版一九二二、増訂版一九二七年、再訂般一九四九）で、記紀神話を〈伝説及び叙事文学〉[15]と規定している。文芸史が叙事詩、抒情詩、劇詩の三段階の発展を辿るとするヨーロッパ流の公式を柔軟に用いて、日本文学の通史的展望をまとめたその書物は、官学主流が文献実証主義に傾くなかで新清な息吹を国文学界に吹き込んだ。

高木市之助は「日本文学に於ける叙事詩時代」（一九三三、『吉野の鮎』一九四一）では、散文による神話の全体と歌謡とをはっきり区別していたが、「倭健命と浪漫精神」（一九三九）では「英雄時代」論を展開。二〇世紀への転換期にイギリスの文芸批評の中世叙事詩への関心は頂点に達し、社会身分が階級的に未分化だった時代に、英雄を神のように敬う態度が生じたとする見解を承けたもので、この問題は第二次世界大戦後にも長く尾を引いた。

石母田正は敗戦直後から、古代神話を「英雄叙事文学」として読む態度を継承しつつ、文学と歴史に跨る研究を提起して、「古代貴族の英雄時代―『古事記』の一考察」（一九四六）、「古代文学成立の一過程―『出雲風土記』所収「国引き」の詞章の分析」「日本神話と歴史―出雲系神話の背景」（ともに一九五九）などを重ねた。『記』『紀』『風土記』の性格のちがいを踏まえ、日本神話の「英雄」像を神武天皇、ヤマトタケル、オオクニヌシに代表させて、それぞれの表象のちがいを分析して、『出雲風土記』から原始・野性との闘いの痕跡を剔抉して、〈人間と自然とが無媒介に合体し、抱合するような自然観〉(16)を日本の伝統とする和辻哲郎に色濃い考えを鋭く批判した。

だが、そもそも、伝説の吟遊詩人、ホメーロスによる『イーリアス』は、実際には何度あったか知れないが、トロイ戦役を題材にとる韻文ゆえに「叙事詩」と呼ばれる。そして、そこには原始や野性との闘いは書かれていない。ヘーゲルは、そこに自由を独占する専制君主に代わって、半神半人の複数の英雄たちがいかなる秩序からも自由にふるまうことを見、それが中世の騎士道にも受けつがれていることを論じたのである。実のところ、日本の古代神話にその意味での「英雄」は一人として登場しない。天ツ神の末裔たる神武も、国ツ神であるオオクニヌシも専制君主の位置にある。『紀』のヤマトタケルは景行天皇の命令に従い、邪神や国ツ神をコトムケした功績者として葬られるが、『古事記』の小碓命は悲劇的な最期を迎える。『常陸国風土記』で、倭武は「天皇」とも呼ばれ、また天大神《アマツオオカミ》に船づくりを命じる話も載る。考えるべきは、ギリシャ神話と日本古代神話が基盤とする文化の相違であり、また『紀』『記』『風土記』諸篇の編集の思想のちがいである。それらは神話への歌謡の組み込み方にも、『万葉集』における歌謡の採録の仕方にもかかわる。(17) そうした概念の問題を抱えつつ、神話伝説の一話一話を「説話」と呼ぶ習慣は、上田正昭編『日本古代文化の探究―風土記』(社会思想社、一九七六)や網野義彦・森浩一『馬・船・常民』(河合出版、一九九二、講談社学術文庫、一九九九)などなど、今日に至る歴史学や考古学にも定着している。

四　『今昔物語集』の性格

先に見た国東文麿「物語・説話と説話文学」は、それら諸概念の関係に、それなりに行き届いた解説をなしていたが、各説話集の根本的性格やそれを規定する編集の思想のちがいに踏み込もうとしていなかった。そして、一九六三年に設立された「説話文学会」など、今日、通行している「説話文学」の意味には、芳賀矢一が提出した「説話」をおしなべて民間伝承一般として読む姿勢が底流しているように感じられる。

『今昔』には、よく知られるように〔天竺〕〔震旦〕〔本朝　仏法〕〔本朝　世俗〕の四部が立てられ、〔天竺　第五〕には仏教外の説話も混じり、〔震旦　第九〕として「孝養」を付して、『孝子伝』などから引用し、〔第十〕には「国史」を付して、史書や『荘子』から引用されている（いま、直接の典拠は問題にしない）。芳賀矢一は『攷証今昔物語集』の〔凡例　三〕で、『今昔』の編者が唐代に西明寺の道世が編んだ仏教関係の類書、『法苑珠林』（六六八）を参照していることを確信し、『法苑珠林』に見えれば、無条件に典拠にあげたと述べている。[18]『法苑珠林』には『大蔵経』『修文殿御覧』など多くの経と論のほか、儒学や道教、占いの経典や小説類*からも引用がある。

＊中国では古代から、王権の治世に役立てるため、民間に流行する「街談巷説、道聴塗説」（受け売りの道徳）の類を収集する小役人が「稗」と呼ばれていたらしく、その記録が「稗史」と呼ばれた。そのうちの奇譚が読み物となり、伝奇や志怪を形成し、片々たる説の意味で「小説」と呼ばれるようになった（『漢書』藝文志）。

中国では漢代から史官を儒者が担うようになり、正史では道・仏の動向に詳しく触れることはない。二四史のうち、『隋書』〔経籍志〕（六五六年までに完成）中に道教・仏教の教理と経典をあげ、『魏書』に〔釈老志〕、『元史』に〔釈老伝〕が例外的についているにすぎない。そして、私撰の史（野史）を編むことはかなわなかった。仏教の盛んな唐代に、道世は私撰で仏教の類書（文例を分類した書物）を編んだのである。その目的は、いうまでもなく、布教の便宜のためである。仏教と道教は習合もしたから、仏教の説教の際に『老子道徳経』から引かれることもあり、また史書に引かれた出来事も稗史小説の類も同じ考えによって採録された。それら仏教外の教えや事例も、みな、仏の教えに感応したものとする「感応縁」と呼ばれる、本地垂迹や権現思想につながる考えによっている。

『今昔』は、その〔本朝世俗　第二二〕に、藤原氏列伝を載せ、同じく〔第二三〕に「強力」譚を集め、〔第二四〕に「世俗」として芸能譚、〔第二五〕に武勇譚を載せている。将門の乱に取材するものは仏教の力を語るものにしつらえられているし、芸能は多く寺院の境内で演じられた。さまざまな事件の噂も説教のネタにされたと思って誤りはない。つまり、『今昔』の全体が『法苑珠林』を手本に、〔本朝〕の二部を加えて編んだ日本の仏教系類書と見なしてよい。その際、仏教外の教説や事件を便宜的に「世俗」と呼んで部立てした。便宜的に、というのは、道教や儒学、陰陽道、宮廷儀式を、昔も今も一般に「世俗」のものとはいわないからである。今日の研究者がその分類用語を踏襲するなら、倒錯も起こりかねないことを承知しておくべきだろう。

『今昔』はよく知られるように、各話すべてが「今は昔」とはじまる。『宇治拾遺物語』〔以下『宇治拾遺』〕にも、それはある。二つの書物の関係についてはのちに少し考えるが、「今となっては昔のことだが」というくらいの意味でとってよいだろう。当時の説教で、古譚を語る際の常套句であった可能性も否定できない。『宇治拾遺』に載る「昔」とはじまるものは、「今は昔」の省略形と考えてみたい気もする。そして、つとに論じられているように、『今昔』には、出来事の起こった日時・場所などを明記する意図が空欄を遺すかたちで示されている。これは史書に類するものの編纂意図を示すシルシである。(19)

そのように想定するなら、『古今著聞集』〔序〕に〈字県亜相巧語之遠類、江家都督清談之余波也〉とあり、『宇治大納言物語』や『江談抄』の後を継ぐ意図と、実録を補う意図が述べられていることに思い及ぼう。『宇治大納言物語』は、関白・藤原忠実談の聞き書き『中外抄』（一二世紀中頃）に「大納言物語」、平康頼撰の七巻本『宝物集』（一二世紀後期）に「宇治大納言隆国ノ物語」と登場し、『宇治拾遺』〔序文〕に記されているように、巷間の話を天竺・大唐・日本にわたって収集する意図によるものと見てよいだろう。

源隆国は藤原頼通の側近。頼通は道長の子だが、藤原北家嫡流の意識を保持して道長と対峙した藤原実資《さねすけ》に師事して有職故実の道を学んだ人。その『宇治大納言物語』が巷談の類を集めたことには、稗史収集の意図が漠然とでも流れていたと思ってみてよいだろう。

他方、『江談抄』（一二世紀初）は、大江匡房《まさふさ》による朝廷の有職故実や漢詩文に関する談話筆記。『古今著聞集』〔序文〕は、それら双方の流れを汲んで、六国史の途絶えた後を編む助けとする意図を示していることになる。そして、その意図はのち、源顕兼《あきかね》撰『古事談』（一二一〇年代前期と推定）に引き継がれることになる。これらは仏教系説話集とは編纂の意図を異にする。

それとは別に、日本の仏教界には、皇円編『扶桑略記』（一〇九四）や慈円編『愚管抄』（一二二〇頃）に見られるように、仏教の通史を記す意図が流れていた。日本では、天武天皇が王朝内に神・儒・仏・陰陽道の併存体制をとり、『日本書紀』以下の六国史には、それぞれの動きが記されてはいるが、そもそもが本文の段間に「伝」や「志」を割注方式で挿入する紀伝体の略式である。そして平安初期の『古語拾遺』がそうであるように、日本では私撰の史書類の編纂が公認されていた。つまり、『今昔』は、それら二つの流れが交叉するところ、日本の仏教史を類書のかたちで編むという意図に発したものと見てよい。あるいは『宇治大納言物語』がそれを誘発した可能性を考えてみてもよいかもしれないが、『今昔』が群を抜いて多くの説話が編まれているのは、それゆえである。

芳賀矢一は『国文学史十講』で『今昔』を〈雑史〉の一つと規定したときにも、仏教書からの引用が多いことに気がついていないはずはない。だが、彼は、先に引いた『攷証今昔物語集』〈凡例三〉を〈仏典は種類甚だ多く、其の説くところ大同小異である〉とはじめている。顕密や禅宗の相違すら眼中にない。道世篇『法苑珠林』に仏教外の儒家・道家・占いの経典や小説までが、なぜ、集められているかを考えてみようとしなかった。仏教が布教の際に巷談類を引いて説教の縁《よすが》にすることにも、日本においては神・儒・仏・陰陽道の兼修がとられ、神仏習合も進み、仏教の布教に際して、中国よりも自由に仏教の外に事例を求めることができたことにも思い及ばず、仏教の要素が多いのは、民間伝承に仏教の影が大きく射しているゆえ、と了解し、全体を民間伝承の集成と規定したのである。『今昔』を『グリム童話』に比肩しうる、ないしはそれを凌ぐ日本の「民衆文学」として国文学研究の対象にしたいという思いがそれを後押ししたにちがいない。

芳賀矢一ほどではないにしろ、類似のことが、今日の『今昔』研究にも底流していると感じられる。その理由の一つは、そこに保元の乱以降の戦乱を背景とする説話が見られないことをもって、一二世紀前期の成立とするのが通説になっているからである。説教に取り入れられる際にさまざまな付会が行われるにしても、巷談の一般は世情を反映しよう。だが、そこに引かれた文献の下限によって、成立年代を決めることはできない。『今昔』の撰の範囲は、顕密諸宗兼修の天台宗の許容内におさまっている。朝廷の庇護を受ける天台の僧侶が保元の乱以降の政権争いをめぐる巷説を説教の材料にとることはなかったろう。鎌倉時代に入って、仏教界は揺れに揺れつづけたが、天台の規範は、鎌倉新仏教を容れなかった。よしんば、浄土宗、浄土真宗、日蓮宗の匂いのするものを天台が収集していたとしても、ここに収録するはずはない。たとえば、鴨長明は天台で受戒した人だが、その『発心集』（一三世紀初）は天台系往生説話集とは編纂意図を明確に異にし、衆生の救済の方便のために阿弥陀経の礼賛に走っている。彼自身は浄土宗に接近したが、往生思想とは無縁を貫いた。[20]

『今昔』の編集意図、ジャンルとしての性格がなおざりにされたまま、当時の世相を伝える史料として読もうとするのは、国東文麿が述べていたように広義の「文学」として読もうとする意図が先行するからだろう。とくに〔本朝　世俗〕部に関心が集まる風潮は、今日、歴史学が国際的に民衆の文化史への関心を強めていることを映していよう。だが、書かれたものを通して文化史に接近しようとする限り、その表現の在り方を考慮に入れなくてはならないはずだ。

五　『今昔』と『宇治拾遺』の文体

『今昔』の今日の原本（鎌倉中期推定・鈴鹿本）は、漢字片仮名交じりで記されており、しばしば「和漢混交文」と呼ばれる。つとに指摘されているように、その〔天竺〕〔震旦〕の部は漢語を多く残した漢文書き下し体に傾き、〔本朝 仏法〕部から〔世俗〕部に移るに従い、口語に近い軟らかい語彙が増えてゆく。それは何を意味するのか。

日本において公用文は織田信長が改めるまで漢文が用いられ、官人及び僧侶層においては漢文の習得度が高いほど、書き下し文には、漢語の使用、「誦す」「講ず」等、漢字音を用いてサ変動詞化した用言、また「不〜」などを返り読みせずにそのまま用いることや、「将に〜せんとす」など呼応の副詞の使用が増えるのが一般的な傾向だろう。だが、漢文から日本語に翻訳する際に、宮中やその周辺の女性読者を想定するなら、和文体に接近する。引用底本か漢文であれ、書き下し体であれ、材料を地下の者にとる話をリライトする場合でも、平談俗語が増えるとは限らない。文体は目的によって決まるからだ。が、『今昔』の場合、底本が漢文であれば、漢語及び漢文的言いまわしが増える傾向が見え、〔本朝 仏法〕部には、日本人が漢文で書いた底本が多いことを勘案するなら、その文体の傾向は、ひとまずは、引用した底本に左右されていると想ってみるべきだろう。

次に、『今昔』の書き下し体の構文上の特徴は、いわゆる文飾をそぎ落としていることに求められる。対句・対偶の修辞法を駆使する駢体に倣った平安朝の文人層の漢文及び書き下し体とは大きな差がある。ちなみに儒学では、詩をつくることさえ、玩物喪志と朱熹が誹ったゆえ、文飾や文体の変化を嫌う傾向は朱子学者に強くなる。

『今昔』の記述者は文体に対して格別な意識をもたない者たち（指揮者はいたろうが、規模から見て、複数だろう）と想われる。それゆえ語彙の硬軟は引用典拠に引きずられやすかったと見ておく。〔天竺〕〔震旦〕部が手本とした『法苑珠林』は各編、編者が説く〔述意〕部は駢体だが、経典類や説話を引く〔引証部〕は、むろん、そうではないから、〔引証部〕から引く限り、あるいは別に典拠を求めても、対句的表現を映す文体にはならない。

語彙の硬軟は文の構成にも関係する。漢文でも書き下し文でも、会話部分は口語体で記すのが規範である。仏教経典も「如是我聞」の後は釈迦の口説であり、『論語』も「師曰」の後は孔子の口語（白話）である。話体を記しても、語彙は話者と相手の階級により、また文章として整える際に硬軟が生じる。それでも会話部分の多寡と、口語語彙の出現頻度は比例しよう。『今昔』の場合、〔天竺〕〔震旦〕の会話部分は和文体にしてあり、当然、和語の頻度が多くなる。

平安時代には、他方、和文の語り体も、文飾の少ない『伊勢物語』のようなものから、摂関時代の『源氏物語』に顕著に見られるように、地の文にも、和歌をつくるモードがはたらき、枕詞・掛詞、縁語など和歌の修辞法を駆使する方向に進んだ。同じ作者の『紫式部日記』と比べてみれば一目瞭然である。その各断片は和歌を焦点とするものではなく、全体を構成する意識を欠いた、いわば現場報告を主な目的とした手控えの断片の集積に過ぎない。つまり和文体も、その目的によって書き分けられる。このように文の構成法に着目するなら、鴨長明『方丈記』（一二一二）が「漢文体」と「和文体」の修辞を自在に組み合わせ、その意味での「和漢混交文」を確立し、それが中世以降の種々の文芸や芸能の詞章の主流になってゆくことが了解されよう。(21) 要するに、院政期からの文の構成法は変化に富んでいる。

『今昔』と『宇治拾遺』の文体比較の研究も進んでいる。[22]『宇治拾遺』〔序文〕は『宇治大納言物語』に追補が行われていることを述べ、追補をさらに加えるのではなく、新たに撰する意図を述べているが、すでに追補された説話も採録されていると見られ、『今昔』と同一の説話からのリライトが八〇篇を越えることはよく知られる。だが、『今昔』の各話のタイトルが漢文流に「〜語」で統一されているのに対し、『宇治拾遺』には「〜事」が甚だ多い。「事」止めは、命令にも用いるが、日本語で用言を体言化するときの流儀である。つまり『宇治拾遺』には、明確に日本語で書く意識がうかがえる。そして、和文体の新しい趣向も見せている。いま、『今昔』と重ならない「大太郎盗人の事」(第三二)の一節を引く。大太郎が盗賊に入ろうとした屋敷で、不思議な恐ろしさを覚えることを重ね、そこに剛弓で知られた武士が移り住んでいることを知らされたとたん、驚き慌てて逃げ去ったため、悪事が露見したという話。露見に至る条を引く(〔 〕内は引用者)。

かたはら《傍》そのつとめて《翌朝》、その〔盗みを目論んだ〕家の傍に、大太郎が知りたりける者のありける家に行きたれば、〔家の主が〕見つけて、いみじく饗応して、「いつ〔京へ〕上《のぼ》り給へるぞ。おぼつかなく待《はべり》つる」など言へば、「ただ今まうで来つるままに、まうで来つるなり」と言へば、「土器《かはらけ》参らせん」とて、酒沸かして、黒き土器の大きなるを盃《さかずき》にして、土器取りて、大太郎にさして、家あるじ飲みて、土器渡しつ。大太郎、取りて、酒を一《ひと》土器受けて、持ちながら、「この北には、誰《た》が居《をり》給へるぞ」と言へば、驚きたる気色《けしき》にて、「まだ知らぬか。大矢佐武信《おおやのすけたけのぶ》の、このごろ上りて居られたるなり」と言ふに、「さは、入りたらましかば、みな数を尽して射殺されなまし」と思ひけるに、ものも思えず、憶して、その受けたる酒を、家あるじに頭よりうちかけて、立ち走りける。

用言連用形や「〜して」「〜すると」「〜すれば」「〜したが」「〜ので」などを用いて、次つぎに生起する事態を追いながら、会話や主人公の思いを挟んで、連鎖状に繋いでゆくのは和文体の特徴の一つだが、ここには、より語りのままに近く構成する意識がうかがえる。この話には類似の箇所が前半にもある。また、この話と全体の構成の似る「袴垂、保昌に会う事」（第二八）にも見える。語りのままに書こうとする意識が強くなれば、会話部分の多寡にかかわらず、語彙にも、当然、口語が増える。『宇治拾遺』には、のちの「お伽草子」と重複する話がいくつも拾われており、史書の類を編む意図より、民間の俗談類への興味が先に立っている。つまり、文体（語彙の選択と文の構成法）も編集意図と密接にかかわり、その説話集の相対的な位置を測るための重要な手掛かりになる。

総じていえば、院政期からの説話集は、その編集意図によって、①『宝物集』など、ひたすら教説を説く純粋な仏教説話、②『沙石集』など、巷談を題材にした仏教の説教の類を集録するもの、③『古今著聞集』など、史書編纂の助けにするため、稗史類を編むもの、④『宇治拾遺』など、巷談類そのものに関心を傾けるもの、⑤室町時代の一条兼良編『東斎随筆』のように教訓書にしたてるものと、およそ五つの傾向に分けられよう。『今昔』は②と③に跨る位置にある。それぞれの説話集の相対的位置が明らかになるにつれ、収められている個々の説話の意味も次第に明らかになってゆくことだろう。

なお、『宇治拾遺』に『古事談』から引かれているのは確実だが、『十訓抄』との話の重なりは、同じ典拠によるものかもしれず、第一五九話に、「顕徳院」から改まった「後鳥羽院」の諡名が用いられているのは、後世の写本で記されたことかもしれない。

六　結びに

「説話」概念の再考は、古代日本神話については、『記』『紀』『風土記』諸篇の編集意図のちがい、また「英雄」概念の再検討やギリシャ神話の英雄叙事詩との文化的背景のちがいに及んだ。院政期からの説話集群をめぐっても、編集意図による性格のちがいと文体との関係の考察に及んだ。どちらにも、近現代の「文学」概念が研究者にはたらくゆえの陥穽が口を開いていた。古代でも中世でも、民間の説話と歌謡の関連も考えたい。『梁塵秘抄』も『閑吟集』も、民衆の「興」の表現の向きを如実に映していよう。

概念史研究は、それ自体に閉じるものではない。「物語」「説話」「説話文学」「神話伝説」など諸概念の相互の関連（概念編制）を探り、先学がとらわれてきた近現代の諸概念を国際的・歴史的に相対化することを通して、われわれが自らを既成概念から解き放ち、より自由に文化史の再建へ、また文芸史の考察に進むために、避けては通れない関門である。その扉は重くとも、知恵を出しあい、少しずつ押し開いてゆくしかないだろう。

（1）『新編日本古典文学全集35　今昔物語集（一）』馬淵和夫・稲垣泰一・国東文麿（校注）小学館、一九九九、〔古典への招待〕九～一四頁。
（2）鈴木貞美『日本人の自然観』作品社、二〇一八、四九～五一頁を参照。
（3）鈴木貞美『日本の「文学」概念』（作品社、一九九七）を参照。
（4）鈴木貞美「中国・西域と日本近現代文学」（魏大海他、中国語訳）中国・日本研究会2012蘭州シンポジウム報告書『日本文学研究：歴史交渉と想像空間』二〇一四、及び「日本近現代におけるシルク・ロード―国際戦略と学術の動き」全国大学国語国文学会機関誌『文学・語学』第二一四号、二〇一五を参照。
（5）三上参次・高津鍬三郎合著『日本文学史』上巻、金港堂、一八九〇、一二三頁。
（6）同前三四三～三四四頁。
（7）芳賀矢一『国文学十講』冨山房、一八九九、一四九～一五〇頁。
（8）藤岡作太郎『国文学史講話』東京開成館、一九〇八、四二～四四頁。
（9）鈴木貞美『「死者の書」の謎―折口信夫とその時代』作品社、二〇一七、第一章中〔折口学の方法〕を参照されたい。
（10）芳賀矢一『攷証今昔物語集　上』冨山房、一九一四、凡例、一頁。
（11）鈴木貞美「「民謡」の収集をめぐって―概念史研究の立場から」、鈴木貞美・劉建輝共編『近代東アジアにおける鍵概念―民族、国家、民族主義』（日文研）を参照。
（12）津田左右吉『文学に現はれたる我が国民思想の研究―貴族文学の時代』岩波文庫、一九七七、五〇、五七頁等。
（13）同前、四四頁。
（14）津田左右吉『文学に現はれたる我が国民思想の研究―貴族文学の時代』前掲書、二四五頁。
（15）土居光知『文学序説』再訂改版、岩波書店、一九七八、六七頁。
（16）石母田正『神話と文学』岩波現代文庫、二〇〇〇、二八五頁。

(17) 鈴木貞美『日本人の自然観』前掲書、第六章を参照。
(18) 注8に同じ。
(19) 大島建彦『新潮日本古典集成　宇治拾遺物語』（新潮社、一九八五）解説、及び鈴木貞美『「日記」と随筆—ジャンル概念の日本史』臨川書店、二〇一六、一一〇頁を参照。
(20) 鈴木貞美『鴨長明—自由のこころ』ちくま新書、二〇一八、第五章を参照。
(21) 同前、第四章を参照。
(22) 田中牧郎・山本啓史「『今昔物語集』と『宇治拾遺物語』の同文説話における語の対応—語の文体的価値の記述」『日本語の研究』一〇（二）、二〇一四を参照。

おわりに

倉本一宏

説話（および「説話的」な素材）というものがどのような経緯で形成され、説話集として定着していったのか、特に歴史史料との関連はどのようなものであるのか、という疑問は、大学に入って以来、ずっと気にかかっていた。

この難題を解決するために、二〇一五年四月に国際日本文化研究センター（日文研）の共同研究会を立ち上げ、四年間にわたって、内外の日本史学・日本文学・宗教学・考古学・文化史学・民俗学の研究者と一緒に考えてきた。

最初期の研究計画は、以下のようなものであった。

文学作品としての「説話集」に収められた説話、および「説話的」なる素材と、歴史史料との関連を追究する。「説話集」そのものと歴史史料との関係を考察する他に、個々の説話（および「説話的」な素材）と、それに関連する歴史史料の条文との比較を念頭に置いて、研究を進める。

およそ日本における説話文学は、「説話」という語の本来の意味である口承文芸ではなく、特定の原史料を持つ書承文学であった。つまり、何らかの書物から話を選んで、それを書き写したものを集積したものが、「説話集」と呼ばれる作品なのである。なお、「説話」という文学ジャンルも、近代国文学史上の用語である。

説話を書写する際には、それを潤色したり、加筆したり、書き替えたりすることも行なわれたが、同系統の説話は、元は一つの原史料から様々に派生したものである可能性が高い。口承文芸とは異なり、説話を書写する者は貴族層であることが多いので、古記録類を参照する機会も多かったであろう。

その結果、「説話集」はあたかも確実な史実を記録した歴史史料を原史料としたものばかりであるという認識も存在する。特定の説話を無批判に自己の歴史叙述に引用する論考が多いのも、こういった事情によるものであろう。

しかしながら、個々の説話（および「説話的」な素材）と歴史史料との関係は、個々に考察する必要のある問題である。ましてや、「説話集」全体と歴史史料との関係は、軽々に論じきれるものではない。

ところが、そのような検証作業を独力で行なうことは不可能である。「説話集」の研究を専門に行なっている国文学者、また「説話集」の作られた時代の歴史を研究している歴史学者、さらには個々の説話（および「説話的」な素材）で語られている時代を研究している歴史学者の英知を結集してこそ、このような学際的・総合的な知の営みが可能となってくるのである。

また、外国における説話の存在形態や歴史性、さらには外国における日本説話研究を取り入れてこそ、真に国際的な研究を集積できるということは、いうまでもない。

本研究会においては、それぞれの分野における第一人者と称される研究者、第一線で活躍している研究者、近い将来にこの分野の中心となるであろう研究者、そして外国在住の研究者を一堂に会し、かかる視点による研究発表を積み重ね、議論を繰り返していくことによって、説話と歴史史料という困難な課題に取り組みたいと考えている。

その成果は、研究会終了後の論集によって世に問うつもりである。また、国際的な問題意識に基づく研究集会を開催することも視野に入れている。

この趣旨に沿って集まっていただいた研究会のメンバー（ゲストスピーカーも含む）は、以下のとおりである（五十音順、敬称略）。

東　真江／荒木　浩／池上洵一／石川久美子／伊東玉美／井上章一／上野勝之／内田澪子／榎本渉／追塩千尋／大橋直義／尾崎　勇／加藤謙吉／加藤友康／川上知里／木下華子／龔　婷／グエン・テイ・オワイン／グエン・ヴー・ニュー／久葉智代／倉本一宏／マヤ・ケリアン／ゴ・フオン・ラン／呉座勇一／五味文彦／小峯和明／佐藤　信／佐野愛子／鈴木貞美／関　幸彦／宋　浣範／五月女肇志／曾根正人／多田伊織／谷口雄太／蔦尾和宏／中町美香子／中村康夫／錦　仁／仁藤

敦史／野上潤一／野本東生／白　雲飛／樋口大祐／藤本孝一／古橋信孝／保立道久／前田雅之／松薗　斉／三舟隆之／山下克明／横田隆志／劉　暁峰／魯　成煥／渡辺精一

本当にこんなすごいメンバーが集まっていたのかと、後世、この本を読まれる方は驚くことであろう。その道の大家もさることながら、優秀な若手を集めることができたことも、自慢の一つである。研究会の期間中に、就職された方、栄転された方、学位を取られた方、進学された方、結婚された方、出産された方。若手研究者の道を少なからず拓くことができたことも、手前味噌ではあるが、特筆すべきことであろう。

このようなメンバーを集めることができたのは、いまだ日文研の権威は、いささかも損なわれてはいないということなのかもしれない。このメンバーを集めたのが私自身の手柄ではないことは、多くの方とは初対面であったということからも明らかである。中世史や中世文学を専門としておられる方が多いことから、私の名前をご存じなかった方も多かったものと推測している。

なお、この研究会では、基本的に「先生」という呼称を止めていただき、皆、「さん」で呼び合うことにしていた。フラットな研究集団を目指していたことによるものである。おかげで自分の論文審査をやってくれた方や、初対面の大家の方も、「さん」で呼ぶことができた。

その成果は、先に『説話研究を拓く　説話文学と歴史史料の間に』（思文閣出版、二〇一九年二月）として上梓したが、これは書名のとおり、主に説話文学が歴史史料をどのようにして取り入れ、説話を形成していったかという視点で執筆された論考を集めたものであった。言わば史学と文学の双方から相手方を照射した史料論とでも称すべき、きわめて特殊な論集であった。

しかし、説話文学そのものにも、文学作品として、歴史史料として、大きな魅力が内包されていることは、言うまでもない。否むしろ、説話を説話として、その内容そのものを研究した方が、小難しい史料論を云々するよりは、はるかに楽しい、オーソドックスな手法であろうかとも思えてくる。

こちらの論集『説話の形成と周縁』は、古代篇と中近世篇の二冊に分けて、説話（および「説話的」な素材）を縦横に読み解き、自由に論じた論考を集成したものである。しかもそれぞれ、説話研究の偉大な先達である古橋信孝さんと小峯和明さんという大家を前面に押し出し、このお二人と共編の栄に浴するという、きわめて美味しい立場に立つことができた。まことにありがたいことである。

集まった論考を通読してみると、『説話研究を拓く』だけに執筆していただいた方、この『説話の形成と周縁』だけに執筆していただいた方、そして両方に執筆していただいた方と、様々な方がいらっしゃるが、よくもまあ、こんなすごい人たちと四年間も一緒に研究をやってこられたものだと、改めて感動している次第である。特に両方に執筆していただいた方々には、お忙しいであろうにもかかわらず、短期間で二本の論文をご執筆いただき、申しわけないと共に、感謝に堪えない。

実は日文研も、様々な条件によって、以前のような共同研究会の実施が困難になってきており、共同研究員の皆様にも、多大なご不便とご迷惑をお掛けしてしまったのであるが、にもかかわらず、論文を執筆するとなると、これほどすごい論文を書いて下さるとは、さすが一流のプロだなあと、感心せずにはおられない。

なお、私が自分に課しているのは、研究会の後の懇親会を、毎回違う店で開くということである。日本中の色々な地から、さらには外国から参加して下さる皆様に、京都の様々な店を体験していただくということは、もう一つの日本文化研究と考えている次第である。というよりは、私が色んな店に行きたいだけのことなのであるが、前回の「日記の総合的研究」四年間に加え、この説話研究会においても、毎回、違う店で懇親会を開くことができた。ここにこれらの店を列挙して、共同研究員の皆様には当時を懐かしんでいただき、また読者の方には京都（一部、東京）安くていい店案内とさせていただくこととしよう（本当は年に六回も研究会を開いていた日記研究会で行った店も挙げたいところであるが）。

・二〇一五年五月十六日（土）　京都伏見蔵（先斗町）
・二〇一五年七月四日（土）　みます屋MONAMI（木屋町）
・二〇一五年八月二十九日（土）　スペインバル　カリエンテ（本郷）
・二〇一五年十月十七日（土）　京美膳（樫原）
・二〇一六年一月九日（土）　馬野郎（木屋町）
・二〇一六年六月四日（土）　遊亀（祇園）
・二〇一六年七月九日（土）　上七軒歌舞練場ビアガーデン（上七軒）
・二〇一六年九月十日（土）　東華菜館（河原町）
・二〇一六年十二月十日（土）　伏見蔵南庵（先斗町）

・二〇一七年七月八日（土）　鉄板焼き　あらた（八条）
・二〇一七年九月九日（土）　熱血九州屋（桂）
・二〇一七年十二月九日（土）　八海山公認　越後酒房（御茶ノ水）
・二〇一八年二月十日（土）　酒蔵　玉乃光（柳馬場）
・二〇一八年七月七日（土）　Cheese Drop's（御茶ノ水）
・二〇一八年十月二十日（土）　ふりふり（祇園）

思い返すと、店を選ぶための事前リサーチが大変だったなあと、改めて振り替えると共に、土曜日に発表を終えた方に比べて、日曜の朝に発表していただく方は大変だっただろうなあと、改めて同情を禁じ得ない。しかしまあ、こういうのも学問上の試練であると、前向きに考えていただきたいものである。私にとっては、日記研究会の二十一店も含めた全三十六店は、かけがえのない人生の財産でもある。共同研究員の皆様にとっても、貴重な京都体験になってくだされば、わたしとしても望外の喜びである。

さて、このようにして三冊の論集を世に出すことができたのではあるが、依然として、私にとって説話とは何であったのかという疑問は、ほとんど解明されていない。これからも説話と関係を結びながら、相変わらず学問を続けていこうと考える今日この頃である。

ただ一つ、というより最大の痛恨事なのは、この共同研究会のコア・メンバーになるはずであった増尾伸一郎さんが、研究会立ち上げの直前にお亡くなりになったことである。

実はこの研究会を立ち上げると決まった頃、我々はいつものように夜中まで呑んだくれていたのであるが、急に増尾さんが私にからんできて、「お前は堕落した」と詰問してきたのである。たしか成城学園前でのことであった。自分が堕落していたことは、他人に言われなくても自覚していたので、詰問されたこと自体はさして驚くことではなかったが、何故にこの時になってこんなことを言うのであろうと、戸惑ったものであった。

増尾さんとは、その後も仲良く研究会をやったり、呑んだくれたりしていたので、あの夜のことは忘れておられたのであろう。ある時は日文研ハウスに泊まりに来てくれたりもしたが、何とその直後に亡くなってしまわれた。

この共同研究会に増尾さんが参加されて、毎回、あの博識さを以てご意見をくださり、懇親会で目の据わった説教を私や若手の研究者に垂れてくださったりしていれば、まったく違った説話論集ができあがり、私の堕落も少しは度合いを減じていたであろうにと思うと、何とも慚愧に堪えないのである。

この場をお借りして、謹んでご冥福をお祈りいたします。

執筆者略歴（五十音順）

大橋直義（おおはし・なおよし） 第三章
一九七三年京都府生。慶應義塾大学大学院文学研究科博士課程単位取得退学、博士（文学）。和歌山大学教育学部准教授。中世日本文学・文献学。『転形期の歴史叙述—縁起 巡礼、その空間と物語』（慶應義塾大学出版会、二〇一〇年）、『中世寺社の空間・テクスト・技芸—「寺社圏」のパースペクティヴ』（共編著、勉誠出版、二〇一四年）、『根来寺と延慶本『平家物語』—紀州地域の寺院空間と書物・言説』（編著、勉誠出版、二〇一七年）。

尾崎勇（おざき・いさむ） 第四章
一九四七年大阪府生。龍谷大学大学院修了、博士（文学）。熊本学園大学名誉教授。中世文学。『愚管抄とその前後』（和泉書院、一九九三年）、『愚管抄の創成と方法』（汲古書院、二〇〇四年）、『愚管抄の言語空間』（汲古書院、二〇一四年）。

グエン・ティ・オワイン（Nguyen Thi Oanh） 第八章
一九五六年太原省生。二〇〇五年ハノイ師範大学博士課程修了、博士（文学）。ハノイ タンロン大学日本言語学科講師。ベトナムの古典文学、日越中の三か国の説話比較研究、日越中の三か国の漢文・漢字の比較研究。『東アジアの今昔物語集—翻訳・変成・予言』（共著、勉誠出版、二〇一二年）、『夢と表象—眠りとこころの比較文化史』（共著、勉誠出版、二〇一七年）、「ベトナムの漢字研究—漢文訓読の問題など」（共著、『日本語学』三七巻二号、二〇一八年）。

小峯和明（こみね・かずあき） 第七章
別掲「編者略歴」を参照。

鈴木貞美（すずき・さだみ） 第九章
一九四七年山口県生。東京大学文学部仏文科卒業、博士（学術）。国際日本文化研究センターおよび総合研究大学院大学文化科学研究科名誉教授。日本文芸文化史。『日本文学の論じ方』（世界思想社、二〇一四年）、『「日記」と「随筆」—ジャンル概念の日本史』（臨川書店、二〇一六年）、『日本人の自然観』（作品社、二〇一八年）。

谷口雄太（たにぐち・ゆうた） 第五章
一九八四年兵庫県生。東京大学大学院人文社会系研究科博士課程修了、博士（文学）。東京大学大学院人文社会系研究科研究員。日本中世史。「足利時代における血統秩序と貴種権威」（『歴史学研究』九六三号、二〇一七年）、『説話研究を拓く』（共著、思文閣出版、二〇一九年）。

錦仁（にしき・ひとし） 第一章
一九四七年山形県生。東北大学大学院文学研究科国文

学専攻博士課程中退、博士（文学）。新潟大学名誉教授・フェロー。日本中世文学・日本伝承文学。『中世和歌の研究』（桜楓社、一九九一年）、『浮遊する小野小町―人はなぜモノガタリを生みだすのか』（笠間書院、二〇〇一年）、『なぜ和歌を詠むのか―菅江真澄の旅と地誌』（笠間書院、二〇一一年）。

樋口大祐（ひぐち・だいすけ） 第六章
一九六八年兵庫県生。東京大学大学院人文社会系研究科日本文化研究専攻博士課程修了、博士（文学）。神戸大学大学院人文学研究科教授。日本中世文学、日本近代歴史文学。『「乱世」のエクリチュール―転形期の人と文化』（森話社、二〇〇九年）、『変貌する清盛―『平家物語』を書きかえる』（吉川弘文館、二〇一一年）、『近世日本の歴史叙述と対外意識』（共著、勉誠出版、二〇一七年）。

前田雅之（まえだ・まさゆき） 第二章
一九五四年山口県生。早稲田大学大学院博士課程単位取得中退、博士（文学）。明星大学人文学部教授。古典学。『保田與重郎―近代・古典・日本』（勉誠出版、二〇一七年）、『なぜ古典を勉強するのか』（文学通信、二〇一八年）、『書物と権力―中世文化の政治学』（吉川弘文館、二〇一八年）。

編者略歴（五十音順）

倉本一宏（くらもと・かずひろ）
一九五八年三重県生。東京大学大学院人文科学研究科国史学専門課程博士課程単位取得退学、博士（文学）。国際日本文化研究センター教授。日本古代史。『日本人にとって日記とは何か』（編著、臨川書店、二〇一六年）、『藤原氏』（中央公論新社、二〇一七年）、『内戦の日本古代史』（講談社、二〇一八年）。

小峯和明（こみね・かずあき）
一九四七年静岡県生。早稲田大学大学院博士課程単位取得満期退学、文学博士。立教大学名誉教授、中国人民大学高端外国専家。日本中世文学。『院政期文学論』（笠間書院、二〇〇六年）、『中世日本の予言書―〈未来記〉を読む』（岩波書店、二〇〇七年）、『遣唐使と外交神話―『吉備大臣入唐絵巻』を読む』（集英社、二〇一八年）。

古橋信孝（ふるはし・のぶよし）
一九四三年東京都生。東京大学大学院修了、博士（文学）。武蔵大学名誉教授。日本古代文学。『日本文学の流れ』（岩波書店、二〇一〇年）、『文学はなぜ必要か』（笠間書院、二〇一五年）、『平安期日記文学総説―一人称の成立と展開』（臨川書店、二〇一八年）、『ミステリーで読む戦後史』（平凡社新書、二〇一九年）。

説話の形成と周縁　中近世篇

二〇一九年六月三〇日　初版発行

編者　倉本一宏
　　　小峯和明
　　　古橋信孝

発行者　片岡敦

印刷製本　亜細亜印刷株式会社

606-8204　京都市左京区田中下柳町八番地

発行所　株式会社 臨川書店
電話（〇七五）七二一―七一一一
郵便振替　〇一〇七〇―二―八〇〇

落丁本・乱丁本はお取替えいたします
定価はカバーに表示してあります

ISBN 978-4-653-04512-0　C0091

説話の形成と周縁 古代篇 中近世篇

倉本一宏・小峯和明・古橋信孝 編

■四六判・上製・296〜304頁 古代篇・中近世篇 各三、二〇〇円（税別）

古代篇

序章（古橋信孝）
第一章 『丹後国風土記』逸文と天女説話（三舟隆之）
第二章 『出雲国風土記』に描かれた説話と古墳（東 真江）
第三章 「みやび」の伝播伝承
—『万葉集』巻一六・三八〇七（石川久美子）
第四章 絵画と説話
—古代において仏教説話はいかに語られたのか（多田伊織）
第五章 平安初期仏教界と五台山文殊信仰
—『日本霊異記』上巻第五縁五台山記事が語るもの（曾根正人）
第六章 光仁王統と早良親王の「生首還俗」（保立道久）
第七章 真言僧深覚僧正の霊験譚とその記録（上野勝之）
第八章 院政期の宿曜道と宿曜秘法伝承（山下克明）
コラム 平安京の「上わたり」「下わたり」（中町美香子）
第九章 日中における「破鏡」説話の源流を探る
—今昔物語集一〇ノ一九話を中心に（白 雲飛）
第十章 大和物語と史料（古橋信孝）

ISBN978-4-653-04511-3

中近世篇

序章（小峯和明）
第一章 歌を詠む名所—巡見使の旅日記を検証する（錦 仁）
第二章 『弘安源氏論義』をめぐる史料と説話（前田雅之）
第三章 西国順礼縁起攷
—附道成寺蔵『古伝口訣 西国卅三所順礼縁起』翻刻（大橋直義）
第四章 梶原景時の頼朝救済の説話をめぐって
—『愚管抄』と『平家物語』とのあいだ（尾崎 勇）
第五章 甲斐武田氏の対足利氏観（谷口雄太）
第六章 転生する『太平記』
—吉村明道編『近世太平記』を中心に（樋口大祐）
第七章 説話の第三極・話芸論へ—〈説話本〉の提唱（小峯和明）
第八章 ベトナムの漢文説話の形成
—歴史性と語り（グエン・ティ・オワイン）
第九章 「説話」という概念
—文化史の再建から文芸史研究へ（鈴木貞美）
おわりに（倉本一宏）

ISBN978-4-653-04512-0

臨川書店
www.rinsen.com
本社 〒606-8204 京都市左京区田中下柳町 8 TEL075(721)7111 FAX075(781)6168
東京 〒101-0062 千代田区神田駿河台 2-11-16 TEL03(3293)5021 FAX03(3293)5023